Elli C. Carlson
Sieben Tage und ein Jahr

AF177837

Montlake
Romance

Das Buch

»Du bist mein Kompass. Du bist die eine Sache, die gefehlt hat, um meinen Platz in dieser Welt zu finden.«

Lucie Thomsen hat keine Ahnung, was sie mit ihrem Leben anfangen soll, aber eines weiß sie ganz genau: Nie wieder wird sie einen Fuß in ihren kleinen Heimatort Strande setzen. So weit der Plan.

Als ihre Mutter einen Unfall hat und ihr kleiner Bruder sie um Hilfe bittet, muss Lucie widerwillig in den Schoß der Familie zurückkehren. Was als Kurztrip an die winterliche Ostseeküste gedacht ist, entpuppt sich schon bald als längerfristiger Ausflug in Lucies schmerzhafte Vergangenheit. Sie ist gezwungen, sich ihren größten Ängsten zu stellen – und dem Mann, der für ihren Schmerz verantwortlich ist.

Unerwartete Hilfe im Kampf mit ihren schlimmsten Dämonen erhält sie vom smarten Dorfarzt Sven, der erst Lucies angeschlagenen Kopf versorgt und dann ihr gebrochenes Herz heilt. Doch auch Sven hütet Geheimnisse, die Lucie völlig aus der Bahn werfen …

Die Autorin

Elli C. Carlson lebt und arbeitet in Berlin und hat unzählige Drehbücher fürs Fernsehen geschrieben. Seit sie ihren ersten Roman 2016 veröffentlicht hat, kann sie nicht mehr damit aufhören. Humorvolle, emotionale und spannende Liebesgeschichten haben es ihr angetan. Happy End garantiert. Inspiration findet sie meist auf ausgedehnten Spaziergängen mit ihren beiden spanischen Streunern oder ganz entspannt bei einem Cappuccino, vorzugsweise in einem kleinen Strandcafé an der schönen Ostseeküste.

ELLI C. CARLSON

Sieben Tage und ein Jahr

Roman

Montlake
Romance

Deutsche Erstveröffentlichung bei
Montlake Romance, Amazon Media EU S.à r.l.
5 Rue Plaetis, L-2338 Luxemburg
November 2018
Copyright © der deutschsprachigen Ausgabe 2018
By Elli C. Carlson

Umschlaggestaltung: bürosüd⁰ München, www.buerosued.de
Umschlagmotiv: © pimchawee / Shutterstock; © HappyJack / Shutterstock;
© Mila_Endo / Shutterstock; © Skoreya / Shutterstock;
© Alena Ivanenko / Shutterstock; © Leone_V / Shutterstock
Lektorat und Korrektorat: Verlag Lutz Garnies, Haar bei München,
www.vlg.de
Gedruckt durch:
Amazon Distribution GmbH, Amazonstraße 1, 04347 Leipzig /
Canon Deutschland Business Services GmbH, Ferdinand-Jühlke-Straße 7,
99095 Erfurt /
CPI books GmbH, Birkstraße 10, 25917 Leck

ISBN 978-2-91980-388-0

www.montlake-romance.de

Alles, was du jemals gewollt hast, wartet auf der anderen Seite der Angst.
George Addair

PROLOG

»Hallo … 'tschuldigung.«

Der Typ an der Bar hält sein leeres Glas hoch und gibt mir damit zu verstehen, was er will. Einen Augenblick sehe ich ihn skeptisch an. Anfang vierzig, gepflegte Erscheinung, teure Uhr am Handgelenk – er gehört ganz sicher nicht zu den Leuten, die sonst den Weg in unsere Bar finden. Seine Augen sind glasig und verschwinden fast hinter den Augenlidern, die er nur mühsam heben kann. Was daran liegen könnte, dass man nach sechs Cuba Libre ordentlich einen intus hat. Jeder Mensch mit einem gesünderen Alkoholkonsum wäre vermutlich schon vor einer Stunde betrunken vom Hocker gefallen. Der Mann ist gut im Training.

Ich nicke freundlich. »Kommt sofort.«

Routiniert schütte ich die zerstoßenen Eiswürfel ins Glas, gieße großzügig einen Schuss Rum obendrauf und fülle das Ganze mit Cola auf. Dazu eine geviertelte Limette aus der zerschrammten Plastikbox, die auf dem alten Kühlschrank unter dem Tresen steht. Zum Schluss ein buntes Cocktailfähnchen, das ähnlich antiquiert wirkt wie der Rest des Ladens, in dem ich seit sechs Jahren arbeite. Vielmehr – gearbeitet habe. Wenn der Typ nach dem Drink hoffentlich abgefüllt ist, wird dies der letzte Cocktail sein, den ich im *Berlin Trash* serviert habe.

Ich weiß nicht mehr, wie viele Cuba Libres, Mojitos, Moscow Mules oder Caipirinhas ich in all der Zeit hinter der Bar gemixt habe. Aber da müssen ein paar Liter zusammengekommen sein.

Normalerweise bevorzugen unsere Gäste Bier oder den Billigrotwein aus der Fünfliterbox vom Großhändler. Das *Berlin Trash* steht nicht gerade ganz oben auf der Liste trendiger Berlin-Locations. Obwohl mir unsere Stammgäste (davon gibt's tatsächlich noch einige) erzählt haben, dass es mal ganz angesagt war. Ist allerdings schon eine Ewigkeit her.

Mein Chef Wolle (ich glaube, sein richtiger Name ist Wolfgang, aber sicher bin ich mir nicht) hat den Laden kurz nach der Wende aufgemacht, als es in Berlin angesagt war, mit Sperrmüllmöbeln, alten Gardinen und hässlichen Kunstwerken aus einer alten Kaschemme einen Hotspot zu machen. Arm, aber sexy. Seit dieser Zeit hat sich in der Stadt viel verändert. Unsere Bar nicht. Was mich den schicken Typen an der Bar umso misstrauischer beobachten lässt.

Das mittelalte Pärchen, das den ganzen Abend knutschend hinten in der Ecke gesessen und kaum etwas getrunken hat, kommt endlich zu uns an die Theke.

»Zahlen bitte. Alles zusammen.« Der Mann wirft seiner Begleiterin einen Blick zu, der wohl sagen soll, was für ein großzügiger Typ er doch ist. Beide sehen nicht so aus, als würden sie in Geld schwimmen. Ich nehme mir den Zettel, auf dem ich die Getränke des Abends notiert habe.

»Drei Bier und zwei Rotwein. Und die Erdnüsse … macht 14,50.«

Der Mann zählt mir sein Kleingeld auf die Theke. Es sind 15 Euro. »Stimmt so.«

Ich nicke kurz. »Schönen Abend noch.«

Die beiden verschwinden Arm in Arm in die Nacht. Irgendetwas sagt mir, dass sie für die beiden noch nicht vorbei sein wird. Ich sehe ihnen versonnen nach und mein Blick fällt wieder auf den Cuba-Libre-Mann. Er nippt an seinem Glas und stiert betrunken vor sich hin. Vermutlich wäre jetzt der richtige Zeitpunkt, ihm in Erinnerung zu rufen, dass er ebenfalls ein Zuhause besitzt. Er sieht jedenfalls so aus. Außerdem möchte ich lieber nicht daran denken, was passiert, wenn er kurz auf dem Klo verschwindet. Die Sauerei will ich lieber nicht wegmachen.

»Tut mir leid, aber wir schließen jetzt.«

Ich schenke ihm mein schönstes Lächeln. Die Jahre in der Servicebranche zahlen sich eben aus. Er sieht mich an, als wäre er gerade aus einem bösen Traum aufgewacht.

»Ich würde gerne abkassieren«, füge ich erklärend hinzu.

Es dauert zehn Sekunden, in denen meine Worte durch sein vom Alkohol benebeltes Hirn wabern und er die Information verarbeitet hat. Er nickt schwach.

»Klar. Kein Problem.«

»Macht 31,50.«

Er sieht mich überrascht an, und ich fühle mich verpflichtet, ihm die Rechnung zu erklären.

»Sieben Cocktails? Für 4,50? Mittwochs ist bei uns Happy Hour.«

Er nickt erneut langsam und auf seinem Gesicht macht sich ein Lächeln breit. Jetzt sieht er richtig sympathisch aus.

»So günstig habe ich mich lange nicht mehr betrunken.«

Er kramt umständlich in seiner Jackentasche herum, und ich habe einen Augenblick Angst, er könnte vom Stuhl fallen. Im letzten Moment fängt er sich wieder. Ich habe Mitleid mit ihm.

»War ein mieser Tag, was?«

»Yep.«

»Dann kommen Sie mal gut nach Hause. Soll ich Ihnen ein Taxi rufen?«

Er schüttelt den Kopf. »Nicht nötig. Danke.«

Endlich hat er ein Bündel Geldscheine in seiner Jackentasche gefunden. Umständlich zieht er einen Fünfzig-Euro-Schein hervor und legt ihn auf den Tresen.

»Stimmt so.«

Ich sehe ihn skeptisch an. »Das ist ein bisschen viel Trinkgeld, meinen Sie nicht?«

Er seufzt hörbar auf und schüttelt wieder den Kopf. »Sie sind nett, wissen Sie das?« Er zieht noch einen Fünfziger aus seiner Tasche und legt ihn zu dem anderen. »Hier. Noch einer. Für Sie.«

»Ich fürchte, morgen früh werden Sie es bereuen. Sie sind ziemlich betrunken.«

Er sieht mich lange an, dann seufzt er erneut und schüttelt den Kopf. »Ich war schon schlimmer betrunken.«

Ich glaube ihm jedes Wort.

»Und ich finde, Sie haben das Trinkgeld verdient. Also nehmen Sie es ruhig.«

Ich zögere. Niemand gibt einem in Berlin etwas umsonst. Auch das ist etwas, was ich in den letzten Jahren gelernt habe.

Der Mann sieht mich wieder intensiv an. Für einen kleinen Moment werden seine glasigen Augen klar. »Ich hab heute ein Haus für drei Millionen verkauft. An ein paar Spinner aus Asien. Und wenn ich Ihnen verrate, was ich vor fünf Jahren dafür bezahlt habe, dann werden Sie's mir nicht glauben. War'n super Deal. Schon der zweite diese Woche.«

Ich nickte langsam. »Glückwunsch.«

Er sieht mich traurig an.

»Meine Frau hat mich verlassen und kriegt trotzdem die Hälfte der Kohle. Mein Sohn interessiert sich einen Scheiß für mich und statt Freunde habe ich Businesspartner. Ich hab noch nicht mal 'ne Katze, die auf mich wartet, wenn ich heimkomme.«

Er schüttelt sich, erhebt sich schwerfällig vom Hocker und zieht sich umständlich seinen teuren Boss-Mantel an.

»Diese Stadt is 'ne Goldgrube. Glücklich macht sie nicht.«

Dann geht er hinaus und ich schließe hinter ihm ein letztes Mal die Bar ab.

Rudi liegt zusammengerollt auf seiner Decke und blickt verschlafen auf, als ich das vollgestellte Hinterzimmer betrete. Ich beuge mich zu ihm hinunter und kraule seine flauschigen Schlappohren. Der buschige Schwanz klopft erfreut auf den Boden.

»Aufstehen, Großer.«

Im Laufe der letzten drei Jahre unseres Zusammenlebens hat sich Rudi an meinen etwas eigenartigen Tagesrhythmus gewöhnt. Er weiß, dass wir nach meiner Schicht in der Bar noch einen nächtlichen Spaziergang durch den Kiez unternehmen. Die letzten Stunden hat er friedlich im Hinterzimmer verschlafen. Jetzt rappelt er sich auf, schüttelt sich kurz und springt mir dann hellwach entgegen. Was etwas komisch aussieht, denn Rudi hat nur drei Beine. Eins ist ihm bei einem Autounfall abhandengekommen. Irgendwo auf einer Dorfstraße in Rumänien. So hat man es mir jedenfalls im Tierheim erzählt, als ich mich augenblicklich in diesen fröhlichen Kerl verliebte, der sich von einem fehlenden Bein nicht davon abhalten ließ, das Leben in vollen Zügen zu genießen.

Ich schnappe mir die Jacke und werfe einen Blick auf mein improvisiertes Nachtlager. Ein durchgesessenes altes Sofa, das einem böse Rückenschmerzen beschert, wenn man zu lange darauf liegen bleibt. Seit vier Wochen arbeite ich nicht nur hier, sondern wohne auch im *Berlin Trash*. Wir sind aus unserer WG geflogen, ich und meine Mitbewohnerin. Was nicht an miesen

Miethaien oder geldgeilen Investoren liegt, muss ich gestehen. Schuld daran ist Dena. Sie ist meine beste Freundin und war die Hauptmieterin unserer Zwei-Zimmer-Altbauwohnung. Und sie hat es leider versäumt, nicht nur meinen Mietanteil der letzten drei Monate auf das Konto des Vermieters zu überweisen, sondern auch ihren. Sie brauchte dringend eine Auszeit in Thailand und musste die Reisekasse aufbessern. Eines Nachmittags stehe ich also etwas verwirrt vor unserer verschlossenen Wohnungstür, an der das Schloss ausgetauscht worden ist und ein Zettel hängt, dass wir nun zwangsgeräumt seien. Dena befindet sich, wie gesagt, an einem Traumstrand in Thailand und konnte nicht wirklich zur Aufklärung der Sache beitragen. Nächste Woche sind ihre drei Monate rum und sie kommt zurück. Und dann werde ich ihr den Hals umdrehen.

Wolle hat sich sofort bereit erklärt, mich und Rudi im Hinterzimmer einziehen zu lassen. Er findet es ganz beruhigend, dass jemand nachts da ist und potenzielle Einbrecher verschreckt. Wir sind im letzten Jahr dreimal ausgeraubt worden und der Vorrat an Hochprozentigem hat arg gelitten. Eine Woche später hat er mir dann mitgeteilt, dass er das *Berlin Trash* aufgibt, den Mietvertrag verkauft und mit der Kohle irgendwo in Brandenburg ein Imbisslokal aufmacht. In absehbarer Zeit werde ich also nicht nur wohnungslos sein, sondern auch ohne Job dastehen.

Rudi schnüffelt an verdreckten Schneehaufen herum, die auf den schmalen Grünstreifen an der Straßenseite noch übrig geblieben sind. Es ist Ende Februar und wie jedes Jahr will der Winter Berlin einfach nicht aus seinen Fängen lassen. Jetzt um drei Uhr nachts sind es vielleicht minus vier Grad. Es fühlt sich an wie minus vierzig. Rudi scheint das nicht zu stören. Vermutlich hat er in seiner rumänischen Heimat schon schlimmere Winter überstehen müssen. Ich vergrabe die Hände tief in den Taschen meiner Jacke und ziehe fröstelnd die Schultern hoch, während ich darauf warte, dass er die Inspektion seines Lieblingsstraßenbaums beendet.

»Komm schon, Rudi, schnüffel mal woanders.«

Rudi lässt sich davon nicht abbringen. Wenn er um diese Zeit schon raus muss, dann will er gefälligst auch allen Hundedamen hinterherschnüffeln, die er tagsüber verpasst hat. Ich schlendere langsam die Straße entlang. Mir wird kalt, wenn ich einfach nur wartend herumstehe.

Diese Stadt macht nicht glücklich.

Die Stimme des Immobilienhais, der eigentlich ganz nett ist für einen Spekulanten, hallt in meinem Kopf nach. Wenn ich mich so umsehe, bekommt man durchaus das Gefühl, hier sein Glück finden zu können. Wo vor Jahren noch rußgeschwärzte, heruntergekommene Altbauten standen, säumen nun edel sanierte Häuser die breite Kopfsteinpflasterstraße.

Dieser Straßenzug ist geradezu idyllisch. Wenn man mal davon absieht, dass die Mieten nun ein Vermögen kosten, die sich kein normaler Mensch mehr leisten kann. Heute leben hier Menschen, die aus Schwaben kommen oder Barcelona, nicht aus Berlin. Sie fahren (wenn überhaupt) Elektroautos, und statt die Nächte in einer heruntergekommenen Bar zu verbringen, trinken sie lieber Smoothies oder Chai Latte und verdienen mit irgendwelchen Internetgeschäften ein Vermögen.

Ich kann Wolle verstehen, dass er seine Bar aufgibt.

Ich blicke hinunter zu Rudi, der versonnen an einer leeren Dönerbox rumschnüffelt, die vermutlich ein Tourist achtlos weggeworfen hat. Schwaben tun das nicht: Döner essen und Müll nicht entsorgen. Rudi beginnt, sie auszuschlecken. Er findet immer irgendetwas, was man noch essen kann. Da ist er als rumänischer Straßenköter konsequent. Ganz im Gegensatz zu den anderen Hunden, die sich sonst im Viertel herumtreiben.

Niedliche Möpse oder nervöse Pinscher, die kaum größer sind als ein Meerschweinchen. Ein dreibeiniger rumänischer Straßenköter, dessen strubbeliges Fell eine undefinierbare Farbe von Schlammbraun bis Aschgrau hat, passt nicht wirklich dazu. Vermutlich genauso wenig wie ich.

Der Mann in dem schicken Boss-Mantel, der heute drei Millionen Euro verdient hat, hat das mit einem Blick erkannt. Morgen ist mein Geburtstag. Ich werde dreißig und damit definitiv zu alt, um mir die Nächte als Barbedienung hinterm Tresen um die Ohren zu schlagen. Oder in einem winzig kleinen Hinterzimmer zu wohnen. Oder alle drei Monate eine Affäre mit einem Typen zu haben, der noch mieser drauf ist als ich.

Vielleicht sollte ich rüber zu der uralten kleinen Brücke gehen, die über die S-Bahn-Gleise führt. Von dort aus kann man prima auf die Gleise springen. Es würde zumindest mein Job- *und* mein Wohnungsproblem lösen. Rudis vom Schneematsch kalte Schnauze berührt meine Hand und er sieht mich aus seinen braunen Augen neugierig an.

»War nur ein Scherz, Rudi«, erkläre ich ihm, als ob ich meine Gedanken gerade laut ausgesprochen hätte. Was ich nicht getan habe, aber manchmal glaube ich, er kann sie auch so hören.

»Ich lass dich schon nicht allein.« Was eher für mich ein Problem wäre. Nicht für Rudi. Der kommt bestens ohne mich klar.

Er wufft einmal kurz, als würde er mir zustimmen.

»Komm, wieder ab ins Warme.« Ich wechsle die Straßenseite, und er humpelt mir hinterher, die menschenleere Straße entlang zurück ins *Berlin Trash*.

In dem winzigen Gästeklo schminke ich mich ab und putze mir die Zähne, bevor ich auf mein improvisiertes Nachtlager steige, mir die Decke über den Kopf ziehe und sofort einschlafe.

Das nervige Bimmeln meines Handys reißt mich aus einem traumlosen Schlaf und einen Moment sehe ich mich irritiert um. Bis mir wieder einfällt, dass ich nicht mehr in dem kleinen Altbauzimmer wohne, das sechs Jahre lang mein Zuhause war. Es ist bereits Tag und das triste Hinterzimmer liegt im fahlen Licht der Wintersonne. Auch Rudi blinzelt überrascht auf seiner Decke. Stöhnend taste ich nach dem uralten Handy auf dem Boden und blicke aufs Display. Es ist erst kurz nach neun. Für Berliner Verhältnisse also nachtschlafende Zeit. Was an und für sich schon überraschend genug ist. Ich kenne wirklich kaum jemanden, der mich um diese Zeit anruft. Vielleicht ist es Dena, die am Flughafen steht und darauf wartet, dass ich sie abhole und ihr nun ebenfalls eine Bleibe organisiere. Da ist sie völlig schmerzfrei.

Als ich die Nummer endlich erkenne, stöhne ich auf.

»Tammi?« Verschlafen murmle ich ins Handy: »Falls du mir gratulieren willst – geht's nicht etwas später am Tag? Hast du mal auf die Uhr geschaut?«

»Lucie? Bist du das?«, tönt es vom anderen Ende der Leitung.

»Natürlich bin ich das. Wen hast du erwartet? Angela Merkel?«

Ich höre meinen kleinen Bruder mürrisch aufschnauben. »Das letzte Mal war auch so ein komischer Typ am Telefon.«

Der komische Typ, von dem mein Bruder spricht, war vermutlich eine meiner kurzen Affären, die die dumme Angewohnheit hatte, meine Anrufe entgegenzunehmen, wenn ich nicht da war. Einen Moment denke ich angestrengt nach, doch sein Name will mir einfach nicht einfallen.

Ich lasse mich zurück aufs Sofa fallen und schließe die Augen. »Also? Was gibt's, Tammi?«

Ich merke, wie er einmal tief Luft holt, und hoffe inständig, er fängt jetzt nicht an, mir *Happy Birthday* ins Ohr zu dudeln.

»Du musst nach Haus kommen, Lucie. Wenn's geht, heute noch.«

»Vergiss es, Tammi. Ich hab einen Job und Verpflichtungen.« Das stimmt zwar nicht ansatzweise, ist aber egal. »Ich kann nicht einfach alles stehen und liegen lassen, um mit euch Geburtstag oder Ostern oder was auch immer zu feiern.«

Es ist nicht das erste Mal, dass er mich überreden will, wenigstens über die Feiertage heim in den Schoß der Familie zu kommen. Meine Antwort ist jedes Mal die gleiche.

»Diesmal musst du kommen, Lucie. Ich brauche dich hier.«

Er macht eine Pause, die nichts Gutes verspricht.

»Mama ist im Krankenhaus.«

Der letzte Rest Müdigkeit weicht aus meinem Kopf und ich setze mich kerzengerade hin.

»Im Krankenhaus?« Ich räuspere mich unwohl. »Was ist passiert?«

Statt mir zu antworten, stellt Tammi nur eine Frage: »Kommst du?«

KAPITEL 1

Irgendwo habe ich mal gelesen, dass wir von unseren Ahnen nicht nur die Gene für die Farbe unserer Augen oder Haare mit auf den Weg bekommen, sondern auch die Vorlieben für bestimmte Landschaften.

Ich habe keine Ahnung, ob das stimmt, aber es hat durchaus Sinn. Wenn man seit Dutzenden von Generationen daran gewöhnt ist, sein Leben in einem schattigen kleinen Tal inmitten der Berge zu verbringen, dann kann einem schon unheimlich werden, wenn sich plötzlich ein endloser Horizont vor einem auftut.

Meine Vorfahren stammten eindeutig nicht aus den Bergen. Sie waren Fischer und Bauern, und der Anblick der grenzenlosen Weite des Meeres gehörte vermutlich zu ihrer Seele wie die Luft, die sie atmeten.

Während sich der Flix-Bus erst durch den dichten Verkehr der Hauptstadt quälte und dann durch die dunklen Wälder und weiten Felder Brandenburgs fuhr, war ich eingeschlafen. Erst als der Bus am Bahnhof in Lübeck anhielt, wurde ich wach und war erstaunt über die heitere Gelassenheit, die mich beim Anblick der Trave überkam, die sich dunkel und träge durch die Stadt schlängelte. Die meisten Fahrgäste stiegen hier aus. Wer fuhr auch schon im Winter, mitten in einem Schneegestöber, hoch nach Grömitz an die Küste Ostholsteins? Von dort aus musste ich sehen, wie ich weiterkam.

Während meiner Schulzeit hatte es einen Linienbus gegeben, der dreimal am Tag die sechsundfünfzig Kilometer lange Strecke hoch nach Heiligenhafen fuhr und dabei jedes Dorf und Ostseebad abklapperte, das man an der Küste finden konnte. Was einem Tagesausflug gleichkam. Vor allen Dingen, wenn die Urlaubssaison begann und die Busse überfüllt mit Touristen waren. Ich hoffte, diese Linie gab es immer noch, und sie fuhr auch jetzt, mitten im Winter.

Das letzte Mal war ich an einem sonnigen Spätsommertag im September hier gewesen. 2008. Und wenn ich ehrlich bin, dann hatte es in den von Menschenmassen überquellenden Häuserschluchten Berlins keinen Tag gegeben, an dem mir das Meer und der weite Himmel nicht gefehlt hatten. Doch je näher wir nun meiner Heimat kamen, desto stärker machte sich ein unangenehmes Gefühl in meiner Magengrube breit. Und das lag nicht an dem rasanten Fahrstil des Busfahrers. Einen Moment überlegte ich, in Grömitz einfach im Bus sitzen zu bleiben und zurückzufahren.

Was nicht wirklich eine Option war. So, wie Tamme am Telefon geklungen hatte, würde er vermutlich einen Nervenzusammenbruch erleiden, wenn ich nicht pünktlich um drei bei ihm vor der Tür stand. Ich schloss für einen kurzen Moment die Augen und redete mir ein, dass schon alles nicht so schlimm werden würde.

»Da haben wir uns ja ein tolles Wetter ausgesucht, was? Möchten Sie auch einen Keks?«

Ich blickte kurz auf und sah, wie mein Sitznachbar mir über den Gang eine Tupperdose reichte.

»Hat meine Emmi gebacken. Die können Se ruhig nehmen.«

Emmi, die neben ihm am Fenster saß, schob kurz ihr graues Haupt vor und lächelte aufmunternd. Die beiden Herrschaften waren im fortgeschrittenen Alter und hatten die sechzig schon vor längerer Zeit überschritten. Sie waren in Lübeck zugestiegen, und dem Dialekt nach zu urteilen mussten sie irgendwo aus dem Ruhrgebiet kommen, wie so viele Touristen hier oben an der Küste.

Emmi blinzelte mich hellwach an. »Wir fahren ja immer vor Ostern ans Meer. Da isset ja viel billiger.«

»Und nicht so voll.« Ihr Gatte mit den Keksen sah mich vielsagend an. »Da hat man seine Ruhe, verstehen Se.«

Ja, ich verstand. Und ich hätte auch gern meine Ruhe gehabt, vermied es aber, die netten alten Herrschaften darauf hinzuweisen. So, wie sie aussahen, hätten sie sowieso nicht auf mich gehört.

»Wo machen Sie denn Urlaub? Auch in Grömitz?«

Ich schüttelte den Kopf. »Strande.«

Die beiden Herrschaften stießen ein wissendes *Ahh* aus.

»Da isset auch schön. Da sind wir früher immer mit dem Fahrrad hin. Aber jetzt, wo Emmi das künstliche Hüftgelenk hat, geht das nich mehr so gut.«

Die ältere Dame musterte Rudi, der friedlich im Gang lag, sich durchschaukeln ließ und vor sich hin dämmerte.

»Da wird sich Ihr Hund abba freuen. Der Strand ist ja so schön in Strande.«

»Deshalb heißt es ja auch Strande, Emmi.« Ihr Gatte sah sie dozierend an.

»Strand – Strande. Ist ja klar, ne?«

Ich musste lächeln. Die beiden waren etwas nervig, aber irgendwie süß zusammen. Ich nahm höflich einen Keks (der wirklich lecker aussah), um sie nicht zu enttäuschen, und biss hinein. Sie waren außergewöhnlich gut. Süß und weich und herrlich aromatisch.

19

»Die Emmi, die backt die immer mit den Äpfeln ausm Schrebergarten. Die besten, die Sie kriegen können.«

Ich nickte anerkennend. »Sie sind sehr gut. Vielen Dank.«

»Nehmen Sie ruhig noch einen. Sie können's vertragen, so dünn, wie Sie sind.«

Emmi sah mich interessiert an. »Bleiben Sie auch zwei Wochen?«

Ich schüttelte den Kopf. »Zwei, drei Tage, vielleicht. Höchstens eine Woche. Ich muss nur was Familiäres klären.«

Der Mann sah mich erstaunt an. »Ach, Sie kommen aus Strande? Na, das ist ja ein Ding. Das sieht man Ihnen gar nicht an.« Er blickte seine Emmi um Zustimmung heischend an. »Ne, Emmi, die sieht gar nicht so aus.«

Emmi verdrehte etwas die Augen. »Wie soll sie denn aussehen, Günther, also ehrlich.«

Sie boxte ihm leicht auf den Arm und wandte sich wieder an mich.

»Sie müssen ihn entschuldigen. Manchmal sagt er Sachen, ohne groß nachzudenken. Und das schon so lange, wie wir uns kennen.«

Ich musste lächeln. Tatsächlich ließ mein Äußeres nicht darauf schließen, dass meine Wurzeln im Norden lagen. Das dunkle, lockige Haar war fast schwarz und mein Teint blieb sogar im Winter noch leicht olivfarben. Das hatte mein Vater mir vererbt. Ein temperamentvoller Sizilianer, den es als Saisonarbeiter in eine der Strandpizzerien von Strande verschlagen hatte.

»Mein Vater kommt aus Italien. Aber meine Mutter ist waschechte Strandianerin.«

Emmi nickte wissend. »Dann haben Sie die hellen Augen bestimmt von ihr.«

Wir waren uns tatsächlich sehr ähnlich, meine Mutter und ich. Vor allen Dingen, was die Männer betraf, da suchte sie sich auch mit schlafwandlerischer Sicherheit die Falschen aus. Sie hatte sich gleich im ersten Sommer in meinen Vater verliebt und ihn ein Jahr später geheiratet. Nach sechs Jahren Ehe mit meiner Mutter hatte sich blöderweise herausgestellt, dass Enzo im fernen Sizilien bereits eine Familie besaß. Was wiederum erklärte, warum er jedes Jahr im Winter gen Süden verschwand und seine Frau nebst Kindern mit der fadenscheinigen Erklärung, in seinem italienischen Dorf wäre es wegen der Mafia zu gefährlich, in Strande zurückließ. Bis dann die Sommersaison wieder anfing und er gut gelaunt und bester Dinge zurückkam, fleißig Pizzateig knetete und seine Zweitfamilie tatsächlich glücklich machte. Bis auf den Umstand, dass er ein elender Schwindler und Bigamist war, war er nämlich ein wirklich liebenswerter Mensch. Eine meiner ersten Erinnerungen ist, wie er lachend und unglaublich geschickt eine riesige Hefeteigscheibe durch die Luft wirbelt, um daraus eine herrlich knusprige Pizza zu backen, die ich zusammen mit meinem Bruder und meiner Mutter im Strandkorb vor der Promenade verputze.

Es dauerte daher eine ganze Weile, bis dann doch noch herauskam, was mein Vater in seiner Winterpause so trieb. Was ein echter Skandal in Strande gewesen war. Alle bedauerten meine arme Mutter, die auf diesen charmanten Herzensbrecher hereingefallen war. Und machten sich hinter ihrem Rücken über ihre Leichtgläubigkeit lustig. Von so was ließ meine Mutter sich jedoch nicht unterkriegen. Immerhin hatte sie ein paar wirklich schöne Jahre mit Enzo verbracht und nun zwei wunderbare Kinder.

»Man hätte es auch schlimmer treffen können.«

Es war ihre Standardantwort auf die Frage, ob sie denn gar nichts bereue.

Ich blickte wieder hinaus zum Fenster, an dem die Regenschlieren einen verschwommenen Blick auf die Landschaft erlaubten. Die Bäume waren noch kahl und die Äcker schmutzig braun im Winterschlaf. Schon bald, wenn der Frühling endlich

Einzug hielte, würden die alten Alleen mit ihren Obstbäumen in Blüte stehen, und die leuchtend gelben Rapsfelder würden sich malerisch vor dem dunkelblauen Hintergrund der Ostsee abheben. Ich würde nicht lange genug bleiben, um das zu erleben, was mich einen Moment lang wehmütig stimmte. Zu allem Überfluss fing es auch noch an zu schneien. Es war ein schwerer, nasser Schnee, der träge an den Seitenfenstern kleben blieb.

»Hier.« Der nette ältere Herr hielt mir die Tupperdose mit den Keksen erneut hin. »Nehmen Sie sich ruhig noch welche.«

Da ich heute Morgen auf etwas Ähnliches wie Frühstück verzichtet und es ebenfalls verpasst hatte, mir am Busbahnhof etwas zu besorgen, knurrte mir tatsächlich der Magen.

»Greifen Sie zu. Wir haben noch eine ganze Dose im Koffer«, fügte Emmi eifrig hinzu.

Ich beugte mich vor, als der Bus auf der Fahrbahn etwas ins Schlingern geriet und uns durchschüttelte. Der alte Herr wurde ebenfalls überrascht von der plötzlichen Bewegung und wollte sich mit der Hand am Sitz festhalten. Leider vergaß er dabei völlig, dass sich darin die Tupperdose befand. In hohem Bogen landeten die Kekse auf dem Mittelgang und den Sitzen.

»Himmelherrgott!«, hörte ich den Mann unterdrückt fluchen.

Ich kämpfte mich trotz des Schlingerns aus meinem Sitz. »Halb so schlimm. Das haben wir gleich.«

Rudi machte sich umgehend über die Kekse her, an die er herankam. (Ich hatte ihm am Morgen nur eine Schüssel Trockenfutter hingestellt, die er missmutig geleert hatte.)

»Bleiben Sie lieber sitzen.« Ich lächelte die beiden Herrschaften an, die erschrocken ihren Keksen hinterherblickten und denen es fürchterlich peinlich schien, so eine Aufregung zu verursachen. »Sonst fliegen Sie Ihren Keksen noch hinterher.«

Der Mann sah mit Bedauern auf die fast leere Dose. »So eine Schande. Die schönen Kekse.«

»Rudi schmecken sie.«

Ich stellte mich in den Mittelgang und sammelte die Leckerbissen auf, an die Rudi nicht herankam. »Bevor sie im Müll landen, kann er sie futtern. Falls Sie nichts dagegen haben.«

»Nein, meine Liebe, machen Sie nur.« Die alte Dame sah mich erleichtert an. »Wäre ja schade, wenn man die wegschmeißt.«

Ich richtete mich auf und stand im Gang mit dem Rücken zur Fahrtrichtung, während Rudi mit Begeisterung die ihm unverhofft präsentierten Leckereien verputzte.

Unvermittelt machte der Bus erneut eine schlingernde Bewegung, die mich ins Taumeln brachte. Diesmal hörte das Schlingern nicht auf. Im Gegenteil. Zweimal wurde ich hin und her geschleudert und versuchte, mich irgendwie auf den Beinen zu halten. Dann spürte ich einen unmenschlichen Ruck, als der Fahrer eine Vollbremsung hinlegte. Die Trägheitskraft war so stark, dass es unmöglich war, sich noch irgendwo festzuhalten. Das Letzte, was ich bewusst wahrnahm, war, wie ich in dem schmalen Gang erst nach vorn in Richtung Busende gedrückt wurde, um im nächsten Augenblick wie an unsichtbaren Schnüren nach hinten in Richtung Fahrer gezogen zu werden und dabei den Boden unter den Füßen zu verlieren. Ich hörte Rudi ängstlich aufjaulen und einen spitzen Schrei, der von der älteren Dame kommen musste.

Mein Kopf schlug auf den Boden auf, was mir den Atem raubte und augenblicklich vor Schmerz die Tränen in die Augen trieb. Einen Moment starrte ich an die cremefarbene Decke des Busses und war überrascht, wie weit sie doch von mir entfernt war. So weit wie ein wolkenverhangener, endloser Himmel.

Dann versank alles um mich herum in tiefschwarze Nacht.

Ich kam zu mir, weil ich am ganzen Körper zitterte, obwohl mir gar nicht kalt war. Ich versuchte die Arme zu heben, aber irgendetwas hinderte mich daran. Langsam öffnete ich die Augen, blinzelte und versuchte meinen Blick scharf zu stellen. Mir fiel auf, dass es gar kein Zittern war. Ich wurde nur kräftig durchgerüttelt.

»Bleiben Sie ganz ruhig, wir kümmern uns um Sie.«

Ich stöhnte leicht und versuchte den Kopf zu heben, was mir allerdings unmöglich war. Irgendetwas schien meinen Hals fest im Griff zu haben und einen Moment befürchtete ich zu ersticken.

»Kein Luft … ich kriege keine Luft …«

Ein Mann beugte sich über mich und ich erkannte ein zuversichtliches Lächeln auf seinem Gesicht.

»Ganz ruhig weiteratmen, das ist nur die Halskrause, die wir Ihnen angelegt haben, nur zur Sicherheit … wir sind gleich in der Ambulanz, dann wird alles gut …«

Er verschwand kurz aus meinem Blickfeld, und ich hörte ihn mit jemandem reden, der vorne saß. »Fahr mal ein bisschen langsamer, Ole. Hier hinten schaukelt's uns ordentlich durch.«

»Sind gleich da«, hörte ich eine andere Stimme.

Der Mann beugte sich wieder zu mir. »Haben Sie gehört, wir sind gleich da. Wie ist Ihr Name? Wie heißen Sie? Können Sie mir das sagen?«

Ich sah ihn irritiert an. Wieso sollte ich meinen Namen nicht kennen?

»Lucie … Lucie Thomsen … was … was ist mit mir …?«

Er strich mir sanft eine Strähne aus der Stirn, während er sich mit der anderen Hand an einem Griff festhielt.

»Sie haben sich ordentlich den Kopf gestoßen, würde ich mal sagen. Aber das wird schon wieder.«

Er hatte den leichten Singsang der Norddeutschen in der Stimme. Was sehr gut zu den wasserblauen Augen passte, die mich ruhig musterten.

»Ich bin Doktor Brandt.« Sein Lächeln wurde breiter, und um die hellen Augen bildeten sich kleine Fältchen, die ihm ein jugendliches Aussehen verliehen. »Der Arzt, dem die Frauen vertrauen. Sie sind in guten Händen bei mir.«

Ich fühlte mich so unsagbar müde und kämpfte gegen den Impuls an, meine Augenlider zu schließen. »Sehr beruhigend …« Meine Stimme war nicht mehr als ein Flüstern. »Ihre Augen sind übrigens ganz toll …«

Dann wurde es dunkel um mich herum.

Als der Wagen vor dem kleinen Krankenhaus vorfuhr und vor der Notaufnahme anhielt, bekam ich davon nichts mit.

KAPITEL 2

»Ich bin mir wirklich sicher, Mama, dass er hier nicht reindarf.«

»So ein Unsinn. Wer soll denn was gegen ihn haben?«

»Vermutlich die diensthabende Schwester? Der Chefarzt? Die Krankenhausverwaltung, wenn du mich fragst.«

Die Stimmen drangen leise, dann immer lauter in mein Bewusstsein. Nach einem Moment kamen sie mir auch sehr bekannt vor.

»Na und? Was wollen sie machen? Uns rausschmeißen?«

»Das wäre eine Möglichkeit.«

Mein Bruder Tamme war schon immer ein elender Spielverderber gewesen.

»Dann geh einfach raus auf den Flur und pass auf, dass keiner kommt.«

Das war ganz eindeutig meine Mutter. Im Gegensatz zu ihrem Sohn war sie schon immer ein rebellischer Geist gewesen.

»Mama! Das ist jetzt nicht dein Ernst!«

Ich stöhnte leise auf und augenblicklich verstummte die Diskussion.

»Ich glaube, sie ist wach!«

»Das wird auch höchste Zeit.«

Einen Moment später spürte ich, wie etwas sanft meine Wange berührte und meine Hand gehalten wurde.

»Lucie, Schätzchen, da bist du ja wieder.«

Ich öffnete blinzelnd die Augen. In meinem verschwommenen Blickfeld erschien tatsächlich das vertraute Gesicht meiner Mutter.

»Mama …«

Sie lächelte mich an. »Hallo, Kleines …«

Ich musste mich räuspern. Meine Kehle und mein Mund waren staubtrocken.

»Magst du was trinken?« Sie wandte kurz den Kopf. »Gib ihr doch mal was zu trinken, Tamme.«

Ein verwuschelter blonder Schopf erschien in meinem Blickfeld. Im Gegensatz zu mir hatte Tamme die blonden Haare unserer Mutter abbekommen. Und die sanften dunklen Augen meines Vaters.

»Hey. Schön, dass du da bist.«

Er hatte sich nicht verändert, seit wir uns das letzte Mal gesehen hatten. Das war vor zwei Jahren gewesen, als er überraschend mitten im Winter vor meiner WG-Tür gestanden und kurzerhand erklärt hatte, er brauche dringend eine Auszeit und eine Möglichkeit zu pennen. Er war eine knappe Woche geblieben, wobei ich ihn kaum zu Gesicht bekam. Ständig war er unterwegs gewesen und hatte sich die Nächte in irgendwelchen Klubs um die Ohren geschlagen. Tagsüber hatte er die meiste Zeit geschlafen und mir nur sehr wenig über seine nächtlichen Großstadtabenteuer berichtet. Ich hatte nicht weiter nachgefragt. Nach sechs Nächten war er genauso plötzlich, wie er aufgetaucht war, auch wieder verschwunden.

»Hey, Tammi …«, brachte ich mühsam heraus und musste schwer schlucken.

»Hast du Durst? Willst du was trinken, Schätzchen?«

Meine Mutter tätschelte beruhigend meine Hand, und ich nickte knapp, wobei mir ein furchtbarer Schmerz direkt unter die Schädeldecke schoss und ich wieder aufstöhnte.

»Ahhh …«

Tammi verzog grinsend das Gesicht. »Das ist 'ne ordentliche Beule.«

Er hielt mir einen dieser Plastikbecher hin, die einen Aufsatz zum Nuckeln haben. Ich hob kurz den Kopf, was den Schmerz nicht besser machte, und nahm ein paar gierige Schlucke. Das Wasser tat gut und vertrieb den pelzigen, bitteren Geschmack in meinem Mund.

»So ist es schon viel besser.« Sie blickte Bestätigung heischend zu meinem Bruder. »Das wird schon wieder, nicht wahr?«

Tamme verdrehte leicht genervt die Augen.

»Sie hat eine Beule am Kopf und eine Gehirnerschütterung. Natürlich wird das wieder.«

Mein Bruder hatte noch nie viel Aufhebens um solche Dinge gemacht. Warum er vermutlich auch zwei Wochen lang mit einem gebrochenen Daumen herumgelaufen war, bevor er endlich mal zum Arzt ging. Der Daumen hatte mittlerweile eine schwarzbläuliche Färbung angenommen und so ausgesehen, als würde er ihm bald abfallen.

Ich musste trotz meiner bohrenden Kopfschmerzen lächeln.

»Danke für dein Mitgefühl, Tammi, mir geht's gleich viel besser.«

Meine Mutter nahm wieder meine Hand und drückte sie. »Der Arzt meinte, du musst nur ein, zwei Tage zur Beobachtung bleiben, dann kannst du wieder heim.«

Ich betrachtete sie genauer. Sie war dünn geworden, und ihr fülliges blondes Haar war durchzogen von silbernen Strähnen. Wir telefonierten regelmäßig alle paar Wochen, doch gesehen hatten wir uns das letzte Mal vor drei Jahren, als sie mich in

Berlin an meinem Geburtstag überraschte. Da hatte sie fit und gesund und voller Energie gewirkt. Nun war ihre Haut blass und die Falten um ihre hellen Augen, unter denen dunkle Schatten lagen, hatten sich vertieft. Was allerdings wirklich beunruhigend war, war die kompliziert aussehende Schlinge, die um ihre Schulter lag und ihren linken Arm eng an den Körper gepresst hielt.

»Tammi hat erzählt, dass du einen Unfall hattest, Mama. Ist es sehr schlimm?«

Sie warf ihrem Sohn, der schon den Mund geöffnet hatte, um etwas zu sagen, einen mahnenden Blick zu.

»Das ist nicht schlimm. Ich bin mit dem Fahrrad gestürzt, kannst du dir das vorstellen? Ich? Und da war die Schulter dann gebrochen.«

»Gestürzt?«

Sie lächelte wieder und drückte mit ihrer gesunden Hand meine Hand.

»Da haben wir wieder was gemeinsam, Liebes. Nur bei dir ist es der Kopf. Und zum Glück nichts gebrochen.«

Ich sah auf zu Tammi, der mit gesenktem Blick die Erklärung meiner Mutter verfolgte, und an der Art und Weise, wie er mit den Zähnen knirschte, merkte ich, dass er mit ihrer Erklärung alles andere als zufrieden war.

Bevor ich etwas sagen konnte, strahlte Mama mich an.

»Wir haben dir noch jemanden mitgebracht.«

Sie klopfte mit der Hand auf meine Bettdecke. Einen Augenblick später erschien die rosa Marzipannase Rudis, der eine Pfote auf das Bett legte. Ich hörte ihn erfreut winseln.

»Rudi … alles gut bei dir?« Ich kraulte seine Ohren und war über die Maßen erleichtert, dass ihm bei der Vollbremsung des Busses, die mich wie eine Rakete durch den Gang hatte schießen lassen, nichts passiert war.

Tammi tätschelte ebenfalls seinen Kopf.

»Dem geht's prima. Das nette Ehepaar aus dem Bus hat auf ihn aufgepasst, bis ich ihn abgeholt habe.«

Ich lächelte erleichtert und schloss die Augen. »Wie lange war ich eigentlich weg?«

»Ach, nur ein paar Stunden.« Tammi winkte beruhigend ab. »Aber wir müssen gleich gehen. Also Rudi und ich. Die Besuchszeit ist längst vorbei, und der Arzt meinte, du solltest dich einfach nur ausschlafen.«

»Und ich bin nur zwei Zimmer weiter, Schatz. Wir sind auf derselben Station. Ist das nicht praktisch?«

Ich musste lächeln. Und mir fiel auf, dass meine Mutter so etwas Ähnliches wie einen Jogginganzug aus Frottee trug, den ich noch nie an ihr gesehen hatte. Der Anblick war etwas gewöhnungsbedürftig.

»Wenn du was brauchst, bin ich gleich zur Stelle.«

»Danke, Mama, das ist ... sehr beruhigend.«

Mein Bruder berührte mich leicht an der Schulter. »Dann bis morgen. Ich schleich mich mal raus.«

Er drückte meiner Mutter einen Kuss auf die Wange. »Und du versprichst mir, dass du nicht die ganze Nacht an ihrem Bett sitzt, verstanden?«

Er schnappte sich die Leine und ging zur Tür, die hinaus in den Krankenhausflur führte. Rudi folgte ihm nur widerwillig.

»Ist schon gut, Rudi, wir sehen uns morgen, geh nur.«

Mein Bruder steckte kurz den Kopf hinaus in den Flur, um zu prüfen, ob die Luft rein war. Dann verschwand er und winkte uns noch einmal kurz zum Abschied zu.

Meine Mutter atmete erleichtert auf, als wir wieder allein waren. Ich erkannte die Tränen in ihren Augen, als sie meine Hand drückte. »Ich freu mich so, dass du da bist, Lucie. Wirklich. Auch wenn die Umstände etwas ... kurios sind.«

Zum ersten Mal seit einer Ewigkeit fiel mir auf, wie sehr ich sie vermisste. Und wie froh ich war, dass sie nun hier an meinem

Krankenbett saß, meine Hand hielt und auf mich aufpasste, so wie sie es in meiner Kindheit getan hatte.

»Ich freu mich auch, Mama.« Ich wollte noch etwas sagen, aber erneut überkam mich diese Müdigkeit, die mir schon im Rettungswagen den Rest gegeben hatte.

»Du musst mir erzählen, wie das mit dem Sturz passiert ist …«

Falls sie noch weiter an meinem Bett ausharrte, dann bekam ich davon nichts mehr mit. Von einer Sekunde zur anderen war ich wieder eingeschlafen.

Es ist mir ein Rätsel, warum die Verantwortlichen eines Krankenhauses ernsthaft davon ausgehen können, irgendjemanden wieder gesund zu machen, wenn man seine Mitarbeiter dazu verdonnert, pünktlich um sechs Uhr morgens die Krankenzimmer zu stürmen. Niemanden ereilt eine Wunderheilung, der von einem fröhlichen *Guten Morgen* und dem lärmenden Klappern eines Bettenwagens geweckt wird. Vermutlich war es nur meinem Alter zu verdanken, dass ich das überlebte, und ich fragte mich, wie viele Patienten jenseits der sechzig schon den plötzlichen Herztod gestorben sein mussten. Bei dieser Begrüßung.

»Na, wie geht's uns denn heute Morgen?«

Die hagere, gehetzt wirkende Schwester wuselte durch das Zimmer, riss die Gardinen auf und verteilte frische Wasserflaschen auf den Nachttischen. Dabei sah sie mich kaum an.

»Tja …« Ich richtete mich mühsam im Bett auf und versuchte, einen klaren Kopf zu bekommen. Was angesichts der sofort wieder einsetzenden Kopfschmerzen recht schwer war. »Ganz gut … glaube ich.«

Die Schwester hantierte an der Braunüle an meinem Arm, um die Infusion abzutöpseln, die in der Nacht längst durchgelaufen war.

»Sie können gleich aufstehen und ins Bad. Hoa hilft Ihnen dabei.«

Ich nickte schwach und lächelte die asiatisch aussehende zierliche Frau mittleren Alters an, die bereits einer älteren Dame im Nebenbett half aufzustehen. Sie lächelte professionell zurück.

»Musst du noch ein bisschen warten. Erst Frau Herrlich.«

»Kein Problem.« Ich ließ mich zurück in die Kissen fallen und schloss die Augen. »Ich laufe bestimmt nicht weg.«

Die andere Schwester, die vermutlich die Chefin der Station war, schob den Ständer mit der leeren Infusion nach draußen und sah mich noch einmal mahnend an. »Nur einmal kurz ins Bad. Solange der Doktor Sie nicht untersucht hat, gilt Bettruhe für Sie.«

Ein wenig kam ich mir vor wie in einer Bundeswehrkaserne. Obwohl ich noch nie in einer war. Ich versuchte, wieder einzuschlafen. Was allerdings unmöglich war. Die nächsten zehn Minuten durfte ich dabei zuhören, wie Hilfsschwester Hoa mit übermenschlicher Geduld und freundlicher Beharrlichkeit versuchte, Frau Herrlich davon zu überzeugen, die Zähne zu putzen, sich mit einem Waschlappen zu waschen und die Haare, die ihr wie ein gerupftes Vogelnest auf dem Kopf standen, in eine annehmbare Form zu bringen. Ihre Deutschkenntnisse waren lausig, und ich hoffte inständig, dass sie die Medikamenten- und Behandlungsanweisungen der ihr anvertrauten Patienten besser verstand, als ihre eigenwillige Interpretation der deutschen Grammatik vermuten ließ. Ansonsten sah ich schwarz für meine Genesung.

Pünktlich um sieben, nachdem ich kurz im Bad gewesen war und mir ebenfalls die Zähne geputzt und ein wenig Wasser ins Gesicht gespritzt hatte, ging die Tür auf und meine Mutter stürmte herein.

»Guten Morgen«, flötete sie, als wären wir nicht unter höchst seltsamen Umständen im Krankenhaus vereint, sondern säßen auf der kleinen Terrasse in den Dünen unseres alten Hauses am Strand.

Sie kam zu mir, setzte sich auf die Bettkante, ruckelte ihren Verband kurz zurecht und strahlte mich an.

»Also heute Morgen siehst du schon viel besser aus.«

»Danke. Gut zu wissen.«

»Ich hab dir Frühstück bestellt. Gestern Abend noch. Brötchen und Käse. Und Nutella. So, wie du's gerne magst.«

Das war mein Standardfrühstück gewesen. Mit zwölf. In Berlin hatte ich die letzten Jahre komplett auf eine morgendliche Mahlzeit verzichtet.

»Und ich hab ein bisschen Druck gemacht. Bei dem Stationsarzt. Dass er dich gleich als Erstes bei der Visite drannimmt. Sonst muss man hier ja den ganzen Vormittag warten, bis man mal drankommt.«

Ich verzog leicht das Gesicht. Meine Mutter war schon immer ein Energiebündel gewesen und fühlte sich anscheinend selbst im Krankenhaus dazu berufen, den Laden im Griff zu haben.

»Das ist wirklich … lieb von dir. Aber …«

Ich konnte es nicht weiter ausführen, weil meine Mutter einfach weiterredete. »Und ich hab gleich mal klargestellt, dass sie dich noch heute zu mir ins Zimmer verlegen. Wo wir doch schon mal zusammen im Krankenhaus liegen.«

»Ich weiß nicht, ob das wirklich nötig ist.«

»Natürlich ist das nötig. Dann kann ich mich um dich kümmern.«

»Eigentlich fühle ich mich ziemlich fit.«

»Das lass mal schön die Ärzte entscheiden.« Sie tätschelte meine Hand. »Die wissen da viel besser Bescheid.«

Ich sah sie kurz nachdenklich an. »Wie geht es denn dir und deiner Schulter?«

Sie winkte leichthin ab. »Prima. Ich würde ja auch am liebsten sofort wieder gehen. Aber sie wollen mich noch bis zum Wochenende hierbehalten. Ist wohl Standard nach so einer OP.« Sie deutete auf zwei Stellen am Oberarm. »Sie haben mir zwei Nägel eingesetzt. Hier und hier.«

Ich nickte beeindruckt. »Wird es lange dauern, bis die Schulter wieder verheilt ist?«

Meine Mutter nickte düster. »Die nächsten drei Monate falle ich wohl aus. Und das jetzt, wo doch die Saison beginnt.«

Ich atmete tief durch, und mir fiel wieder ein, warum ich überhaupt den Weg zurück in mein kleines Heimatdorf angetreten hatte.

Ich bin noch nie besonders gut darin gewesen, meine Gefühle vor meinen Mitmenschen zu verbergen. Von daher war es auch kein Wunder, dass meine Mutter sich umgehend bemüßigt fühlte, die Sorgen, die in mir aufstiegen, zu deckeln.

»Wenn's nach mir gegangen wäre, dann hättest du ruhig in Berlin bleiben können. Das war allein Tammes Idee.«

»Ich bin gerne hier, wirklich.« Nun, das entsprach nicht ganz der Wahrheit, aber egal. »Und ich bin froh, dass Tammi mich angerufen hat. Ich muss doch wissen, wenn mit dir was ist.«

Meiner Mutter war das etwas peinlich. Sie wich meinem Blick aus und lächelte verhalten. »Mir geht's doch gut. Sehr gut sogar, jetzt, wo du da bist.«

Hilfsschwester Hoa stürmte erneut das Zimmer und brachte unser Frühstück.

Im Laufe des Vormittags, während ich noch das Bett hüten musste und auf die Visite wartete, brachte mich meine Mutter auf den neusten Stand. Was hauptsächlich unseren Familienbetrieb betraf. Der bestand aus einem kleinen Campingplatz, der seit drei Generationen direkt am Nordstrand von Strande in unserem Besitz war. Viel gab es nicht zu berichten, wie meine Mutter mir versicherte. Die *Rosenfelder Düne,* so lautete der Name unserer kleinen Idylle an der Ostsee, lief so wie seit mehr als siebzig Jahren – beschaulich. Das war schon immer so gewesen, seit mein Großvater den Campingplatz nach dem Krieg aufgebaut hatte. Ich war beruhigt. Und zufrieden, dass es tatsächlich noch Dinge gab auf dieser Welt, die sich nicht in dem irrsinnigen Tempo unserer Zeit in etwas wandelten, was man nicht mehr wiedererkennen konnte.

»Na, wart mal ab, bis du das Dorf siehst. Da hat sich ordentlich was getan.« Meine Mutter schüttelte missmutig den Kopf. »Das erkennt man kaum wieder.«

Und dann erzählte sie von den zahlreichen Neubauten, in denen sich moderne Ferienapartments verbargen und die in die Jahre gekommenen alten Pensionen und Fremdenzimmer verdrängten. Mit zunehmend düsterer Miene berichtete sie davon, wie erst die kleineren Pensionsbetriebe geschlossen und dann die Häuser verkauft worden waren. Schließlich hatte es auch die größeren Hotels erwischt.

»*Haus Sören* – weg. Der *Holsteiner Hof* – vor drei Jahren geschlossen, und jetzt hat auch noch der alte Ohlrogge sein Hotel aufgegeben.«

Ich sah sie kopfschüttelnd an. »Aber der hat das doch noch groß umgebaut. Hat Tamme da nicht seine Ausbildung gemacht?«

»Stimmt. Aber der alte Ohlrogge findet keine Leute mehr, die für ihn arbeiten. Die gehen lieber rüber zu den Friesischen Inseln oder nach Timmendorfer Strand. Da gibt's mehr Geld.« Sie seufzte einmal schwer. »Unser Strande ist nicht mehr so angesagt wie früher, Lucie. Und wenn du mich fragst, dann liegt das daran, dass das Dorf seine Seele verkauft hat.«

Ich erfuhr, wie die neue Kurverwaltung damit begonnen hatte, die alte Strandpromenade zu sanieren und neu zu gestalten und dabei die meisten der alten windschiefen und reetgedeckten Fischerhütten, die ich noch aus meiner Kindheit kannte, im Wege standen. Sie wurden ersetzt durch moderne verglaste Billigbauten, in denen sich nun überteuerte Gastroeinrichtungen ohne Charme und Tradition befanden.

»Bei uns am Nordstrand geht's noch einigermaßen. Aber den Südstrand, den wirst du nicht wiedererkennen.« Sie sah mich mit einer Mischung aus Wehmut und großer Müdigkeit an, die ich so von meiner Mutter nicht kannte. »So sind die Dinge nun mal, Lucie. Alles verändert sich.«

Ich konnte ihren Schmerz angesichts der rasanten Entwicklung, die unser beschauliches Ostseedörfchen erlebt hatte, fast körperlich spüren. Und es machte auch mich traurig.

Schließlich straffte Mama die Schultern, was angesichts ihres Verbandes nicht ganz einfach war, und hob trotzig den Kopf. »Aber keine Sorge, bei uns ist noch alles beim Alten. Selbst Piets Hütte steht noch unten bei den Dünen, erinnerst du dich dran?«

Natürlich erinnerte ich mich an die reetgedeckte kleine Hütte mit weiß gekalkten Wänden, in der es immer ein wenig muffig roch und wo es lauwarmen Filterkaffee aus großen Thermoskannen für die Erwachsenen gab und quietschbuntes Wassereis für die Kinder. Im Sommer hatten wir uns damit die Bäuche vollgeschlagen.

»Piet ist ja letzten Herbst gestorben.«

»Oh, das tut mir leid.«

»Na ja, mit einundneunzig Jahren kam das jetzt nicht überraschend. Aber im letzten Sommer, da hat er immer noch sein Eis verkauft.«

Ganz automatisch tauchte das wettergegerbte, stets schlecht rasierte Gesicht des weißhaarigen alten Mannes auf, der mir selbst in meiner Kindheit schon uralt erschienen war.

»Die Svantje, seine Enkelin, will jetzt einen Wassersportverleih da aufmachen. Ich würde mich so für sie freuen, wenn das klappt.«

Sie sah mich begeistert an. »Weißt du noch, wie ihr, du und Tamme, da auch immer eine Surfschule aufmachen wolltet?«

Auch daran erinnerte ich mich. Leider. Also nahm ich lieber ihre Hand, drückte sie und lenkte vom Thema ab. »Jedenfalls bin ich froh, dass du dir nur die Schulter gebrochen hast. Auch wenn das schon schlimm genug ist. Als Tammi mich anrief, hab ich mir schreckliche Sorgen gemacht.«

Sie sah mich schuldbewusst an und wich meinem Blick aus. »Ach, Lucie. So ein Aufstand, nur wegen mir ...«

»Du bist jeden Aufstand wert, Mama.«

Sie blickte mich an, und ich erkannte wieder diesen schmerzvollen Ausdruck in ihren Augen, der so untypisch für meine Mutter war. Sie war ein Ausbund an Optimismus, und ich fragte mich, was wohl diese Melancholie in ihrem Blick verursacht hatte. War es die Tatsache, dass ihr geliebtes Strande sich unwiderruflich wandelte? Oder dass ich ihr und allen anderen den Rücken gekehrt und sie verlassen hatte? Sie hatte mir nie deswegen Vorwürfe gemacht oder versucht, mich zu einer Rückkehr zu bewegen.

Ich sah sie prüfend an. »Ist wirklich alles okay mit dir?«

»Natürlich, Lucie.«

Aus irgendeinem Grund glaubte ich ihr kein Wort. Doch bevor ich weiter nachhaken konnte, öffnete sich die Tür, und ein ganzer Schwall weiß gekleideter Gestalten, die sehr wichtig und beschäftigt schienen, stürmte das Krankenzimmer zur Visite.

KAPITEL 3

»Warum kann sie nicht noch eine Nacht hierbleiben? Das ist doch unverantwortlich, was diese Ärzte machen.«

Mama sah Tamme erbost an, der mir dabei half, meine paar Sachen zusammenzupacken und in meinen Rucksack zu verstauen (man hatte ihn zum Glück mit mir ins Krankenhaus gebracht). Kurz nach der Visite und der Versicherung des Chefarztes, dass meine Gehirnerschütterung wohl nicht besonders schwerwiegend sei und auch das MRT keine Auffälligkeiten gezeigt hatte, durfte ich das Krankenhaus verlassen. Ich hatte umgehend meinen kleinen Bruder angerufen, er solle mich abholen. Meine Mutter hielt das allerdings für keine gute Idee.

»Wer weiß, was da bei ihr im Kopf los ist. Sie war bewusstlos!«

»Mama, mir geht's wirklich wieder gut. Ich hab noch nicht mal eine Platzwunde. Das ist nicht mehr als eine Beule, glaub mir.«

Tamme warf meiner Mutter einen genervten Blick zu. »Sie hatte schon immer einen Dickschädel. Und ich brauche echt Hilfe auf dem Platz.«

Meine Mutter stützte ihren freien Arm protestierend auf die Hüfte. »Du wirst sie nicht arbeiten lassen, mein Lieber. Sie muss sich doch ausruhen.«

»Den Papierkram wird sie schon hinbekommen, Mama.«

Ich räusperte mich lautstark. »Falls es euch entfallen sein sollte – ich bin hier. Direkt neben euch. Ich kann euch hören. Und ich kann sehr gut allein entscheiden, was ich tun kann und was nicht.« Ich lächelte Tamme an. »Sag mir einfach, was ich tun soll, und ich tu's.«

Er nickte knapp.

Meine Mutter schwieg ungefähr dreißig Sekunden lang, und ich gab mich kurz der Hoffnung hin, das Thema sei für sie erledigt. Tamme und ich atmeten erleichtert auf. Etwas zu früh, wie sich herausstellen sollte.

»Wisst ihr, was?! Ich komme mit. Ich langweile mich hier zu Tode ohne euch.«

Wir fuhren herum und stießen gleichzeitig ein erschrockenes *Nein!* aus. Einen Moment lang sahen wir uns irritiert an. So einig waren wir uns seit Ewigkeiten nicht mehr gewesen.

Tamme fand als Erster seine Sprache wieder.

»Bist du irre, Mama? Das kommt überhaupt nicht infrage. Du bleibst schön hier. Und Lucie und ich kümmern uns um alles.«

Meine Mutter sah todunglücklich aus und sie tat mir augenblicklich leid.

»Ich geb's nicht gerne zu, aber in diesem Fall hat er recht. Du musst warten, bis du wieder richtig fit bist. Wir kommen dich doch sowieso jeden Tag besuchen.«

Meine Mutter sah alles andere als überzeugt aus und setzte sich frustriert auf die Bettkante.

»Hier fühle ich mich erst recht krank.«

»Mama, du *bist* krank, verdammt noch mal!«

Die Vehemenz, mit der mein Bruder das sagte, verärgerte mich. Gut, eine gebrochene Schulter war bestimmt alles andere als angenehm. Aber so richtig krank war man damit nun auch nicht.

Ich warf ihm einen bösen Blick zu. »Musst du eigentlich immer so übertreiben, Tamme?«

Er sah doch, dass meine Mutter sich hilflos fühlte mit der Behinderung, die eine gebrochene Schulter so mit sich brachte. Da musste er nicht auch noch Salz in ihre Wunde streuen. Manchmal verfügte er über die Sensibilität einer Dampfwalze. Ich setzte mich zu Mama auf die Bettkante und legte tröstend den Arm um ihre gesunde Schulter. Sie kam mir so klein und zerbrechlich vor, und ich fragte mich einen Moment lang, ob es daran lag, dass ich sie in meiner kindlichen Erinnerung immer als tatkräftige, stolze Frau im Gedächtnis hatte, die jedes Problem im Handumdrehen löste. Vielleicht war sie ja schon immer so zerbrechlich gewesen, und mir war es einfach nur nicht aufgefallen, weil Eltern für Kinder immer etwas Übermenschliches haben.

»Du bist nicht krank, Mama. Nur gerade etwas … eingeschränkt.«

Tamme öffnete den Mund, um etwas zu erwidern, und in seinen Augen erkannte ich einen kurzen Moment lang hilflose Wut.

»Stimmt genau, Lucie!« Meine Mutter ging dazwischen, bevor er etwas sagen konnte. »Und ich wäre dir sehr dankbar, Tamme, wenn du auch mit diesem Unsinn aufhören würdest. Denk daran, was du mir versprochen hast.«

Einen Moment sah ich verwundert zwischen meiner Mutter und Tamme hin und her. Es war offensichtlich, dass es hier etwas gab, was sie mir verschwiegen. Ich hatte allerdings keine Ahnung, was das sein könnte.

»Versprochen? Was denn versprochen? Könntet ihr Klartext reden?«

»Er hat mir versprochen, sich um alles zu kümmern und die *Rosenfelder Düne* für die Saison vorzubereiten.«

»Aha?« Ich sah meinen Bruder skeptisch an. Wenn das alles war, warum schien Tamme dann so sauer zu sein? Immerhin sorgte er seit Ewigkeiten dafür, dass der Campingplatz rechtzeitig für die Saison und für unsere Urlaubsgäste in Schuss war. Auch wenn er im Sommer hauptsächlich für den Betrieb des Lebensmittelladens und des kleinen Imbisses verantwortlich war, der die Gäste mit Pommes und Würstchen versorgte.

»Du kennst doch deinen Bruder. Wenn ich mich nicht um den Rasen und die Sträucher und die Rosen kümmere, dann sieht's auf der *Rosenfelder Düne* aus wie auf dem Truppenübungsplatz in Gehren.«

»Helfen denn Hauke und Inken nicht mehr mit?«

Das Ehepaar war seit mehr als zwanzig Jahren bei meiner Mutter als Hausmeister und Putzkraft beschäftigt.

»Die werden auch nicht jünger«, grummelte Tamme und versenkte trotzig seine Fäuste in der ausgewaschenen Jeans.

»Du hast nur schlechte Laune, weil du immer noch den neuen Imbiss an der Promenade aufmachen willst.« Sie warf mir einen erklärenden Blick zu. »Da sind nämlich die Umsätze besser, meint dein Bruder.«

»Och, Mama …« Tamme verdrehte genervt die Augen, was ihm ein wirklich trotziges Aussehen verlieh.

»Und da muss ich ihm jetzt mit der Schulter dazwischenfunken. Deshalb ist er etwas gereizt, fürchte ich.«

Ich sah ihn tadelnd an. »Okay, kann ich verstehen, dass du da sauer bist. Ist ja auch blöd. Aber das läuft dir doch nicht weg.«

Einen Augenblick sah es so aus, als wollte Tamme noch etwas sagen, dann senkte er den Blick und schulterte meinen

41

Rucksack. »Klar. Dann im nächsten Sommer. Warum auch nicht?« Er beugte sich hinunter zu unserer Mutter und gab ihr einen Kuss auf die Wange. »Du erholst dich hier noch ein bisschen, und wir wuppen den Laden, bis du wieder da bist, okay?«

Endlich lächelte meine Mutter wieder. »Danke, mein Junge.«

»Na, los, komm.« Er sah mich auffordernd an. »Dein komischer Hund wartet übrigens unten im Wagen auf dich. Und im Gegensatz zu mir scheint er dich wirklich zu vermissen.«

Ich boxte ihm auf den Arm. »Pass bloß auf, dass ich nicht den nächsten Bus nach Berlin nehme. So charmant, wie du dich heute gibst.«

»Ach, Kinder. Hört bitte auf, euch zu streiten.«

»Machen wir doch gar nicht«, kam es wie aus einem Mund von meinem Bruder und mir, und wir mussten alle drei lachen. Die düstere Wolke, die anscheinend noch vor ein paar Minuten über unseren Köpfen geschwebt hatte, war verschwunden. Und zum ersten Mal war ich wirklich froh, wieder hier zu sein.

Die Fahrt vom Kreiskrankenhaus in Neustadt nach Strande dauerte nur zwanzig Minuten und wir fuhren über die mit alten Obstbäumen gesäumten Alleen des holsteinischen Hinterlandes. Von dem Schnee, der gestern noch gefallen war, war bis auf ein paar weiße Flecken auf den Feldern nichts liegen geblieben. Nun erstreckte sich der Himmel strahlend blau über die sanft geschwungene Landschaft und auch die Luft war nicht mehr so schneidend kalt. Rudi hatte mich tatsächlich stürmisch begrüßt, als wir zu dem alten VW-Bulli kamen, an dessen Seiten mir das Logo unseres Campingplatzes fröhlich entgegenlachte. *Die Rosenfelder Düne – wo das Meer zu Hause ist.* Darunter waren ein stilisiertes Zelt, eine glückliche Familie wie aus einem Comic und das Meer und der Strand im Hintergrund abgebildet. Meine Mutter hatte vor vielen Jahren das Logo eigenhändig entworfen und in den Achtzigern war es vermutlich ziemlich schick gewesen. Jetzt wirkte es etwas aus der Zeit gefallen.

Obwohl ich zehn Jahre nicht mehr auf dieser Küstenstraße unterwegs gewesen war, kamen mir die Landschaft, die vor uns lag, und die kleinen Dörfer, die wir durchquerten, angenehm vertraut vor. Zumindest hier schien es, als wäre die Zeit stehen geblieben. Da war *Petersens Stube*, ein kleiner Landgasthof, mit dem großen Biergarten und der mächtigen Eiche, in dem ich mich mit meinen Freunden auf einer Radtour das erste Mal betrunken hatte. Wir waren vierzehn gewesen damals, und mehr als Appelkorn durften wir nicht trinken. Für einen ordentlichen Rausch hatte es allerdings gereicht und an die Heimfahrt in das fünf Kilometer entfernte Strande konnte ich mich kaum noch erinnern.

Die *Landschlachterei Becker* gab es auch noch an derselben Stelle wie seit hundert Jahren, und ein großes Schild erinnerte daran, dass man ab Ostern die hungrigen Touristen auf ihren Radtouren gerne wieder mit *Erbseneintopf – hausgemacht* versorgen wollte. Der kleine Reiterhof, auf dem ich einen Sommer lang jeden einzelnen Tag verbracht hatte, bis mich eins der Ponys abwarf und ich mir das Bein brach, versprach ebenfalls für den Sommer ausgiebige Reittouren am Strand und unvergessliche Ferien auf dem Bauernhof. Jetzt im Februar lag zwar alles noch im Winterschlaf, aber man konnte bereits die nervöse Energie spüren, die ausbrechen würde, wenn in ein paar Wochen die Feriensaison aus diesem verschlafenen Landstrich ein von Touristen bevölkertes Urlaubsparadies machen würde.

»Hast du's vermisst?«

Mein Bruder riss mich aus meinen Gedanken und ich sah zu ihm auf. Er warf mir einen kurzen Seitenblick zu und konzentrierte sich dann wieder auf die Straße, die vor uns lag.

»Das alles hier? Unsere kleine Idylle am Meer?«, fügte er mit einem ungewohnt zynischen Unterton hinzu.

Ich hatte es vermisst. Mehr als einmal in den vergangenen Jahren. Es hatte Nächte gegeben, da hatte ich stundenlang wach gelegen und gegen die Sehnsucht angekämpft, die die Erinnerungen an endlose Sommertage und den Geschmack von Salz auf der Haut und den Geruch des Meeres in der Luft in mir hervorgerufen hatten. Es war mir sinnlos erschienen, dieser Sehnsucht nachzugeben. Ich gehörte nicht mehr dazu. Ich wollte nicht mehr dazugehören.

»Manchmal.« Ich sah meinen Bruder an und zuckte mit den Schultern. »Die meiste Zeit allerdings nicht.« Ich blickte auf die Landschaft um uns herum. »Ist ja auch so wie immer schon.«

Mein Bruder warf mir wieder einen dieser komischen Blicke zu, die ich nicht wirklich deuten konnte.

»Im Dorf hat sich eine Menge getan.«

Ich nickte. »Mama hat mir davon erzählt. Neue Ferienhäuser und so. Und die Promenade haben sie auch saniert.«

»Ja. Alles wird schicker. Nur unser Platz nicht.« Er blickte wieder zu mir. »Leider.«

Aus irgendeinem Grund verletzte es mich, dass er so abwertend über die *Rosenfelder Düne* sprach. »Ach, komm. Ein Campingplatz ist ein Campingplatz. Was willst du da schon groß schicker machen.«

Er zuckte nur mit den Schultern und sah mich nicht an. »Die Sommerhütten haben wir schon letztes Jahr dichtgemacht. Da kann man keinen mehr unterbringen.«

»Sollten die nicht renoviert werden?«

Tamme lachte bitter auf. »Allerdings. Bis Mama den Kostenvoranschlag vom ollen Gelsen hatte.«

Er blickte wieder düster zu mir hin. »Zweihunderttausend allein für die Hütten.«

Ich stieß einen Pfiff zwischen den Zähnen aus. »Das ist eine Menge Geld.« Andererseits war es auch eine Investition in die

Zukunft. »Die Bank hätte doch bestimmt einen Kredit locker gemacht, oder?«

Tamme sah wieder kurz zu mir und wich dann meinem prüfenden Blick aus. »Vielleicht. Vielleicht auch nicht. Mama hat erst gar nicht gefragt.«

Das Ortsschild tauchte rechts am Fahrbahnrand auf. Strande. Kreis Rendsburg-Eckernförde. Ich spürte einen Stich in der Magengegend. Bevor ich länger darüber nachdenken konnte, tauchte zwanzig Meter dahinter ein neues Werbeplakat auf. Riesengroß und in bunten Farben wechselten sich Hochglanzwerbebilder des alten Backstein-Leuchtturms und der idyllischen Strände sowie fröhliche Menschen auf schicken Restaurantterrassen ab und begrüßten die Besucher.

»Wow.« Ich war beeindruckt. Allerdings nicht im positiven Sinne. »Wer hat das denn verbrochen?« Es war wirklich beeindruckend scheußlich.

»Eine weitere geniale Idee unseres örtlichen Touristik-Verbandes.«

»Wenn die auch für die neue Promenade verantwortlich sind, bekomme ich Angst.« Ich sah meinen kleinen Bruder fassungslos an.

Er grinste schief. »Willkommen daheim.«

Ich deutete auf die kleine Seitenstraße, die direkt zum Deichtor und zum großen Strandübergang führte.

»Lässt du uns vorne am Pier raus? Ich würde mit Rudi gern das kurze Stück am Strand zur *Düne* gehen.«

Tamme setzte den Blinker und bog ab. Zwei Minuten später hielt er an dem kleinen Vorplatz, der zum Deichtor führte. »Vergiss die Kackbeutel nicht. Wenn dich die Kurverwaltung ohne erwischt, wird Rudi geteert und gefedert und den Fischen zum Fraß vorgeworfen. Und du gleich mit.«

Ich grinste nur. »Ist der alte Bommers noch Platzwart am Strand?«

»Worauf du wetten kannst.«

Ich ließ Rudi aus dem hinteren Teil des Bulli springen und winkte meinem Bruder knapp zu, der den Wagen wendete und mit knatterndem Motor auf der kleinen Deichstraße in Richtung Campingplatz davonfuhr.

Einen Moment sah ich mich um. Die beiden von Buschrosen umrankten alten Sommerhäuser, die vor zehn Jahren noch am Durchgang zum Deichtor gestanden hatten, waren verschwunden. Stattdessen standen nur zwei riesige, glasverkleidete Kuben dort, die eine Aura der Moderne verströmten. Sie machten einen edlen und sehr teuren Eindruck.

Ich blickte hinunter zu Rudi, der die Nase in den Wind hielt, mit halb geschlossenen Augen intensiv schnupperte und den salzigen Geruch des Meeres in sich aufnahm. Ich tat es ihm nach und atmete ebenfalls tief durch. Bei dem leichten Geschmack von Salz auf meiner Zunge überkam mich ein wohliger Schauer. Ich war tatsächlich daheim.

KAPITEL 4

Der Wind hatte aufgefrischt und trieb die Wellen wie weiße Fabelwesen vor sich her an den Strand, und ihre weißen Kronen tanzten heiter auf der tiefblauen Fläche der Ostsee. Am Horizont konnte man schon dunkle Wolkenberge entdecken, die bald den strahlend blauen Himmel verdecken würden. Das Wetter war dabei umzuschlagen, was einen hier oben an der Küste nicht weiter verwunderte. An einem einzigen Tag konnte man so ziemlich alles erleben, was die Wetterkarte hergab.

Ich schniefte und rieb mir die kalte Nase. Ein leichter Sprühnebel lag in der Luft und hatte einen feuchten Film auf meinem Gesicht hinterlassen. Wir standen am Ende der Seebrücke, fast hundert Meter vom Strand entfernt mitten im Meer, und vor uns brachen sich die Wellen am alten Holz der Brücke und zerbarsten in meterhohen Fontänen. Rudi neben mir machte keinen besonders erfreuten Eindruck. Er war eher wasserscheu und die Holzplanken erweckten sein Misstrauen.

»Keine Angst. Du fällst hier schon nicht ins Wasser.«

Er schien anderer Meinung zu sein, sah mich vorwurfsvoll an, schnaufte einmal und schüttelte sein zotteliges Fell, wobei er sich wie immer erstaunlich gut auf seinen drei Beinen halten konnte. Ich blickte zurück zum Strand. Die neue Promenade präsentierte sich stolz und glasverspiegelt. Meine Mutter hatte nicht übertrieben.

Sie war fast um das Doppelte verbreitert worden, besaß nun Ruheinseln, die mit Sitzbänken aus Granit und Holz zum Verweilen einluden. Sie lagen im Schatten junger Bäume, die im Augenblick noch ziemlich kahl in den Himmel ragten. Auch die windschiefen alten Strandlaternen waren ausgetauscht und durch moderne chromblitzende Ungetüme mit kaltem LED-Licht ersetzt worden. Die neuen Häuser, die nun entlang der Promenade lagen, erweckten den Eindruck, als wären sie geradewegs dem Hochglanzkatalog eines angesagten Architekturbüros entsprungen, das normalerweise Wolkenkratzer in Asien designte. Nur die signalfarbenen alten Netze am Übergang zum Strand sahen so aus wie immer. Sie sollten verhindern, dass der stürmische Ostwind im Winter den Sand auf die Promenade wehte. Spätestens in vier Wochen würden sie verschwunden sein und den ungestörten Blick auf den Strand und die sommerliche Ostsee freigeben. Hunderte von Strandkörben würden in Reih und Glied bereitstehen, um sich mit Urlaubern zu füllen, die das Meer und die Sonne genießen wollten. In den Geschäften entlang der Promenade würde man überteuertes Eis, Kaffee und Fischbrötchen bekommen, so wie es schon immer der Fall gewesen war. Allerdings wesentlich schicker und vermutlich noch viel teurer, als ich es in Erinnerung hatte. Ich blickte hinunter zu Rudi, der sich auf sein verbliebenes Hinterbein gesetzt hatte und darauf wartete, dass es endlich weiterging.

»Na, komm. Wir gehen am Wasser entlang. Vielleicht findest du einen toten Fisch, in dem du dich wälzen kannst«, munterte ich ihn auf, »das wäre doch ein Spaß, oder?«

Er legte den Kopf schief, und die Aussicht, irgendetwas Verbotenes tun zu dürfen, schien seine Laune tatsächlich zu heben.

Ein kleines rotes DLRG-Boot zog parallel zum Strand seine Bahnen, und sein knatternder Außenbordmotor lieferte sich ein akustisches Gefecht mit dem schrillen Kreischen der Möwen. Es war ungewöhnlich, dass so früh im Jahr die Boote schon wieder im Einsatz waren, und ich vermutete, dass wohl jemand das gute Wetter ausnutzen wollte, um etwas Spaß zu haben. Mit Tamme hatte ich früher auch zu den Rettungsschwimmern der Jugendstaffel gehört, und wir waren jedes Frühjahr ganz wild darauf gewesen, die Boote aus dem Winterlager zu holen und endlich mit ihnen rauszufahren. Ich beobachtete das Boot einen Augenblick und musste grinsen. Es war schön zu sehen, dass es Dinge gab, die sich nicht änderten.

Die Ebbe hatte eingesetzt und hinterließ ein breites Band aus Algen, Holzresten, reichlich viel Plastik und anderem Strandgut, das sich den Winter über im Meer angesammelt hatte und nun an Land gespült wurde. Auch das würde die Kurverwaltung kurz vor Beginn der Feriensaison noch in Ordnung bringen und die Traktoren über den Strand jagen, um den Sand für ihre sonnenhungrigen Urlauber zu pflügen und ein makelloses, von allen Abfällen befreites Badevergnügen zu gewährleisten.

Der Strandabschnitt, der zu unserem Campingplatz gehörte, wurde nicht von der Kurverwaltung betreut, und wir hatten jedes Jahr selber dafür sorgen müssen, dass die Hinterlassenschaften des Winters auf dem Müll landeten. Ich hatte es geliebt, mit unserem altersschwachen kleinen Traktor über den Strand zu brettern. Tamme und ich hatten uns immer darum gestritten, wer am Steuer des Allgaier sitzen durfte. Meist hatte ich gewonnen. Was nicht verwunderlich war. Immerhin war ich drei Jahre älter und damals noch einen Kopf größer gewesen als mein kleiner Bruder. Ob es das alte Gefährt immer noch gab?

Ich genoss den Spaziergang am menschenleeren Strand und auch Rudi schien nun endlich Gefallen an der See zu finden. Intensiv schnupperte er an den Algen, buddelte aufgeregt Löcher in den Sand oder versuchte in die anbrandenden Wellen zu beißen. Der leichte Salzgeschmack irritierte ihn zwar und er musste ein paarmal kräftig niesen. Was ihn allerdings nicht daran hinderte, es kurz darauf erneut zu versuchen. Kopfschüttelnd beobachtete ich ihn und freute mich über den Spaß, den er hatte.

Wir waren fast am Ende des Strandabschnitts angelangt, und ich überlegte, die Abkürzung durch die Dünen zu nehmen, hinter denen die *Rosenfelder Düne* lag, als mich ein aufgeregtes Hupen aufblicken ließ.

Mit eindeutig zu hoher Geschwindigkeit bretterte ein silbergrauer Geländewagen der Luxusklasse die ebenfalls menschenleere Promenade entlang. Was ziemlich illegal war. Auch im Winter. Dort durfte höchstens die Wasserrettung oder die Freiwillige Feuerwehr mit ihren Fahrzeugen entlangfahren. Was für ein Idiot. Und warum musste er ständig hupen? Ich ging einfach weiter und versuchte, das nervtötende Hupen zu ignorieren. Aus den Augenwinkeln sah ich, wie der Wagen am Ende der Promenade nach rechts zog und auf den Strand fuhr, um dann in einem leichten Bogen direkt auf mich zuzukommen. Auch das war höchst illegal. Anscheinend galt das Hupen mir. Allerdings hatte ich keine Ahnung, warum. Zwei Meter vor uns kam der Wagen zum Stehen, das Seitenfenster fuhr herunter, und ich blickte in das Gesicht einer blonden jungen Frau, die ungefähr in meinem Alter sein musste. Sie blaffte mich ungehalten an.

»Können Sie keine Schilder lesen, oder was?«

Eine freundliche Begrüßung sah anders aus.

»Machen Sie mal schleunigst, dass Sie wegkommen.« Sie hatte ihre Sonnenbrille, ebenfalls ein Luxusmodell, ins blonde

Haar geschoben und musterte mich missbilligend von oben bis unten. »Sie dürfen hier nicht langgehen.«

Ich verstand noch immer nicht, was die Frau von mir wollte und warum ich ihren Ärger provoziert hatte.

»Aha … und warum sollte ich das nicht dürfen?«

Die Frau verdrehte genervt die Augen. »Weil es ver-bo-ten ist.« Sie zog das Wort unnatürlich in die Länge, als würde sie mit einer Grenzdebilen sprechen. »Hunde dürfen nicht an den Strand. Steht doch ganz groß auf jedem Schild.«

Langsam dämmerte mir, wo ihr Problem lag. Und ich hatte tatsächlich nicht auf die Schilder geachtet, die an der Promenade darauf hinwiesen, was man hier durfte und was nicht.

»Und nehmen Sie Ihren Köter gefälligst an die Leine.«

Die Frau fing an, mir gehörig auf die Nerven zu gehen.

»Nun«, ich lächelte sie zuckersüß an, »erstens ist Rudi, so heißt der Köter nämlich, völlig harmlos und hört aufs Wort. Zweitens dürfen Hunde außerhalb der Saison an den Strand, und drittens sind, soweit ich informiert bin, Privatfahrzeuge jeder Art auf der Promenade nicht gestattet. Was die berechtigte Frage aufwirft, warum Sie mit Ihrem schicken SUV vor mir stehen und mir den Tag versauen.«

Ich lächelte noch immer und ließ mich nicht einschüchtern. Zehn Jahre Berlin, und der ruppige Umgangston, der in der *Hauptstadt der schlechten Laune* gepflegt wurde, zahlten sich in solchen Momenten eben aus.

Die Blondine zog missbilligend die perfekt gezupften Augenbrauen zusammen und öffnete abrupt die Tür ihres Wagens, um auszusteigen. So leicht schien sie sich ebenfalls nicht beeindrucken zu lassen. Mir fiel auf, dass sie wesentlich jünger sein musste, als das teure Luxusauto und die Wachsjacke im stylischen Landhausdesign vermuten ließen. Die hohen Schaftstiefel, die sie trug und die den robusten Eindruck machten, als käme sie geradewegs von einem Jagdausflug des britischen Landadels, waren auch nicht gerade billig. Sie hatten mit Sicherheit mehr gekostet als alle Schuhe zusammen, die ich mir jemals im Leben gekauft hatte.

Mit energischen Schritten kam sie nun auf mich zu und baute sich mit in die Hüften gestemmten Armen vor mir auf. Was einen eher trotzigen als bedrohlichen Eindruck auf mich machte. Ich unterdrückte ein breites Grinsen, schließlich wollte ich sie nicht noch mehr provozieren.

»Sie und ihr dämlicher Köter verschwinden jetzt sofort von diesem Strand!«

»Sonst?« Ich sah sie mit hochgezogenen Augenbrauen an.

»Sonst …« Sie suchte verzweifelt nach den richtigen Worten, um ihrer Drohung Nachdruck zu verleihen. Etwas Sinnvolles wollte ihr blöderweise nicht einfallen. »Sonst …«

Anscheinend war sie es gewohnt, dass die Leute ganz automatisch das taten, was sie von ihnen verlangte, ohne dass sie sich besonders anstrengen musste. Mein Widerstand schien sie da etwas aus der Fassung zu bringen. Auf einmal wirkte sie hilflos wie ein trotziges Kind, das an der Kasse im Supermarkt nicht seine Süßigkeiten bekam. Sie tat mir fast ein bisschen leid. Aber nur fast.

»Haben Sie eine Ahnung, wer ich bin?«

Ich schüttelte leichthin den Kopf. »Null Ahnung.«

»Mein Vater ist Landrat.«

»Okay.« Ich lächelte noch immer unbeeindruckt.

»Und mein Bruder ist der Direktor der Kurverwaltung.«

»Das ist doch schön für Sie.«

Sie blinzelte, kurz aus dem Konzept gebracht, und fing sich dann wieder. »Und Sie kriegen mächtig viel Ärger mit beiden, wenn Sie nicht sofort verschwinden.« Wie zur Bestätigung ihrer Worte zückte sie ihr Smartphone und rief eine Nummer auf.

Ich wartete geduldig. »Nur zu. Ich bin gespannt, ob die beiden ähnlich schräg drauf sind wie Sie.«

Demonstrativ lehnte ich mich an eines der alten hölzernen Segelboote, die kieloben am Strand abgestellt waren. Rudi ließ sich ebenfalls in den Sand plumpsen und sah entspannt in die Runde. Die Frau blickte verunsichert von ihrem Smartphone auf und hinter ihren hellen Augen begann es fieberhaft zu arbeiten. Mein Widerstand passte anscheinend nicht in ihre gewohnte Problembewältigungsstrategie, und nun fragte sie sich, was sie tun sollte.

Von der Wasserseite her drang das aufheulende Geräusch eines Außenbordmotors zu uns. Das signalrote Boot der Rettungsschwimmer, das ich vom Strand aus dabei beobachtet hatte, wie es in langen Bahnen vor dem Strand auf und ab fuhr, hatte sich uns genähert und setzte nun mit einem Knirschen auf dem Sand auf. Einen Moment später verstummte der Motor und ein wahrer Hüne von Mann hievte ihn mit einem Ruck aus dem Wasser und kippte ihn nach vorne ins Boot hinein, damit die Schraube nicht auf Grund lief. Dann sprang er geübt aus dem Boot ins flache Wasser und kam auf uns zu.

»Hey, Sonja. Gibt's ein Problem?«

Sonjas Miene hellte sich augenblicklich auf, und sie zauberte ein Lächeln zwischen ihre verkniffenen Mundwinkel, das ich ihr nach ihrem Auftritt gerade gar nicht zugetraut hätte.

»Sven!« Das Strahlen nahm Ausmaße an, die einer Saharasonne Konkurrenz machen könnten. »Ich hab gar nicht gewusst, dass du heute Dienst hast.«

Besagter Sven kam zu ihr und begrüßte sie mit einem Nicken. Obwohl es reichlich frisch war, trug der Mann kurze Shorts und eine rote Regenjacke, auf die das Emblem der DLRG aufgedruckt war. Seine blonden Haare hatte der Wind ordentlich verwuschelt und sie standen ihm in alle Richtungen vom Kopf ab. Er war barfuß. Und riesengroß. »Ich bin für Ole eingesprungen. Wir wollten die Boote klarmachen.«

Jetzt wandte sich der blonde Hüne mir zu und sah dabei nicht unfreundlich aus. »Hallo.«

»Hi.« Einen Moment war ich irritiert, denn irgendwie kam mir der Mann bekannt vor. Ich konnte mich allerdings nicht daran erinnern, woher ich ihn kennen sollte.

Die Blondine schaltete wieder in den Angriffsmodus und deutete mit dem Handy anklagend auf mich und Rudi. »Ich hab der da versucht zu erklären, dass Hunde am Strand nicht erlaubt sind. Aber sie weigert sich zu verschwinden. Vielleicht kannst du da mal was machen.«

Ich hob gespielt bedauernd die Schultern. »Und ich habe versucht zu erklären, dass ich mich nicht vertreiben lasse. Die Saison beginnt erst in vier Wochen. Und so lange sind Hunde erlaubt.« Ich lächelte zuckersüß. »Wohingegen das Befahren des Strandes nicht erlaubt ist. Ganzjährig. Soweit ich mich erinnern kann.«

Der Mann blickte von der Blondine zu mir, und ich erkannte an der Art, wie er schnell den Blick von ihr abwandte, dass er ein Grinsen nur mühsam unterdrücken konnte. Einen Augenblick lang trafen sich unsere Augen und ich erkannte eine gelassene Heiterkeit in ihnen. Er rieb sich über den Nacken.

»Ich fürchte, die junge Frau hier hat recht, Sonja.«

»Was?« Die Blondine mit dem passenden Namen Sonja sah ihn ungläubig an. »Aber, das ist … sie muss …«

»Und es wäre wirklich gut, wenn du deinen Wagen wieder vom Strand fährst. Ansonsten muss ich das beim Wasserschutz melden.«

Einen Moment fürchtete ich, dass sie mit dem Fuß aufstampfen und sich vor Zorn kreischend in den Sand schmeißen würde. Was mich an etwas erinnerte. Oder besser gesagt – an jemand erinnerte.

»Sonja?! Moment – Sonja Steiner?! Du bist Sonja Steiner?!«

Sie blickte missbilligend in meine Richtung. »Ich wüsste nicht, seit wann wir uns duzen.«

Ich konnte mir ein lautes Lachen nicht mehr verkneifen. »Du bist es wirklich!«

Sie musste knapp zwölf gewesen sein, als ich sie das letzte Mal gesehen hatte. Sie war so ziemlich das dickste und zickigste Kind gewesen, das es wohl im Umkreis von hundert Kilometern gegeben hatte. An der Zickigkeit hatte sich offenbar nichts geändert. Der Rest hatte allerdings einen gewaltigen Sprung nach vorn hingelegt. Die junge Frau, die wirkte, als wäre sie geradewegs dem Hochglanzcover eines Landlebenmagazins entsprungen, hatte wenig mit dem pickligen, übergewichtigen Kind mit mausgrauen strähnigen Haaren gemein, das mir als Sonja Steiner noch in lebhafter Erinnerung war.

Sie musterte mich aufmerksam mit zusammengekniffenen Augen, und dann sah ich, wie die Erkenntnis in ihren Augen aufblitzte.

»Lucie? Lucie Thomsen?«

Ich nickte. »Wir haben uns beide wohl etwas verändert in den letzten Jahren.«

Zu meinem Bedauern war Sonja weit vorne, was das Aussehen anbelangte.

»Du bist wieder hier?« Sie sagte es mit einem Unterton in der Stimme, der wenig einladend war.

»Sieht ganz danach aus.«

Der blonde Hüne mischte sich wieder ein und sah mit einem freundlichen Lächeln auf uns herab.

»Nun, da sich die Damen bereits kennen, lässt sich der kleine Streit bestimmt ganz einfach aus dem Weg räumen, oder?«

Sonja sah mich noch immer etwas erschrocken an und nickte dann langsam. »Ja … klar … ich … fahr dann mal wieder.« Mit einem letzten Blick zu mir stieg sie in den Wagen. Der

Motor startete und ohne einen weiteren Kommentar fuhr sie davon. Ich erkannte gerade noch, wie sie ihr Handy ans Ohr hielt und aufgebracht mit jemandem sprach. Der Hüne und ich sahen ihr stumm hinterher.

»Ich wage mal eine krasse Behauptung: Die besten Freundinnen waren Sie wohl nie?« Der Mann musterte mich interessiert. »Wir kennen uns übrigens auch schon.« Er streckte mir die Hand zur Begrüßung entgegen, die, wie der Rest an ihm, ebenfalls ziemlich groß und kräftig war. »Sven. Sven Brandt.«

Einen Moment musste ich überlegen, denn der Name kam mir bekannt vor, aber ich konnte ihn einfach nirgendwo einordnen.

Meine Verwirrung schien ihn mächtig zu erheitern. »Der Arzt, dem die Frauen vertrauen?!«

»Oh … hallo …« Vor mir stand tatsächlich der Notarzt, der mich im Krankenwagen betreut und mich mit seiner Bemerkung zum Lachen gebracht hatte.

»Ich nehme es Ihnen nicht übel, dass Sie mich nicht sofort erkannt haben. Obwohl mir das nicht oft passiert. Als wir uns das letzte Mal sahen, waren Sie allerdings etwas angeschlagen. Was macht die Beule?«

Ich lächelte. »Oh, der geht's prima. Ich durfte heute Morgen aus dem Krankenhaus.«

»Das hoffe ich mal, dass Sie das durften. Ansonsten wären Sie hier am Strand nämlich etwas fehl am Platz.«

Seine Augen blitzten amüsiert, und mir gefielen die feinen Lachfältchen, die sich darum bildeten.

»Und was machen Sie hier so, Doktor Brandt? Müssen Sie nicht irgendwelchen Leuten das Leben retten?«

»Habe ich doch gerade getan.«

Damit hatte er nicht ganz unrecht.

»Sonja kann manchmal zur Furie werden.« Er hob bedeutungsvoll die Augenbrauen. »Muss in der Familie liegen, wenn

Sie mich fragen. Die Steiners neigen zu unkontrollierten Wutausbrüchen.«

Einen Augenblick verdüsterten sich meine Gedanken. »Ja, die Steiners – die kenne ich. Von früher.«

Der Mann nickte vielsagend. »Besonders angenehm im Umgang ist der Familienclan noch immer nicht.«

»Das waren sie noch nie.« Ich lächelte bitter und blickte zu Rudi, um seinem fragenden Blick auszuweichen.

Doktor Brandt lehnte sich nun mit verschränkten Armen ebenfalls an das Boot und musterte mich amüsiert. »Sie sind also eine der legendären Einheimischen, die man so selten trifft. Interessant. Ich muss zugeben, gestern habe ich Sie für eine Touristin gehalten.«

»Bin ich mehr oder weniger auch. Eigentlich lebe ich in Berlin und bin nur kurz zu Besuch hier.«

Er wirkte ein wenig enttäuscht. »Wie bedauerlich.«

Wenn ich mich nicht irrte, flirtete der nette Doktor tatsächlich mit mir. Ich warf ihm einen skeptischen Blick zu. Er fuhr unbekümmert fort.

»Ich hatte mich schon auf eine nette Sommerbekanntschaft mit Ihnen gefreut, Lucie Thomsen.«

»Flirten Sie immer mit Ihren Patientinnen?«

»Nur mit den netten. Und den hübschen. Und mit den Ex-Patientinnen. Was alles drei auf Sie zutrifft.«

»Und Sie haben mir immer noch nicht verraten, was ein Notarzt den Tag über in einem Boot der DLRG macht.«

»Ach, das ist so ein Hobby von mir: Menschen retten, wo immer ich kann.« Er zwinkerte mir zu. »Außerdem stehe ich total auf diese Dinger.« Er deutete auf das Boot im Wasser. »Übers Meer brettern. Sich den Wind um die Nase pfeifen lassen. Die Sonne genießen. Etwas angeben. Ich nehme Sie gerne mal mit, wenn Sie wollen.«

»Sehr verführerisch. Aber Rudi hier ist nicht seetauglich. Und ohne ihn gehe ich nirgendwohin.«

Der Arzt betrachtete Rudi, der noch immer entspannt im Sand lag. »Du bist ein Glückspilz, weißt du das?«

Ich stieß mich von dem alten Segler ab und trat an die Wasserkante. »Kommen Sie, ich helfe Ihnen, Ihr Schmuckstück wieder startklar zu kriegen. Dann können Sie noch ein bisschen über die Ostsee brettern. Und angeben.«

Er seufzte schwer und schien etwas enttäuscht zu sein. Gemeinsam schoben wir das rote Rettungsboot ins tiefere Wasser.

Als der Kiel des Bootes frei in den Wellen trieb und Svens Shorts bereits nass vom Wasser wurden, startete er einen letzten Flirtversuch.

»Ich hoffe, Ihr kurzer Besuch wird nicht zu kurz sein.« Er stemmte sich mit seinen Armen an der Reling ab und hievte sich mit einem Satz ins Boot. Dann ließ er den Motorblock wieder zu Wasser und startete ihn. Kraftvoll begann er zu tuckern, nachdem er ein paar dunkle kleine Abgaswolken ausgespuckt hatte, die sich schnell im Wind verflüchtigten.

»Wenn wir uns das nächste Mal treffen, dann lade ich Sie auf einen Kaffee ein. Oder ein Bier. Und ein Nein werde ich nicht akzeptieren.«

Ohne meine Antwort abzuwarten, drehte er den Motor auf, sodass man sowieso kein Wort mehr hätte verstehen können, und verschwand im großen Bogen auf die offene See. Über die Schulter blickte er mir nochmals hinterher und hob zum Gruß einen Arm. Eines musste man ihm lassen: Unter Selbstzweifeln schien dieser Hüne von Mann nicht zu leiden.

»Was meinst du, Rudi? Sollen wir ihn näher kennenlernen?«

Rudi wuffte einmal kurz, was ich als Zustimmung interpretierte. Anscheinend hatte er Gefallen an Doktor Brandt gefunden. Und nicht nur er.

»Das Problem ist, Sonja wird mich vermutlich umbringen, wenn ich mehr als zwei Sätze mit ihm wechsle. Hast du ihren Blick gesehen?«

Rudi schüttelte den Sand aus seinem zotteligen Fell und schenkte mir einen seiner unbekümmerten Blicke.

»Genau, Rudi«, pflichtete ich ihm bei, »allein aus diesem Grund sollten wir die Einladung annehmen.«

Ich wuschelte Rudi einmal die langen Ohren und machte mich gut gelaunt über die unverhoffte Begegnung mit Doktor Brandt durch die Dünen auf den Weg zu unserem Campingplatz.

Gegen Ende des Krieges, als halb Europa in Schutt und Asche lag und vollkommen im Chaos zu versinken drohte, hatte es meinen Großvater über ziemlich merkwürdige Umwege nach Strande verschlagen. Er kam ursprünglich aus einem kleinen Fischerdorf in Ostpreußen, nahe der litauischen Grenze, und war bei der Marine zum Funker ausgebildet worden. Da passte es ganz gut, dass es in Strande einen alten Leuchtturm gab, auf dem sich eine Funkstation befand. Da mein Großvater eben auch ein Kind des Meeres war, fühlte er sich in dem kleinen Ort gleich ganz wie zu Hause. Zumal der Krieg und all seine Schrecken hier sehr weit weg erschienen. Bei einem seiner Strandspaziergänge traf er meine Großmutter, deren Familie eine kleine Landwirtschaft gleich hinter den Dünen besaß. Sie züchteten Schafe, Gänse und allerlei anderes Federvieh und besaßen auch ein paar Milchkühe. Die beiden Brüder meiner Großmutter waren ebenfalls in den Krieg gezogen und dienten auf einem der großen Kriegsschiffe irgendwo im Atlantik. Meine Oma verliebte sich augenblicklich in meinen Opa, und als sich der schreckliche Krieg seinem Ende zuneigte, versteckte sie ihn mit anderen Deserteuren im Heuschober, damit sie nicht noch als Kanonenfutter in den letzten Kriegstagen endeten.

Mein Großvater war nicht gerade ein begnadeter Landwirt. Und von der Schafzucht hatte er auch keine Ahnung. Doch da er der letzte überlebende junge Mann der Familie war, mussten er und Großmutter den Hof übernehmen, als der Krieg endlich vorbei war. Kurzerhand machte er aus der Not eine Tugend, und so begann im Grunde die Geschichte unseres Campingplatzes. Der alte Heuschober steht übrigens immer noch und dient als Winterlager für Strandkörbe und alles Mögliche, was man in den nasskalten Wintermonaten nicht auf der *Rosenfelder Düne* benötigt.

Anfang der Fünfzigerjahre, als sich das Land langsam, aber sicher zu einem Wirtschaftswunderland mauserte, erkannte Opa, womit man tatsächlich seinen Lebensunterhalt verdienen konnte: mit den zahlreichen Besuchern aus den zerbombten Städten, die die unberührte Natur, die Ruhe und Erholung an der Küste suchten und nach ein bisschen Frieden hungerten.

Mit dem Fahrrad machte er sich mit meiner Großmutter auf den Weg nach Holland und sah sich dort die Campingplätze an. Die Holländer waren bekannt für ihre Leidenschaft fürs Zelten. Nach vier Wochen radelten sie wieder heim und hatten eine Menge guter Ideen mit im Gepäck.

Meine Urgroßeltern waren zwar alles andere als erfreut, dass ihr Land hinter den Dünen nun keine Schafe und Gänse mehr beherbergen sollte, sondern sonnenhungrige Urlauber aus dem Ruhrgebiet, aber die Zeiten waren hart und irgendwie musste man ja sein Geld verdienen. Ein wenig Sorge bereitete ihnen zudem, dass mein Opa und meine Oma sich ziemlich viel Zeit mit dem Kinderkriegen ließen. Nach drei Fehlgeburten und einer Menge Trauer und Tränen gaben sie die Hoffnung auf, und die gesamte Familie, Alt und Jung, widmete sich ganz dem Aufbau ihres Zeltplatzes. Und hatte damit großen Erfolg. Knapp zehn Jahre später war die *Rosenfelder Düne* bereits weit über die Grenzen Norddeutschlands bekannt und jedes Jahr kamen mehr

Urlauber in ihrem Volkswagen oder nagelneuen Opel auf den Platz gefahren. Man besorgte sich ausgemusterte Mobilheime aus Holland und baute eine kleine Ferienhaussiedlung, um den Geschäftsbereich zu erweitern. Alles lief rund und von Jahr zu Jahr erfolgreicher, als meine Oma im hohen Alter von vierundvierzig Jahren dann doch noch schwanger wurde und endlich ein gesundes Mädchen zur Welt brachte – Susanne Annegret Thomsen, meine Mutter. Und obwohl meiner Mutter alle Möglichkeiten offenstanden (die Familie hatte wirklich gut am Wirtschaftswunder verdient), wollte sie nur eins: hier oben in Strande bleiben und die *Rosenfelder Düne* eines Tages übernehmen. Was sie dann ja auch tat.

Mit einem tiefen Atemzug blieb ich oben auf der Düne stehen, auf der es eigentlich verboten war zu stehen. Aber ich hatte mich noch nie daran gehalten. Zumindest nicht im Winter. Beim Anblick der Landschaft dahinter überkam mich das altbekannte Gefühl von Wehmut. Die *Rosenfelder Düne* lag noch genauso da wie seit mehr als siebzig Jahren. Es hatte sich nichts verändert. Und es kam mir so vor, als wären die letzten Jahre in Berlin nur ein Traum gewesen. Alles war so, wie ich es in Erinnerung behalten hatte. Nur irgendwie kleiner. Und heruntergekommener.

Gleich vorne an der Straße erkannte ich die Rezeption, ein eingeschossiges Gebäude, in dem auch ein kleiner Laden untergebracht war. Die weiße Farbe an den Wänden blätterte langsam ab und hätte dringend einen neuen Anstrich vertragen können. Das Reetdach war überzogen mit Moos, und ich fragte mich, ob es wohl reinregnete, wenn der Wind die Gewitterwolken besonders stark übers Land blies. Die Stellplätze für die Wohnwagen und Zelte sahen unbelebt und grau aus und das Gras war niedergetrampelt und erweckte einen mitleiderregenden Eindruck. Die unzähligen Rosenstöcke, die dem Platz seinen Namen verliehen, waren kahl, denn man hatte sie über den Winter runtergeschnitten. In ein paar Wochen, wenn die Sonne und die Wärme diesen Ort in ein grünes Paradies verwandelt hätten, würden auch diese Rosen ihre Blütenpracht wieder üppig zur Schau stellen und die Sinne mit betörenden Düften vernebeln.

Die Rosen waren eine Leidenschaft meiner Großmutter gewesen und die hatte sie an meine Mutter weitervererbt. Es war die Art von Rosen, deren Namen man nicht mehr in irgendwelchen Gärtnereien und schon gar nicht in den großen Gartencentern finden konnte. Längst vergessene Sorten, die kaum noch jemand kannte und die unsere blumenliebenden Gäste jedes Jahr in Verzückung versetzen konnten.

Davon abgesehen hatte Tamme recht gehabt. Unser Platz war in einem desolaten Zustand. Und angesichts der aufgehübschten und modernisierten Promenade, die Strande mir gerade präsentiert hatte, wirkte unsere *Rosenfelder Düne* wie das Relikt aus einer anderen Zeit. Ich blickte hinunter zu Rudi, der mit mir auf der Düne stand und die Nase in den Wind hob.

»Tja, willkommen daheim, Rudi.«

Ich nahm den ausgetretenen kleinen Pfad zwischen den Dünen hinunter zur schmalen Straße, die den Platz von den Dünen trennte.

»Na, komm. Das wird dir gefallen. Da gibt's jede Menge Hasen.«

Rudi trottete hinter mir her, als ich den Weg zur Rezeption einschlug.

Das Häuschen war abgeschlossen und ein Blick durch die salzverkrusteten und verschmutzten Scheiben zeigte, dass hier alles noch im Winterschlaf war. Und dringend mal geputzt werden sollte. Ich schüttelte den Kopf. Das sah meiner Mutter so gar nicht ähnlich. Selbst im tiefsten Winter, wenn niemand den Platz besuchte, hatte sie immer großen Wert darauf gelegt, dass alles sauber und aufgeräumt war.

Ganz am Ende des Platzes hinter einer breiten Feldsteinmauer stand unser aus roten Backsteinen erbautes altes Bauernhaus. Rauch stieg aus dem Schornstein auf und vor der Kiesauffahrt parkte der Bulli. Langsam wurde mir kalt und ich hoffte, dass mich ein schöner warmer Tee und die angenehme Wärme des Kachelofens erwarteten.

Die Tür war nicht abgeschlossen und ich schlüpfte in den schmalen Flur. Augenblicklich roch ich den altbekannten Geruch nach Schmierseife, alten Holzbalken und Mamas Parfüm. Die Garderobe war vollgepackt mit Tammes Regenjacken und Kapuzenshirts und auf dem kleinen Schuhregal stapelten sich unordentlich seine riesigen ausgetretenen Turnschuhe. Mein kleiner Bruder war nicht gerade ein großer Freund modischer Kleidung. Schlabbrige T-Shirts im Sommer und Kapuzenpullis im Winter, dazu Jeans, die getragen wurden, bis sie auseinanderfielen, und Sneakers zu jeder Jahreszeit waren sein Standardoutfit. Seit Jahrzehnten.

Ich seufzte und sah mich weiter um. Es fiel sofort auf, dass Mama nicht da war. Normalerweise war im Haus kein Staubkorn zu finden, und sie brachte Tamme mit unnachgiebiger Beharrlichkeit dazu, seine Sachen ordentlich aufzuhängen. So wie es schien, nutzte er ihre kurze Abwesenheit, um endlich mal wieder im Chaos zu versinken.

»Tamme? Ich bin's.« Ich hängte meine Jacke an den letzten noch freien Haken und griff zu einem alten Aufnehmer, der unter dem Schuhregal lag, um Rudis Pfoten zu säubern. Aus der kleinen Küche am Ende des Flurs drang Tammes Stimme.

»Ich bin in der Küche. Wieso hast du so lange gebraucht?« Drei Sekunden später erschien er mit einer Tasse Tee in der Hand im Flur. »Auch 'n Tee?«

Ich ließ Rudi los, der sich kurz schüttelte und dann anfing, sein neues Zuhause ausgiebig zu beschnuppern.

»Super. Genau das, was ich jetzt brauche.«

Ich suchte kurz Mamas Pantoffeln und schlüpfte hinein. Dann nahm ich Tamme die Tasse aus der Hand und nippte an dem heißen Getränk. Wohlig schloss ich die Augen. Ich habe keine Ahnung, woran es liegt. Ob es das Wasser ist, das einen anderen Härtegrad hat, an der alten Porzellankanne, in der schon meine Urgroßmutter ihren Tee zubereitet hatte, oder an der ganz speziellen Ostfriesenmischung, die der kleine Teeladen gleich neben dem Bäcker unten an der Hauptstraße verkaufte, aber dieser Tee war einfach himmlisch.

»Warum kriege ich den in Berlin nie so hin?«

Tamme grinste nur vielsagend und verschwand wieder in der Küche. »Ich hab noch ein paar von Mamas Keksen, falls du Hunger hast.«

Auch dazu hätte ich niemals Nein gesagt.

An der Küchentür blieb ich einen Augenblick stehen und betrachtete versonnen den behaglichen Raum. Die große Wohnküche, die mir als Kind und später als junge Erwachsene immer riesig erschienen war, kam mir nun winzig klein und vollgestopft vor.

Alles war alt und ziemlich in die Jahre gekommen, und der große Gasherd, der seitlich an der Wand stand, hätte vermutlich einen Seufzer der Entzückung bei einem Antiquitätenhändler hervorgerufen. Die Küche war immer Mamas Reich gewesen, und sie hatte penibel darauf geachtet, dass keine Kochreste die weiße Emailleschicht des alten Schmuckstücks verkrusteten.

Ich setzte mich auf die Eckbank, deren blau-weiß gestreiftes Muster abgewetzt war, und hielt meine Tasse mit beiden Händen umklammert.

Tamme hatte mir gegenüber auf einem Stuhl Platz genommen und pustete gedankenverloren in seine Tasse.

Ich musterte ihn. »Alles okay bei dir?«

Er sah nicht auf. »Alles gut.«

Ich nahm einen Schluck Tee. »Du machst dir Sorgen um Mama, nicht wahr?«

Er hob kurz den Kopf und ich sah einen erschrockenen Ausdruck in seinen Augen.

»Komm schon, Tamme. Das musst du nicht. Glaube ich zumindest. Die gebrochene Schulter ist in sechs Wochen wieder verheilt.«

Er nickte nur stumm.

Ich vermied es, ihm zu sagen, wie sehr ich erschrocken war, als ich gesehen hatte, wie klein und zerbrechlich sie mir vorgekommen war. Das würde seine Laune vermutlich auch nicht heben.

Ich sah mich in unserer alten Küche um und versuchte, Optimismus zu verbreiten. »Ich helf mit, den Laden in Schuss zu halten, bis Mama wieder auf den Beinen ist, was meinst du?«

Er schien Zweifel an meinem Entschluss zu haben. »Du willst tatsächlich bleiben?«

Ich zuckte mit den Schultern. »Nicht für immer. Aber ein paar Tage. Warum denn nicht?«

»Du warst seit zehn Jahren nicht mehr hier. Nicht mal für einen Tag.« Er sah mich skeptisch an. »Nicht mal zu Weihnachten oder zu Mamas Geburtstag. Entschuldige, wenn ich da etwas misstrauisch werde.« Er schaute wieder missmutig in seine Tasse. »Läuft's in Berlin nicht gut für dich?«

Er war schon immer bemerkenswert gut darin, mich zu durchschauen, und hatte es knapp auf den Punkt gebracht.

»Es könnte besser laufen, ja. Wolle schließt das *Berlin Trash* und was Neues habe ich noch nicht gefunden.«

Mein Bruder bedachte mich wieder mit diesem nachdenklichen Blick, und diesmal war ich es, die den Kopf senkte, um ihm nicht mehr in die Augen blicken zu müssen.

Tamme lachte bitter auf. »Du stehst also auf der Straße. Ohne Job. Und vermutlich auch ohne Kohle.«

Ich nippte wieder an meinem Tee und versuchte es mit trockenem Sarkasmus. »Das hört sich sehr aufbauend an. Ich fühle mich gleich viel besser. Schönen Dank auch, Tamme.«

In Tammes Blick lag kein bisschen Humor. Nur eine große Traurigkeit. »Du bist jetzt zehn Jahre weg. Hast in Berlin alles Mögliche angefangen und nichts zu Ende gebracht. Hast dich mit Typen abgegeben, die jede halbwegs vernünftige Frau nach einem Abend abgeschossen hätte …«

Ich wurde langsam sauer. »Wohoo … wird das jetzt so was wie eine Abrechnung?«

Er schüttelte bedächtig den Kopf. »Ich sag nur, wie's ist, Lucie. Seit Jahren kriegst du nichts auf die Reihe. Und jetzt tauchst du hier auf.«

Ich stellte die Tasse auf den Tisch und erhob mich. Langsam wurde ich sauer. »Es war nicht meine Idee herzukommen. Du hast mich darum gebeten. Und nun bin ich hier. Und ich bin gerne bereit, dir und Mama zu helfen. Also erklär mir nicht, wie ich mein Leben führen soll, okay?« Damit wollte ich raus. »Ich schlaf in meinem alten Zimmer, falls du nichts dagegen hast.«

Ich war schon fast raus aus der Küche, als Tamme die Bombe platzen ließ. »Sie will verkaufen.«

Ich hielt mitten in der Bewegung inne und drehte mich zu ihm um. »Was?«

»Die *Rosenfelder Düne*. Das Haus, alles. Mama will es verkaufen.«

Ich setzte mich wieder zu ihm, völlig fassungslos. »Das kann nicht sein. Das würde sie niemals tun. Der Platz ist ihr Leben.«

»Die Dinge ändern sich.«

Ich kniff erbost die Augenbrauen zusammen. »Blödsinn! Mama hängt an der *Rosenfelder Düne*. Die hat hier ihr ganzes Leben verbracht. Das gibt sie niemals auf. Jedenfalls nicht freiwillig.« Langsam kam mir ein unschöner Verdacht. »Hast du ihr das eingeredet? Hast du sie so lange bequatscht, bis sie bereit war, diesen Blödsinn mitzumachen?«

Tamme sah mich nur mit einem bitteren Lächeln an. »Klar doch. Was denkst denn du?! Mama hört ja auch auf alles, was ich sage. Da fällt es mir doch leicht, sie in irgendetwas reinzuquatschen.« Er tippte sich mit dem Zeigefinger an die Stirn. »Du hast sie ja nicht mehr alle.«

Nun, da war was dran. Meine Mutter war ziemlich eigenwillig und hatte sich noch nie von irgendjemandem irgendetwas sagen lassen. Schon gar nicht von ihren Kindern.

»Das ist ernsthaft Mamas Idee?«

Tamme nickte.

»Und was wird dann aus dir?«

Tamme sah mich beleidigt an. »Was aus mir wird?! Nun, dann kann *ich* auch mal das machen, was ich will.«

»Schön. Und das wäre?«

Er stand auf und nahm einen Briefumschlag aus einer Schublade unter der Anrichte. »Hier. Ist gestern erst gekommen.«

Ich nahm den Brief und überflog die Zeilen. »Souschef auf einem Kreuzfahrtschiff? In der Karibik?« Ich blickte zu ihm hoch und sah den Stolz auf seinem Gesicht, es tatsächlich zu so einem Job gebracht zu haben.

»Ich hab mich im Dezember bei denen beworben. Das Auswahlverfahren hat zwei Tage gedauert. In so einem schicken Hotel unten in Grömitz.« Er setzte sich wieder zu mir an den Tisch. »Ist ganz gut gelaufen. Die wollen mich unbedingt haben. Ich kann entweder sofort anfangen oder nach dem Sommer in der Wintersaison.«

»Das ist … wow …« Ich starrte den Brief an und wusste zum ersten Mal an diesem Tag nicht, was ich noch sagen konnte.

Kurz darauf stieg Tamme in den Bulli und machte sich auf den Weg in die Kreisstadt nach Lahe, um im dortigen Discounter die Einkäufe für die nächsten Tage zu erledigen. Es war zwar ein etwas weiterer Weg, aber dafür waren die Lebensmittel um mehr als die Hälfte billiger als in Petersens Supermarkt an der Kirche, der seit Generationen fest in der Hand einer alten Kaufmannsfamilie war, deren Mitglieder wussten, wie man gute Geschäfte macht. Den meisten Touristen, die im Sommer herkamen, war der Weg nach Lahe nämlich zu weit, und so akzeptierten sie stillschweigend Petersens Fantasiepreise.

Ich hatte den Rucksack in mein altes Zimmer im ersten Stock gebracht und bezog das Bett unter der Dachschräge. Früher einmal war das hier mein Reich gewesen und ich hatte mich wohlgefühlt. Heute kam mir die kleine Kammer, und viel mehr als eine kleine Kammer war es nicht, winzig klein und ziemlich vollgestopft vor. An den Wänden standen die Regale voll mit meinen Büchern, die ich zurückgelassen hatte, und auf dem Schreibtisch unter dem Fenster stand noch der alte Computer, den ich in Berlin nicht mehr gebraucht hatte. Die Poster meiner Kindheit hatte ich zum Glück schon früher abgenommen. Der Anblick von Brad Pitt, für den ich wahnsinnig geschwärmt hatte, wäre mir heute zu peinlich gewesen. Das dicke Bettzeug aus weichem Flanell roch frisch und blumig, und ich fragte mich, wie meine Mutter es nur hinbekam, dass ihre Wäsche immer so roch wie geradewegs einer Werbesendung im Fernsehen entsprungen. Nachdem ich meine Sachen im Zimmer verstaut und die Kleidung im Schrank aufgehängt hatte, machte ich einen Rundgang durchs Haus.

Unten im Wohnzimmer lagen die bunten Perserteppiche, die noch meinen Großeltern gehört hatten, wie eh und je auf den gebohnerten Holzdielen, und es blieb Mamas Geheimnis, wie sie die alten Dinger so gut in Schuss halten konnte. Sie waren mit den Jahren nur noch fadenscheiniger geworden. In der Ecke standen noch immer der riesige Röhrenfernseher und die altmodische Stereoanlage, die Mama immer laut aufdrehte, wenn sie zum Frühjahrsputz ansetzte. Auch hier war es staubiger, als ich es in Erinnerung hatte, und die Blumen in den Vasen waren verwelkt. Ich nahm sie heraus und entsorgte sie im Kompost. Es hatte etwas Tröstliches, nach Hause zu kommen und festzustellen, dass alles noch so war, wie ich es verlassen hatte. Andererseits hatte es auch etwas Erschreckendes. Immerhin bestand das Leben doch aus permanentem Wandel, wie ich ihn in Berlin tagtäglich erlebte. Dort kamen die Menschen und gingen wieder. Läden wurden aufgemacht und zwei Jahre später wieder geschlossen. Die Nachbarschaft im Haus wechselte schneller als die Jahreszeiten, und ständig war da eine nervöse, lebendige Energie in der Luft, die alles Beständige mit sich zu reißen schien und einem den Atem rauben konnte.

Rudi war mir bei meinem kleinen Rundgang durchs Haus hinterhergetappt und hatte alles neugierig in Augenschein genommen. Ich blickte auf ihn hinab, als er sich nun auf einem der alten Teppiche ausgiebig hin und her wälzte. Und dabei eine Spur aschgrauer und brauner Haare hinterließ.

»Oh, Rudi, lass das bloß nicht Mama sehen.«

Kurz entschlossen suchte ich in der kleinen Abstellkammer unter der Kellertreppe den Staubsauger (vermutlich Vorkriegsmodell und immer noch zuverlässig) und begann Rudis Hinterlassenschaft aufzusaugen, bevor es jemand merken konnte. Und weil ich schon einmal dabei war, saugte ich gleich das ganze Haus. Anschließend schnappte ich mir das weiche Ledertuch und begann den Staub von den Regalen und Tischen zu wischen. Ich fand im Keller eine alte Bettdecke, bezog sie mit Bettwäsche in den schreiend bunten Farben der Achtzigerjahre und bereitete so ein Lager für Rudi. Nachdem er ausgiebig an der Decke geschnuppert und sie für akzeptabel befunden hatte, ließ er sich mit einem Seufzer darauf nieder und beobachtete meine Putzorgie interessiert.

Ich habe keine Ahnung, warum ich das tat. Es schien in meinen Genen zu liegen, dass ich die Unordnung, die Tamme nach nur zwei Tagen Alleinherrschaft hinterlassen hatte, umgehend beseitigen musste.

Als er vom Einkauf zurückkam, blieb er verwundert im schmalen Flur stehen und sah sich verblüfft um. »Was machst du denn da?«

Ich sah ihn strafend an, während ich den Staubsauger gerade wieder in der Abstellkammer deponierte. »Es gibt echt nur einen, der es schafft, in zwei Tagen so ein Chaos anzurichten, Tamme. Darin warst du übrigens schon früher einsame Spitze.«

Er sah tatsächlich etwas ertappt aus und hielt mir die Einkaufstüten entgegen, die prall gefüllt waren mit Lebensmitteln. »Lust auf toskanische Hähnchenpfanne mit frischen Kräutern und Salat?«

Ich nickte. »Solange ich nicht kochen muss.«

Mein Bruder zog seine Schuhe aus und schlüpfte auf Socken in die nun saubere Küche.

»Und es wäre schön, wenn du die Küche nicht gleich wieder einsaust!«, rief ich ihm hinterher.

Er drehte sich noch einmal um und sah mich todernst an. »Ich hab dich echt nicht vermisst die letzten Jahre.«

Draußen war es längst dunkel geworden und ein beständiger Westwind zerrte an unserer kleinen Bauernkate und ließ die Regentropfen gegen die Fenster prasseln. Tamme hatte den Kaminofen im Wohnzimmer angeschmissen und im Haus hatten sich behagliche Wärme und der Geruch von Buchenholz ausgebreitet. Ich lag auf dem Sofa, Rudi zu meinen Füßen, und Tamme lümmelte in dem großen alten Ohrensessel, die langen Beine weit von sich gestreckt und die Füße am Ende des Sofas abgelegt. Wir waren bei der zweiten Flasche Rotwein angekommen, der trotz Discounter und eines lachhaft niedrigen Preises erstaunlich gut schmeckte. Genauso gut wie das Hühnchen, das Tamme für uns zubereitet hatte. Kein Wunder, dass die Leute ihn für ihr Kreuzfahrtschiff engagieren wollten. Er konnte tatsächlich ausgesprochen gut kochen.

Gedankenverloren starrten wir in die Flammen des Ofens.

»Mama will wirklich alles verkaufen? Auch das Haus hier?« Ich nippte an meinem Wein. »Ich kann mir das überhaupt nicht vorstellen. Mama und dich ohne den Platz und unsere alte Kate.«

Er nahm einen Schluck von seinem Wein und schwieg. Dabei starrte er weiter in die Flammen.

Nach einer gefühlten Ewigkeit fing er an, leise zu sprechen. »Ich auch nicht. Aber so, wie es jetzt ist, kann es nicht weitergehen.« Er sah mich traurig an. »Die Kate muss dringend saniert werden. Wir brauchen ein neues Dach. Ansonsten steht hier im nächsten, spätestens im übernächsten Winter alles unter Wasser.« Er blickte wieder in die Flammen. »Und den Platz hast du dir noch nicht einmal angeschaut. Da weiß man gar nicht, wo man mit dem Umbau anfangen soll.« Er schüttelte den Kopf. »Es ist einfach viel zu viel liegen geblieben in den letzten Jahren.«

Stand es wirklich so schlimm um die *Rosenfelder Düne*?

»Die Elektroanschlüsse an den Stellplätzen müssen dringend ausgetauscht werden«, fuhr mein kleiner Bruder deprimiert fort, »die beiden Waschhäuser sollte man auch am besten abreißen und neu aufbauen. Und von den alten Mobilheimen will ich gar nicht erst anfangen.« Er sah mich ernst an. »Ganz ehrlich, Lucie, mit ein bisschen Farbe und Optimismus ist da nichts mehr zu retten.«

Ich nickte. Vermutlich hatte er recht. Im Gegensatz zu mir kannte er sich nun wirklich auf dem Platz aus. Und obwohl ich mich insgeheim freute, dass alles noch so war, wie ich es verlassen hatte, wusste ich, dass es so nicht bleiben konnte.

»Und wenn Mama doch noch einen Kredit für die Sanierung aufnimmt? Ihr habt doch keine Hypotheken laufen oder irgendwelche Schulden oder so?«

Tamme schüttelte den Kopf. »Du kennst doch Mama. Eher backt sie das Brot selber, als sich auch nur einen Cent von irgendwem zu borgen.«

Tamme atmete erneut tief durch und spielte gedankenverloren mit dem Rand seines Weinglases in der Hand. Er zögerte, so, als müsste er sich ganz genau überlegen, was er mir nun zu sagen hatte.

»Ich glaube, sie denkt, dass sie mittlerweile zu alt ist, um den Platz weiterzuführen.«

Ich schnaubte erbost auf und nahm einen Schluck Rotwein. »So ein Blödsinn! Mama ist Anfang fünfzig. Da starten andere durch. Und Opa und Oma haben den Laden auch noch geschmissen, da waren sie weit über siebzig.« Ich sah ihn streng an. »Ist es deinetwegen? Weil du auf so ein Kreuzfahrtschiff in die Südsee willst?«

»Karibik. Nicht Südsee.« Er schenkte mir ein bitteres Lächeln. »Ich weiß, du wirst mir kein Wort glauben, aber nein – es ist nicht meinetwegen. Das ist ganz allein Mamas Entscheidung. Und sie hat sie getroffen, bevor ich mich an Bord beworben habe.«

Ich setzte mich auf und schüttelte den Kopf. Irgendwie ergab das alles keinen Sinn. Ich konnte mir einfach nicht vorstellen, dass eine Frau wie Susanne Annegret Thomsen ihr Zuhause, das alles, einfach so aufgeben wollte. Und das auch noch, weil sie sich zu alt fühlte.

»Da muss es doch noch einen anderen Grund geben.« Mir kam plötzlich eine Idee. »Mama hat sich doch nicht in irgendeinen windigen Kerl verliebt? Sag bitte nicht, sie fällt gerade auf einen Heiratsschwindler rein.«

»Hast du sie noch alle?« Er sah mich fassungslos an.

Ich ruderte zurück und hob entschuldigend die Hand. »War ja nur so eine Idee.«

»Sprich morgen mal mit Mama, Lucie. Vielleicht kann sie es dir ja erklären.«

»Super, Tammi. Du bist mir eine große Hilfe.« Ich stand missmutig auf und blickte hinab zu Rudi. »Na los, Rudi. Pullerrunde und dann geht's ab ins Bett.«

Als ich an Tamme vorbeikam, der sich im Sessel ganz klein gemacht hatte, sah ich entschlossen auf ihn hinab. »Ich schau mir morgen den Platz an. Und dann knöpf ich mir Mama vor.«

Er blickte zu mir auf, und für einen kleinen Moment kam er mir wieder vor wie der kleine Junge, der mir überall in den Dünen hinterhergelaufen war und der nicht von der Seite seiner großen Schwester weichen wollte.

»Mach das.« Und nach einem langen Blick fügte er hinzu: »Ich glaub zwar selber kaum, was ich da sage – aber ich bin froh, dass du wieder da bist, Lucie.«

Ich war tatsächlich berührt, und mein Herz setzte einen Schlag aus, so sehr trafen mich seine Worte. Ich hatte mich eines Tages davongemacht und alles im Stich gelassen, während er hier gemeinsam mit Mama den Laden schmeißen musste.

Ich wuschelte ihm einmal über das struppige blonde Haar. »Du solltest dringend mal zum Friseur. Schlaf gut.«

Als ich zehn Minuten später zurück ins Haus kam, saß er noch immer vor dem Kamin und starrte in die Flammen. Ich ging kurz ins Bad und legte mich dann in mein Bett. Ich schlief sofort ein.

KAPITEL 5

Meine Mutter hatte eine wunderbare Eigenschaft. Wenn sie sich etwas in den Kopf gesetzt hatte, dann gab es nichts und niemanden, der sie davon abhalten konnte, ihr Vorhaben auch in die Tat umzusetzen. Diesem Umstand hatten mein Bruder und ich unsere Existenz zu verdanken. Denn als Mama damals meinen Vater in der Pizzeria am Strand zum ersten Mal gesehen hatte, verliebte sie sich augenblicklich in ihn und beschloss, ihn zu heiraten. Trotz der Proteste ihrer Eltern. Und des Zögerns meines Vaters. Später wussten wir, woher sein Zögern kam. Er besaß ja nun leider schon eine Familie in Sizilien. Meine Mutter hatte ihn nicht mehr vom Haken gelassen, bis er sie tatsächlich geheiratet hatte, was sein Leben um einiges komplizierter machte.

Mit der gleichen Dickköpfigkeit, die dazu geführt hatte, dass es mich und Tamme überhaupt gab, und der Entschlossenheit, es später auch als alleinerziehende Mutter zu schaffen, sah sie mich nun in der kleinen Cafeteria des Krankenhauses an.

»Ich habe meine Entscheidung getroffen, Lucie. Der Platz wird verkauft. Noch in diesem Jahr. Falls wir einen Käufer finden.«

»Mama, ganz im Ernst, das kannst du nicht machen.«

Sie sah mich ruhig an und nahm meine Hand, die auf dem Resopaltisch neben meiner Kaffeetasse lag.

»Ich muss es machen, Lucie. Hast du dir die *Rosenfelder Düne* mal angesehen? In ein, zwei Jahren haben wir überhaupt keine Gäste mehr, und wovon wollen wir dann leben?«

Ich atmete tief durch. So ganz unrecht hatte meine Mutter nicht, wie ich resigniert nach meinem morgendlichen Rundgang hatte feststellen müssen.

Ich war früh aufgewacht, nachdem Rudi fiepend an meinem Bett gestanden hatte. Er war daran gewöhnt, dass ich am frühen Morgen, wenn ich von meiner Nachtschicht aus der Bar heimkam, mit ihm eine Runde drehte. Und dummerweise musste Rudi wohl in einem früheren Leben ein Wecker gewesen sein, denn pünktlich um halb sechs bestand er darauf, Gassi zu gehen, obwohl es draußen noch stockdunkel war. Ich schickte ihn einmal ums Haus und stieg wieder in mein Bett. Als es anfing zu dämmern, war Rudi nicht mehr zu halten und wollte jetzt endlich seinen richtigen Spaziergang. Was sich als echter Segen erwies. Wir gingen das kurze Stück durch die Dünen direkt zum Strand, der nur hundert Meter entfernt war. Die Sonne ging gerade über der Ostsee auf und tauchte den Morgen in ein Meer aus orangefarbenen Flammen. Die dunklen Regenwolken waren wieder verschwunden und über mir erstreckte sich erneut ein strahlend blauer Himmel. Es war so überwältigend schön, dass mir die Tränen kamen. Wie hatte ich das nur all die Jahre vergessen können? Und wie oft war ich hier mit Boomer und Alf, den Hunden meiner Kindheit, bei Sonnenaufgang am Strand gewesen und hatte den Tag damit begonnen, ihn als eine weitere Möglichkeit zu feiern, das größte Abenteuer meines Lebens zu erleben. Ich schniefte und wischte mir die Nase an der Regenjacke ab, die ich mir von Mama ausgeliehen hatte. Die leuchtend gelben Gummistiefel, die in der Diele gestanden hatten, hatte ich mir ebenfalls geschnappt. Und so stand ich hier nun, blickte mit tränenverschleiertem Blick über das Meer und genoss die warmen Strahlen der Sonne, die mein Gesicht wärmten, während über mir die Möwen kreischend ihre Runden zogen.

Rudi flitzte über den Strand, buddelte an einer Stelle Löcher, jagte an einer anderen den Möwen hinterher und blickte mit einer solch freudigen Erregung zu mir, die ich von ihm in Berlin nur kannte, wenn er im Stadtpark einen weggeschmissenen Döner erbeuten und verschlingen konnte, bevor es mir gelang, ihn davon abzuhalten.

Wir blieben fast eine Stunde am Strand. Danach machte ich die Runde über den Platz.

Was soll ich sagen? Mein Bruder hatte nicht übertrieben. Die Badehäuser wirkten, als kämen sie geradewegs aus einem Entwicklungsgebiet im tiefen Osten Europas, aus dem Grenzgebiet zu den Karpaten. Womit sie in einem weitaus besseren Zustand waren als die alten Mobilheime, die mein Großvater aus Holland importiert hatte und die weitaus mehr als frische Farbe benötigten. An einigen Stellen gab es Löcher in den Wänden, die jemand notdürftig mit ein paar Brettern vernagelt hatte. Was die ganze Sache auch nicht besser machte. Nach einer weiteren Stunde war mir klar gewesen, dass hier nicht nur jede Menge Geld vonnöten war, sondern auch ein Berg Arbeit vor demjenigen lag, der das alles hier aus den fernen Achtzigerjahren in die Gegenwart beamen wollte. War mein Entschluss, Mama vom Verkauf abzubringen, gestern Abend noch riesig gewesen, schrumpfte er nun auf die Größe eines Strandkiesels. Trotzdem wollte ich nicht so schnell aufgeben.

»Gut, da muss eine Menge getan werden, Mama. Und billig wird das sicherlich auch nicht. Aber mit einem Darlehen von der Bank und ein paar guten Handwerkern kriegst du das bestimmt wieder hin. Gib bitte nicht so einfach auf.«

Sie sah mich eine Weile stumm an. Dann wandte sie den Blick ab und blickte hinaus in den Krankenhausgarten, der im Sonnenlicht hinter den großen Scheiben der Cafeteria lag.

»Und für wen soll ich das machen, Lucie? Tamme will schon seit Jahren endlich mal raus in die große weite Welt und etwas erleben. Und du, du bist in Berlin und gehst da deinen eigenen Weg.«

»Kann schon sein. Aber Tamme kommt garantiert wieder zurück, wenn er erst mal merkt, dass es woanders auch nicht toller ist. Und dann übernimmt er bestimmt die *Düne*. Vermutlich bringt er eine tolle Frau mit, sie bekommen mindestens fünf Kinder, und dann wäre es doch prima, wenn sie die nächsten siebzig Jahre unseren Campingplatz weiterführen.«

Meine Mutter hatte meine Ausführungen nicht unterbrochen und lächelte mich nun an. »Ich denke mal, das wird nicht passieren.« Sie hob vielsagend die Augenbrauen. »Du weißt nicht besonders viel über deinen kleinen Bruder, fürchte ich.«

Ich hatte keine Ahnung, was sie meinte. Sie tätschelte wieder meine Hand.

»Vielleicht hat Tamme irgendwann einmal fünf Kinder. Ich würde mich für ihn freuen. Aber ich bezweifle, dass es eine Frau geben wird.«

»Warum denn nicht?«

»Weil dein kleiner Bruder schwul ist.«

Ich sah sie überrascht an.

»Oh …«

»Das ist dir noch nie aufgefallen?«

Wenn sie mich schon so ehrlich fragte, nein, das war mir bislang völlig unbekannt gewesen.

»Seit wann ist er denn … schwul?«

»Ich gehe mal davon aus, schon immer. So was sucht man sich schließlich nicht aus wie einen neuen Haarschnitt, mein Schatz.«

Da war durchaus was dran. »Äh, ja … klar … ich mein ja nur.«

»Tamme hat sich im Dorf nie geoutet. Er meint immer, dass die Leute schon genug über uns reden. Und bislang hat ihm das auch nicht so viel ausgemacht. Aber in letzter Zeit merke ich, wie schwer es ihm fällt.«

Ich nickte nachdenklich, und mir dämmerte allmählich, dass Tamme in den vergangenen Jahren gar nicht mich in Berlin besuchen wollte, sondern einfach mal sein wahres Ich in der Hauptstadt der Schwulen und Lesben ausleben konnte. Für einen Moment wurde ich sauer.

»Warum hat er nie mit mir geredet? Er hat mich dreimal in Berlin besucht und nicht ein Sterbenswörtchen dazu gesagt.«

»Er redet nicht viel darüber, Lucie. Auch nicht mit mir. Er macht das lieber mit sich allein aus.«

Na, super. Der konnte sich auf was gefasst machen, wenn ich später nach Hause kam. Aber allmählich bekam ich ein klareres Bild davon, warum Mama so fest entschlossen war, unseren Familienbesitz aufzugeben.

»Du hast Angst, dass du das alles nicht mehr allein schaffst, wenn er weg ist. Hab ich recht?«

Sie nickte und seufzte hörbar auf.

»Ich weiß, es hört sich vielleicht dumm an, aber insgeheim habe ich nie die Hoffnung aufgegeben, dass du zurückkommst, dass du es dir vielleicht noch einmal anders überlegst und dass du die *Rosenfelder Düne* eines Tages übernimmst.«

Sie sah mich nicht an, als sie es aussprach.

Ich schüttelte energisch den Kopf. »Nein, nein. Auf keinen Fall. Ich kann hier nicht bleiben. Ich habe das Gefühl zu ersticken!«

Sie nickte nachdenklich. »Jetzt bist du aber hier. Und darüber bin ich sehr froh. Auch wenn es nur kurz ist. Und mach dir um mich keine Sorgen. Es ist eben so, wie es ist.«

Ich verbrachte den weiteren Nachmittag mit meiner Mutter im Krankenhaus und besorgte ihr zum Kaffee den legendären Butterkuchen der Bäckerei Pohl (die strategisch günstig eine Filiale direkt neben dem Kreiskrankenhaus betrieb und vermutlich einen Riesenumsatz machte). Meine Mutter war noch nie nörgelig mit dem Essen gewesen; den Plastikkuchen, der ihr im Krankenhaus angeboten wurde, lehnte sie aber dann doch dankend ab. Wir gingen noch ein wenig im Park spazieren und genossen die frische Frühlingsluft. Als sie müde wurde, gingen wir hoch auf ihr Zimmer, und ich verbrachte eine weitere Stunde damit, mit ihr zusammen das Nachmittagsprogramm im Fernsehen anzuschauen und einer hoch dramatischen Telenovela zu folgen, die meine Mutter auf keinen Fall verpassen wollte.

»Das ist richtig unterhaltsam, Lucie«, klärte sie mich auf, während sie keinen Blick vom Bildschirm lassen konnte. »Wenn man einmal damit angefangen hat, dann kann man nicht mehr aufhören.«

Anschließend bekam ich eine viertelstündige Einweisung in die Intrigen, Liebschaften und Machenschaften einer bösen Schwiegermutter und den verzweifelten Kampf zweier Liebender um ihr Glück. Ich verstand zwar nur die Hälfte, aber es hörte sich wirklich sehr emotional an. Schließlich fielen meiner Mutter vor Müdigkeit die Augen zu und ich verabschiedete mich von ihr.

»Morgen bin ich wieder da, Mama. Dann können wir dich ja vielleicht schon mit nach Hause nehmen.«

Meine Mutter nahm mich in den Arm. »Das wäre schön. Ich hab dich lieb, mein Schatz.« Ihre Stimme klang matt und sehr erschöpft.

»Ich auch. Bis morgen.«

An der Tür warf ich ihr noch eine Kusshand zu und dann machte ich mich auf den Weg zur Bushaltestelle. Mein kleiner Bruder hatte sich heute Morgen standhaft geweigert, mir den Familienbulli für meinen Ausflug zum Krankenhaus zu überlassen.

Die Sonne hatte sich wieder verzogen und es wehte ein unangenehm kühler Wind. Aber wenigstens blieb es trocken. Mit hochgezogenen Schultern stand ich fröstelnd in dem kleinen gläsernen Haltestellenhäuschen und wartete auf den Siebzehn-Uhr-Bus, der, wie immer, mächtig Verspätung hatte. Warum ein Bus, der nur einmal die Stunde fuhr, es nicht auf die Reihe bekam, pünktlich zu sein, war mir ein Rätsel. Weshalb ich auch nach meinem sechzehnten Geburtstag umgehend den Führerschein gemacht und mir einen zitronengelben alten Vespa-Roller von meinem gesparten Konfirmationsgeld gekauft hatte. Das waren dann wohl meine italienischen Wurzeln, die sich da Bahn brachen. Ob es den Roller noch gab und ob er noch fuhr? Vielleicht sollte ich später mal einen Blick in die alte Scheune werfen. Ein eigenes Gefährt während meines kurzen Aufenthalts hier war sicherlich nicht die schlechteste Idee.

Das Hupen eines Autos riss mich aus meinen Gedanken und ich blickte überrascht auf.

»So sieht man sich wieder.«

Der blonde Hüne, den ich am Strand getroffen hatte und der seine Freizeit gern als Rettungsschwimmer verbrachte, lächelte mich durch das geöffnete Seitenfenster eines Rettungswagens an. Offensichtlich ging er gerade seiner Hauptbeschäftigung als Notarzt nach.

»Hallo …« Ich lächelte erfreut zurück.

Er deutete auf die Rückbank. »Falls du nach Strande willst, wir haben noch ein Plätzchen frei.«

Er hatte wohl beschlossen, dass wir uns lange genug kannten, um zum vertrauten *Du* überzugehen. Ich hatte nichts dagegen. Ganz im Gegenteil.

»Wie? Ich darf auch ohne Beule mitfahren? Verstößt das nicht gegen irgendwelche Regeln?«

Er winkte lässig ab. »Och … das nehmen wir hier nicht so genau. Komm, steig ein.«

Ich öffnete die Seitentür des Rettungswagens und stieg ins Innere, das vollgestopft und ziemlich eng war.

Doktor Brandt deutete auf einen Sitz gegenüber der Rettungsliege.

»Setz dich da hin. Und schnall dich bitte an. Ole hier fährt wie eine gesengte Sau.«

Besagter Ole, der wie mein Hüne die Uniform eines Rettungssanitäters trug, grinste nur träge. »Bei mir hat sich noch niemand beschwert.«

Was vermutlich daran lag, dass die meisten seiner Passagiere bereits dem Tode nahe waren, wenn er sie fuhr. Ich setzte mich und schnallte mich an, während Ole den Wagen ziemlich flott auf die Straße zurückbrachte und dabei ordentlich aufs Gas drückte. Ich hielt mich an einem Griff gleich neben meinem Platz fest, starrte angestrengt hinaus zur Windschutzscheibe und betete, dass mir nicht allzu schlecht würde.

»Habt ihr zwei eigentlich nichts Wichtigeres zu tun, als Taxi zu spielen? Vielleicht Menschenleben retten? Alte Omis zum Röntgen fahren? So was in der Art?«

Doktor Brandt drehte sich zu mir um und machte einen fröhlichen Eindruck. »Schichtende. Wir bringen nur den Wagen zurück zur Feuerwehr nach Strande.«

Ole warf mir durch den Rückspiegel einen Blick zu. »Wir haben nur alle vierzehn Tage Notdienst. Ansonsten schiebt der feine Doktor hier in seiner Praxis eine ruhige Kugel.«

Ich sah Sven erstaunt an. »Eigene Praxis?« Ich neckte ihn amüsiert. »Wow! So jung und schon so erfolgreich.«

»Du kennst mich doch – ich war schon in der Schule ein Streber.«

Nun kniff ich verwundert die Augenbrauen zusammen. Ich konnte mich beim besten Willen nicht an einen Jungen aus meiner Schulzeit erinnern, der auch nur entfernt Ähnlichkeit mit Doktor Brandt gehabt haben könnte.

»Wir sind zusammen zur Schule gegangen? Das kann gar nicht sein. Daran könnte ich mich erinnern. Echt jetzt.«

Er grinste noch breiter und sah mich mit hochgezogenen Augenbrauen an. »Du erinnerst dich also nicht mehr an den dicken Jungen mit der Zahnspange und den miesen Klamotten, der nie mitspielen durfte und ständig gemobbt wurde?«

Vor meinem inneren Auge tauchte tatsächlich das Bild eines Jungen auf, auf den die Beschreibung passte und dem die cooleren Jungs ständig die Papierkörbe über den Kopf gestülpt und ihn über den Schulhof gejagt hatten. Er hieß nur *Pommes*, was mit Sicherheit nicht sein richtiger Name gewesen war, aber an den konnte ich mich beim besten Willen nicht mehr erinnern. Falls ich ihn überhaupt jemals gewusst hatte. Ich hatte bei diesen miesen Spielchen nie mitgemacht. Allerdings hatte ich es damals auch versäumt, etwas dagegen zu tun. Was mir jetzt etwas peinlich war.

»Das bist du gewesen?« Ich lief tatsächlich rot an.

»Ja, allerdings.«

Er blickte wieder hinaus auf die Fahrbahn, sodass ich seine Reaktion nicht wirklich einordnen konnte.

Ich dachte einen Moment nach, und schließlich fiel mir wieder ein, dass er irgendwann nach den Sommerferien, als wir in die achte Klasse gekommen waren, nicht mehr auf dem Schulhof aufgetaucht war.

»Du bist irgendwann von der Schule abgegangen, nicht wahr?«

Er drehte sich kurz zu mir um. »Meine Eltern hielten es für eine gute Idee, mich lieber auf ein Internat zu schicken. Was es tatsächlich auch war. Wie man sieht.«

Ich nickte anerkennend. »Allerdings. Aus dir ist ja richtig was geworden.«

Er sah mich neugierig an. »Und was ist mit dir? Was machst du so?«

»Ich?« Einen Moment war ich völlig überrumpelt und sah ihn panisch an.

»Ja.« Er nickte aufmunternd. »Du bist nach Berlin gegangen. Hast du an der Humboldt studiert?«

Ich wich seinem fragenden Blick aus und schüttelte den Kopf. »Nein.« Und verschwieg an dieser Stelle lieber, dass ich drei Monate vor den Abiprüfungen die Schule geschmissen und einfach so, ohne einen genauen Plan gehabt zu haben, nach Berlin abgedüst war. »Studieren … das war nicht wirklich was für mich.«

Er nickte nachdenklich. »Okay. Und was machst du so? In Berlin?«

Ich zögerte einen Moment. Dann zuckte ich innerlich die Schultern. Was soll's – früher oder später würde sowieso jeder erfahren, dass ich in Berlin nicht gerade die Karriereleiter erklommen hatte.

»Nichts Besonderes. Ich arbeite in einer Bar.« Ich stutzte einen Moment. Das entsprach nicht mehr ganz den Tatsachen. »Nun ja, ich habe da gearbeitet. Jetzt schau ich mich nach was Neuem um. Mal sehen, was so kommt.«

Für einen Moment glaubte ich, er würde nun weiter mit seinen Fragen nachbohren, aber ihm musste wohl aufgefallen sein, dass ich nicht gerade begeistert reagiert hatte. Also nickte er nur stumm und blickte wieder hinaus auf die Fahrbahn der Landstraße, über die Ole mit halsbrecherischer Geschwindigkeit bretterte. Eine Weile herrschte Ruhe im Wagen.

Ich hielt es nicht lange aus und plauderte lieber munter drauflos. »In Strande hat sich einiges getan. Die Promenade ist nicht mehr wiederzuerkennen.«

Sven nickte. »Die Steiners bauen, wo sie nur können.«

Ole atmete hörbar durch und schenkte mir einen vielsagenden Blick durch den Rückspiegel. »Die haben das halbe Dorf aufgekauft. Na ja, und euren Platz haben sie auch bald eingesackt.«

»Was?« Ich blickte nun doch erschrocken auf.

Ole wechselte einen Blick mit Sven.

»Na ja, Falk Steiner hat deiner Mutter ein Angebot für die *Rosenfelder Düne* gemacht, und sie wäre ganz schön dumm, wenn sie's nicht annehmen würde.«

Einen Moment überkam mich eine Übelkeit, die mit Oles Fahrstil absolut nichts zu tun hatte. »Das kann nicht sein. Meine Mutter würde niemals an Steiner verkaufen.«

Sven drehte sich wieder zu mir um. »Es gibt nicht mehr sehr viele im Ort, die genug Kohle haben, um so eine Immobilie zu kaufen.«

Ich schüttelte vehement den Kopf. »Das kann nicht sein.«

»Ich denke, in ihrer Situation ist es das Beste, was sie machen kann.«

»Was soll denn das wieder heißen?«, gab ich empört zurück. »Sie hatte einen kleinen Unfall, da muss sie doch noch lange nicht ihr Haus diesem Arschloch in den Rachen werfen.«

Einen Moment wirkte Sven irritiert. »Na ja, Steiner weiß eben, wie krank deine Mutter ist.«

Ich verstand noch immer kein Wort.

»Sie ist ganz gut mit den Medikamenten eingestellt. Aber der Sturz hat gezeigt, dass die ersten motorischen Ausfälle einsetzen.« Er blickte mich ernst an. »Ich bin zwar ihr Arzt, aber Wunder kann ich nicht vollbringen. Parkinson ist leider immer noch unheilbar.«

Ich starrte ihn fassungslos an. Was redete er denn da? Ausfälle? Parkinson?

Und langsam begriff er, was mit mir los war.

»Deine Mutter hat dir doch davon erzählt? Von ihrer Erkrankung?«

Ich schüttelte wie betäubt den Kopf. Niemand hatte mir auch nur ein Sterbenswörtchen gesagt.

Kapitel 6

»Oh, Mann, Lucie! Jetzt komm mal wieder runter, okay!«

Mein kleiner Bruder wuchtete ziemlich schlecht gelaunt einen der schweren Strandkörbe, die in der alten Scheune im Winterlager standen, auf die Sackkarre, um ihn nach draußen in die Sonne zu stellen. Sie sollten auslüften und dann wieder auf Vordermann gebracht werden. Wie alles, was es auf der *Rosenfelder Düne* gab, waren auch sie in die Jahre gekommen und verlangten nach einer Generalüberholung. Oder einen Platz im Museum. Ich vermutete, dass das Teil, mit dem er da hantierte, noch aus der Vorkriegszeit stammte.

Die schlechte Laune Tammes passte hervorragend zu meiner, denn die war auch nicht gerade euphorisch.

»Verdammt, Tamme! Du hättest es mir sagen müssen!«

»Ich hab aber versprochen, die Klappe zu halten.«

»Du hättest es mir trotzdem sagen müssen! So was muss ich doch wissen!«

Tamme ließ vom Strandkorb ab und stellte sich mit saurer Miene vor mir hin. »Ach, ja?! Ausgerechnet *du* musst das wissen? Und was hättest *du* dann gemacht? Hättest du dich etwa in den nächsten Bus gesetzt und wärst mit fliegenden Fahnen nach Hause geeilt, um dich hier um alles zu kümmern?«

»Ja! Genau das!« Ich funkelte ihn sauer an. »Falls es dir entgangen sein sollte: Ich bin sofort gekommen, als du mich vor zwei Tagen angerufen hast!« Meine Verteidigung war kläglich und das wusste ich. »Und außerdem – warum hast du eigentlich nie mit mir darüber gesprochen, dass du schwul bist?«

Tamme lachte müde auf. »Weil's dich nicht interessiert hat, Lucie.«

Ich wollte etwas erwidern, doch Tamme unterbrach mich einfach.

»Und du kannst ruhig zugeben, dass du nur hier bist, weil du erstens keinen Job mehr hast, zweitens aus deiner Wohnung geflogen bist und drittens, weil du vermutlich irgendeine nervige Bettaffäre gerade mal wieder abserviert hast!«

Ich sah ihn an wie ertappt. Meine momentane Lebenssituation in Berlin hatte er ziemlich genau auf den Punkt gebracht. Bis auf die Affäre, die hatte ich schon vor einem halben Jahr abgeschlossen.

Tamme schnappte sich eine Flasche Wasser, die auf dem Boden stand, nahm einen Schluck und beobachtete mich dabei anklagend.

»So ist das doch gar nicht.« Das klang genauso kleinlaut, wie ich mich fühlte.

»Du musst mir nichts vormachen, Lucie. Ich hab mit Dena gesprochen. Sie hat mich aus Thailand angerufen, als sie von der Wohnung erfahren hat. Dein Handy war ja abgeschaltet, weil du mal wieder keine Kohle für ein neues Guthaben hattest.«

Was stimmte. Zwei ganze Wochen war ich telefonisch nicht zu erreichen gewesen, bis ich genug Trinkgeld zusammengespart hatte, um nicht nur Futter für Rudi zu kaufen, sondern auch eine neue Prepaidkarte.

»Okay, vielleicht läuft es für mich gerade nicht ganz so gut.« Das war zwar die Untertreibung des Jahrzehnts, aber egal. »Trotzdem bin ich bestimmt nicht nur deswegen hier.«

Tamme sah mich prüfend an. »Willst du uns wirklich helfen?«

»Natürlich!«

Er sah mich mit einem so intensiven Blick an, dass mir unheimlich wurde.

»Dann bleib hier, Lucie. Geh nicht wieder weg.«

Ich fixierte eine Stelle in den Dünen hinter ihm, um seinen Blick nicht länger zu ertragen. Gleichzeitig merkte ich, wie mein Herz zu pochen begann und mir der Schweiß ausbrach.

Tamme fuhr ungerührt fort. »Ich kann den Job auf dem Kreuzfahrtschiff auch um ein Jahr verschieben.« Seine Stimme war voll kindlicher Begeisterung. »Komm schon, Lucie. Zu dritt schaffen wir das. Wir bringen alles wieder in Ordnung. Besser, als es jemals war. Erinnerst du dich, was wir damals aus dem Platz hier machen wollten? Jetzt könnten wir's.«

Abwehrend verschränkte ich die Arme vor der Brust. Und das nicht nur, weil ich plötzlich fröstelte.

»Tamme …«

Er schwieg einen Moment. Dann wich die Begeisterung der Erkenntnis, dass aus seinen Wünschen nichts werden würde. Langsam nickte er. »Okay. Verstehe.« Er wandte sich wieder dem Strandkorb zu. »Dann tu mir wenigstens den Gefallen und mach mir keine Vorwürfe, okay.«

»Tamme …«

Er inspizierte den Strandkorb, ohne mich weiter anzusehen. Einen Moment standen wir schweigend da, und jeder hing seinen trüben Gedanken nach.

Schließlich wandte ich mich ab. »Ich geh mal nach Rudi sehen.«

Tamme sah mir noch nicht einmal hinterher.

Der Wind hatte wieder aufgefrischt und kam diesmal von Südwest übers Land. Er brachte dicke weiße Wolken mit sich, die sich wie Eisberge im Hinterland auftürmten und die Sonne verdeckten. Fröstelnd zog ich Mamas alte Regenjacke enger um mich. Rudi schien weder Wind noch Kälte etwas auszumachen, und er tobte fröhlich durch den Sand, versuchte wieder, die Wellen zu fangen oder in den Algen, die sie am Strand zurückließen, irgendetwas Interessantes zu entdecken. Er machte einen überaus glücklichen Eindruck. Im Gegensatz zu mir. Ich warf ab und an einen Stein ins Wasser, dem er begeistert hinterhersprang, und richtete meinen Blick auf den Horizont.

Tamme hatte recht. Wie konnte ich ihm nur Vorwürfe machen. Vor Scham stieg mir die Röte ins Gesicht. Ich hatte ihn und meine Mutter vor zehn Jahren einfach im Stich gelassen. Mit dem Campingplatz, mit ihren Problemen, mit ihren Zukunftsplänen. Ich hatte mich nur alle Jubeljahre gemeldet und behauptet, mir würde es prima gehen. Ich hatte keine Ahnung gehabt, was ich überhaupt in einer Stadt wie Berlin wollte, und manchmal war es mir vorgekommen, als würde ich die Hauptrolle in einem ziemlich schrägen Stück spielen, das dummerweise mein Leben war. Ich wusste nur nicht, wie ich das hätte ändern sollen. Wie ich für mich endlich einen Platz in dieser Welt finden könnte, an den ich gehörte.

Es hatte nur einen Ort gegeben, an dem das so war. Hier. An diesem Strand. In diesem verschlafenen kleinen Küstenkaff, in dem ich aufgewachsen war. Ich schloss die Augen und versuchte die Tränen zu unterdrücken, die sich in meinen Augen sammelten. Heulen brachte jetzt auch nichts. Rudi schien das genauso zu sehen. Denn kurze Zeit später spürte ich seine feuchte Nase an meiner Handfläche, die mich anstupste und zum Spielen aufforderte. Ich blickte hinunter und wuschelte ihm über sein struppiges nasses Fell, das voller Sand war.

»Alles gut, Rudi. Mir geht's prima.«

Mit einem letzten Blick auf den Horizont wandte ich mich ab und ging wieder zurück in Richtung Dünen. Rudi folgte mir fröhlich bellend. Wenigstens einer, der seine gute Laune nicht verlor.

»Stimmt was nicht mit den Nudeln? Oder der Soße?«

Ich beobachtete Tamme dabei, wie er lustlos in den Spaghetti stocherte, die ich gekocht hatte.

»Nee, alles okay.« Tapfer nahm er eine Gabel und stopfte sie sich in den Mund. Er sah dabei nicht besonders glücklich aus.

Nach meinem kurzen Strandspaziergang hatte ich beschlossen, den Familienfrieden damit wieder herzustellen, dass ich ausnahmsweise für uns kochte. Leider hatte ich dabei nicht bedacht, dass mein kleiner Bruder ein ausgebildeter Koch war. Und ein ziemlich guter noch dazu. Plötzlich kam mir die Idee, Spaghetti mit Tomatensoße aus dem Glas und Parmesan aus der Tüte als Versöhnungsessen, nicht mehr ganz so brillant vor wie vor zwei Stunden.

»Das war früher dein Lieblingsgericht.«

Tamme nickte. »Früher fand ich Modern Talking auch ganz toll.«

Ich verzog peinlich berührt das Gesicht. »Es schmeckt scheußlich, oder?«

Tamme grinste schief und schob sich mit Todesverachtung eine weitere Ladung Nudeln mit Tomatensoße in den Mund.

»Sagen wir es mal so – es macht satt. Du kochst wohl nicht oft in Berlin?«

Ich stocherte ebenfalls etwas lustlos in meinen Nudeln herum (ich fand ja, sie waren mir gelungen, immerhin war nichts angebrannt).

»Wenn du an jeder Ecke eine Dönerbude oder 'nen Thai-Imbiss hast, kommst du ziemlich schnell aus der Übung.«

Einen Moment schwiegen wir wieder. Zum Glück hatte sich die Stimmung zwischen uns etwas beruhigt, und vielleicht wurde es langsam mal Zeit, die wichtigen Probleme zu bereden.

»Es tut mir wirklich leid, dass ich dich vorhin so angebrüllt habe, Tamme. Das war echt blöd von mir.«

Er beobachtete mich nachdenklich. »Jetzt kommt bestimmt ein großes *Aber*?«

Ich legte mein Besteck beiseite und schob den halb vollen Teller von mir weg. »Ich kann verstehen, dass Mama nichts gesagt hat. Und du auch nicht. Und ich kann verstehen, dass ihr den Platz verkaufen wollt. Aber ganz im Ernst, doch nicht an Steiner, Tamme. Wirklich. Das könnt ihr nicht machen.«

Er atmete tief durch. »Mir musst du das nicht sagen, Lucie. Ich würde niemals an den Mistkerl verkaufen. Aber sie zahlen einfach den besten Preis.«

»Glaubst du, ich kann Mama noch umstimmen?«

Tamme zuckte mit den Schultern. »Einen Versuch wäre es wert. Meine Unterstützung hast du.«

Ich sah ihn erleichtert an.

Er deutete mit der Gabel auf mich und blickte dabei todernst drein. »Unter einer Bedingung.«

»Und die wäre?«

»Tu das nie, nie, nie wieder.«

»Was denn?«

»Kochen!«

Einen Moment musterte er mich wieder mit diesem intensiven Blick und schien sich dann sehr über meinen entsetzten Gesichtsausdruck zu freuen. Schließlich brach er in schallendes Gelächter aus.

Das war eindeutig zu viel für mich. Wenn ihm meine Nudeln nicht schmeckten, dann war er selber schuld an dem, was passierte. Drei Sekunden später landete eine Handvoll Spaghetti in seinem Gesicht.

Wir brauchten anschließend zwei Stunden, um die Küche nach unserer Nudelschlacht wieder sauber zu bekommen.

91

Später am Abend hatte Tamme den Kamin angemacht und wir saßen erneut bei einem Glas Wein im Wohnzimmer. Der Südwestwind hatte ein Tiefdruckgebiet mit sich gebracht und reichlich Regen. Wir hörten den Wind um unser altes Haus pfeifen und die Regentropfen an den Fenstern trommeln. Es war heimelig und beruhigend.

Ich starrte nachdenklich in die Flammen.

»Wie lange, glaubst du, wird es dauern, bis es ihr richtig mies geht mit dieser Parkinson-Erkrankung?«

Tamme nippte an seinem Glas, schaute ebenfalls in die tanzenden Flammen und zuckte mit den Schultern. »Mit den richtigen Medikamenten, keinem Stress und Ruhe? Vielleicht zehn, fünfzehn Jahre. Zumindest meint Sven das.«

»Sven?« Ich sah ihn überrascht an.

»Doktor Brandt. Unser Hausarzt. Also der Hausarzt von ganz Strande, wenn man's genau nimmt.«

»Ja, ich weiß. Ich hab ihn schon kennengelernt.«

Jetzt blickte mein Bruder mich überrascht an.

Am nächsten Morgen fuhren wir gemeinsam in unserem alten Bulli zu meiner Mutter ins Krankenhaus. Sie hatte uns früh am Morgen angerufen und begeistert mitgeteilt, dass sie heute entlassen werden könnte, wenn sie es denn wollte und falls jemand zu ihrer Betreuung daheim wäre. Natürlich wollte meine Mutter. Rudi saß neben mir auf der breiten Sitzbank und blickte zufrieden hinaus auf die Felder. Tamme und ich schwiegen uns an. Meine Mutter hatte am Telefon so begeistert geklungen, dass ich das Thema Falk Steiner oder ihre Parkinson-Erkrankung lieber noch nicht angesprochen hatte. Die halbe Nacht hatte ich an Mamas Laptop gesessen und alles über Parkinson gegoogelt, was ich finden konnte. Und was ich verstand. Bei nächster Gelegenheit würde ich wohl Doktor Brandt einen Besuch abstatten und eine Liste mit ungefähr einer Million Fragen bei ihm

92

abarbeiten. Tamme hatte gestern Abend allerdings die Wahrheit erzählt, und es gab Patienten, die tatsächlich Jahrzehnte mehr oder weniger gut und ohne gravierende Einschränkungen mit dieser tückischen Krankheit leben konnten. Wenn sie denn gut mit Medikamenten eingestellt waren und man ihre Erkrankung früh genug diagnostiziert hatte. Was bei Mama zum Glück der Fall gewesen war. Vermutlich hatte sie mir auch deshalb nichts davon erzählt. Meine Mutter war immer eine unerschütterliche Optimistin gewesen und ging vermutlich davon aus, dass sie einen neuen Rekord aufstellen würde, was das Ausbleiben der typischen Krankheitssymptome betraf. Sie war allerdings auch ziemlich energisch, wenn man ihren Anweisungen nicht folgte. Wie sie mir kurz darauf demonstrierte, nur für den Fall, dass ich dies vergessen haben könnte.

»Was ist das denn bitte schön für ein Doktor? Hat der noch nie was von der ärztlichen Schweigepflicht gehört? Wenn ich den Burschen in die Finger kriege, kann der was erleben.«

Ich sah mich in der Pflicht, Doktor Brandt ein wenig in Schutz zu nehmen.

»Er ist einfach davon ausgegangen, dass ich schon Bescheid weiß, Mama.« Ich sah sie streng an. Den Blick hatte ich Gott sei Dank von ihr geerbt. »Und damit hat er verdammt noch mal recht gehabt! Du hättest es mir sofort sagen müssen, als du die Diagnose bekommen hast.«

Meine Mutter war nicht sonderlich beeindruckt. Tamme hielt sich wohlweislich zurück und packte stattdessen die wenigen Sachen meiner Mutter in ihre Tasche und verschwand kurz im Bad des kleinen Krankenzimmers. Ich half Mama beim Anziehen.

»Warum hätte ich was sagen sollen? Mir geht's prima.«

Ich sah sie missbilligend an, was sie mit einem Kopfschütteln quittierte.

»Die gebrochene Schulter hat ja nun gar nix damit zu tun! Das war ein Unfall!«

»Vielleicht. Vielleicht aber auch nicht.«

»Ach, bist du jetzt unter die Ärzte gegangen?«

Ich stöhnte genervt auf und setzte mich zu ihr auf die Bettkante. »Nein. Natürlich nicht. Ich hab ja noch nicht mal Abi.« Wir grinsten uns an und dann legte ich meinen Arm um ihre gesunde Schulter. »Ich kann aber ziemlich gute Cocktails mixen.«

Die Spannung, die zwischen uns in der Luft gelegen hatte, verflog wieder.

»Cocktails? Wie Sex on the Beach?«

»Ja, auch Sex on the Beach.«

Tamme kam wieder aus dem Bad, ebenfalls erleichtert, dass die düstere Stimmung sich verzogen hatte. »Ich hab alles gepackt. Von mir aus kann's losgehen.«

»Na, dann – nichts wie raus hier.«

Meine Mutter stand entschlossen auf und eilte so schnell zur Tür, dass ich ihr kaum die Jacke um die Schultern legen und ihr folgen konnte.

Wir machten einen Stopp in Strande, um die notwendigen Medikamente abzuholen, die meiner Mutter verschrieben worden waren. So wie es aussah, gab es eine neue Apotheke, und sie befand sich in einem der glasverspiegelten Neubauten gleich neben dem alten Postgebäude, in dem die Polizei, die Kurverwaltung und der Bürgermeister ihre Büros hatten. Ich sah mich in dem neuen, hellen Verkaufsraum um, während ich darauf wartete, bedient zu werden. Mama und Tamme waren im Bulli geblieben. Zusammen mit Rudi.

Der Laden erinnerte eher an die Filiale einer Parfümeriekette als an eine Apotheke. Etwa zwei Drittel des Sortiments bestanden aus Diätmitteln, Nahrungsergänzungsmitteln, irgendwelchen chinesischen Wundermitteln, die einem garantiert ein hundertjähriges Leben versprachen, und unzähligen Beautypräparaten der gehobenen Preisklasse. Allein die Sonnencreme, die sie gerade im Angebot hatten, kostete fast fünfzig Euro. Was angesichts des Originalpreises noch ein Schnäppchen war. Der lag bei satten achtzig Euro. Vermutlich dealte sie unter der Ladentheke mit Botox. Und ich fragte mich ernsthaft, ob sie auch so etwas wie Aspirin im Angebot hatten. Einen Moment befürchtete ich, wir müssten zurück nach Lahe, in die Kreisstadt, fahren.

Während die Apothekerin (eine streng aussehende Frau Ende dreißig, die vollkommen faltenlos schien) in den Schränken und Schubladen unwillig nach den Medikamenten suchte, versuchte ich höflich Small Talk zu machen. Mit mäßigem Erfolg.

»Tollen Laden haben Sie hier. Beim letzten Mal hat es noch ausgesehen wie im Museum.«

Was stimmte. Fräulein Buttke, die alte Apothekerin, hatte an gleicher Stelle ihren Laden gehabt, der offensichtlich abgerissen worden war.

»Was ist eigentlich aus ihr geworden?«

»Der Buttke? Keine Ahnung. Die hat schon vor Jahren aufgehört.«

Die Frau blickte nicht auf, als sie mit mir sprach. Anscheinend war ich nicht interessant genug.

»Aha.« Ich nickte vielsagend. »Und dann haben Sie die Apotheke übernommen?«

Die Frau blickte nun überrascht auf. »Den alten Laden? Bin ich denn verrückt?«

Nun, wenn sie mich schon so genau fragte. Nur mühsam konnte ich die Antwort runterschlucken, die mir auf der Zunge lag.

»Ich fand es bei Fräulein Buttke eigentlich immer ganz nett. Die hatte so leckere Salzpastillen in einem Glas auf der Theke stehen. Da durften wir uns als Kinder immer welche nehmen.«

»Von Hygiene hielt die nicht viel. Und von Kariesprophylaxe bei Kindern noch weniger.«

Das klang weder witzig noch mitfühlend. Sondern sehr verächtlich. Die Frau wurde mir von Sekunde zu Sekunde unsympathischer. Sie kam mit den Medikamentenschachteln zu mir und breitete sie auf der Ladentheke aus.

»Mein Mann und ich, wir haben die Apotheke hier ganz neu aufgezogen. Das war Schwerstarbeit, das können Sie mir glauben.«

Ich nickte vielsagend.

»Ohne Falk hätten wir das gar nicht geschafft.«

Ich blickte sie wie elektrisiert an.

»Kennen Sie ihn? Falk Steiner? Von Steiner Immobilien?«

Sie sah mich fragend an und ich nickte nur knapp. Sie widmete sich wieder wenig begeistert den Medikamenten und scannte die Rezepte in den Computer ein. Dabei dozierte sie weiter.

»Wozu hat man schließlich Freunde. Ben, mein Mann, und er kennen sich ja seit Jahren. Sind alte Segelfreunde. Da unterstützt man sich einfach untereinander.«

Sie blickte mich aus ihrem botoxbelasteten Gesicht ausdruckslos an und versuchte ein Lächeln, was ziemlich misslang. Zumal sich in ihren wasserblauen Augen keine Spur von Empathie finden ließ.

»Macht dann achtunddreißig vierundfünfzig. Zahlen Sie bar oder mit Karte?«

Ich legte den Fünfzig-Euro-Schein, den mir meine Mutter mitgegeben hatte, auf die Theke.

Während die Dame abkassierte, versuchte sie mir noch eines ihrer überteuerten Sonderangebote anzudrehen. »Möchten Sie vielleicht eine Tagescreme mitnehmen? Ist gerade im Angebot. Ist wahnsinnig toll bei dem rauen Klima an der Küste.«

Sie gab mir das Wechselgeld und ich packte die Schachteln ein.

»Ihre Haut sieht etwas trocken aus.« Sie lächelte gekünstelt. »Na, und gegen die ersten Fältchen wirkt's auch.«

Mein Lächeln war zwar nicht echt, aber dafür strahlend.

»Tolles Angebot. Wirklich. Vielen, vielen Dank. Aber so verzweifelt bin ich zum Glück noch nicht, dass ich ein Vermögen für Sachen ausgebe, die an armen Tieren getestet werden und so viele Schadstoffe enthalten, dass sie eigentlich in den Sondermüll gehören.«

Die Dame zog empört die Luft ein und sah mich entsetzt an. »Also, wissen Sie …«

»Schönen Tag noch.« Ohne eine Antwort abzuwarten, marschierte ich hinaus.

»Das sind hochwirksame Markenprodukte, sind das«, hörte ich sie mir hinterherkeifen, als ich auf den schmalen Bürgersteig trat und erleichtert ausatmete.

»Blöde Kuh«, murmelte ich leise und stieß mit gesenktem Kopf gegen eine fremde Männerbrust.

»Na, hoppla …«

Ich blickte auf und eine Kopflänge über mir strahlte mich Doktor Brandt erfreut an.

»Oh … sorry.«

»Nichts passiert.« Er zuckte gleichmütig mit den Schultern. Diesmal trug er Jeans und eine alte Lederjacke, und ich hatte ihn ohne Arbeitskleidung im ersten Moment nicht erkannt. Was angesichts seiner Größe eigentlich kaum möglich war. »Was hat dich denn geärgert?«

Ich blickte kurz zur Apotheke, in der die unfreundliche Dame gerade das Handy am Ohr hatte und sich vermutlich bei ihrem Ben über eine höchst impertinente Kundin beschwerte.

Jedenfalls machte sie diesen Eindruck. »Ich hatte gerade das Vergnügen mit der da.«

Sven riskierte auch einen Blick durch die Schaufensterscheibe. »Ah, Frau Doktor Hegemeier, verstehe.«

Ich ahnte nichts Gutes. »Oh weia – eine Kollegin von dir?«

Er lachte laut auf. »Gott bewahre, nein! Doktor der Pharmazie. Für die große Karriere bei irgendeinem großen Pillendreher hat's leider nicht gereicht. Jetzt muss sie ihre Zeit mit normalen Menschen verbringen. Das drückt etwas auf ihre Laune.«

Er sagte es so, als redete er über eine exotische Krankheit, die leider das arme Strande heimgesucht hatte.

Mein Ärger verflog in Sekundenschnelle. »Das beruhigt mich ungemein.«

»Ich empfehle meinen Patienten die Apotheke in Lahe. Man kann natürlich auch online bestellen. Die sind schließlich krank genug, da brauchen sie Frau Doktor Hegemeier nicht auch noch.«

»Ich werd's mir merken. Fürs nächste Mal.«

Sven musterte die Medikamentenverpackungen in meiner Hand und wurde wieder ernst. »Die sind für deine Mutter?«

Ich nickte. »Wir haben sie gerade aus dem Krankenhaus abgeholt.«

»Das ist gut. Eine vertraute Umgebung ist für, na ja, die Patienten immer viel angenehmer als so ein Krankenhaus.«

Ich sah ihn ebenfalls ernst an. »Du meinst für Parkinson-Patienten?«

Er nickte. »Hast du mit ihr darüber geredet?«

»Ja. Außerdem habe ich ein bisschen gegoogelt und versucht, mich schlauzumachen. Na ja, eigentlich ist sie so wie immer. Ich kann mir nicht vorstellen, dass sie unheilbar krank sein soll.«

Sven überlegte einen Moment und rieb sich nachdenklich den Nacken. Was ihn sehr anziehend aussehen ließ. »Hast du heute Abend schon was vor?«

Ich schüttelte den Kopf, ohne groß nachzudenken.

»Gut.« Seine Hand legte sich aufmunternd auf meine Schulter und drückte sie. »Dann treffen wir uns um acht im *Strandläufer*. Den kennst du doch noch?«

»Ja, klar.« Ich nickte erneut eifrig und sah ihn überrascht an. »Den gibt's immer noch? Das ist mal eine angenehme Überraschung.«

»Ingrid kriegt so schnell niemand klein. Die führt die Kneipe auch noch mit achtzig. Also um acht? Dann kannst du mich alles fragen, was du über Parkinson wissen willst. Und ich kann dir und deinem Bruder ein paar Tipps geben, was ihr machen könnt, damit sie so lange wie möglich ein normales Leben führen kann. Was sagst du dazu?«

Gar nichts, denn ich starrte ihn nur sprachlos an. Schließlich kam ein überrumpeltes »Danke« aus meinem Mund.

»Nichts zu danken.« Er grinste breit. »Ich muss los. Die Patienten warten.«

Er deutete auf eine der alten Strandvillen, die in einem etwas besseren Zustand waren als der Rest der alten Häuser und die zwischen den ganzen schicken Neubauten etwas verloren wirkten.

»Meine Praxis ist übrigens da vorn. Falls du mal Hilfe brauchst.«

»Okay.«

Er überquerte die Straße und blickte sich noch einmal winkend um. Ich starrte ihm verblüfft hinterher. Mit einem angenehmen Kribbeln im Bauch.

Mit einem hatte Doktor Brandt schon mal recht gehabt: Meine Mutter war sichtlich erleichtert, als sie endlich wieder in ihrem

Zuhause war. Und beruhigt, dass ich und mein Bruder ihr geliebtes Heim während ihrer Abwesenheit nicht in ein komplettes Chaos verwandelt hatten. Tamme und ich tauschten nur einen vielsagenden Blick und verschwiegen lieber das alberne Spaghettimassaker, das wir voller Übermut gestern Abend veranstaltet hatten. Noch bevor ich ihre Tasche hoch ins Schlafzimmer bringen konnte, hatte sie sich auch schon die Gummistiefel übergestreift und wollte eine Runde über den Platz machen. Obwohl sie nur knapp eine Woche im Krankenhaus gewesen war, tat sie so, als wäre sie Jahrzehnte fort gewesen.

»Och, Mama, muss das jetzt sein?« Tamme streifte sich unwillig seine Regenjacke über. »Glaubst du, ich habe den Platz in den paar Tagen umgegraben?!«

Sie hielt ihm ihre gelbe Öljacke hin. »Komm, hilf mir mal, beim Drüberziehen.«

Ich beobachtete die beiden von der Treppe aus und sprang meinem Bruder bei. »Er hat recht, Mama. Ruh dich doch lieber ein bisschen im Wohnzimmer aus, während wir was Leckeres kochen.«

So einfach ließ sich meine Mutter nicht umstimmen. »Du kommst auch mit, Lucie.« Sie sah mich und Tamme entschlossen an. »Dann können wir alles Wichtige besprechen.«

Der unbehagliche Blick, den Tamme und ich wechselten, ließ sie trocken auflachen.

»Seit zwei Tagen schleicht ihr beiden wie die Katze um den heißen Milchbrei herum. Glaubt ihr, ich merke es nicht, wenn ihr was auf dem Herzen habt? Und dass ihr nicht damit einverstanden seid, dass ich den Platz verkaufen will?«

Ich kam eilig die Treppe herunter. »Wie kommst du denn da drauf?«

»Wir haben doch gar nix gesagt.« Tammes unschuldiger Blick überzeugte noch nicht einmal mich.

»Genau. Ihr habt nix gesagt. Und wenn ihr zwei nix sagt, dann heißt das, ihr habt euch bereits eure eigenen Gedanken gemacht. Und das ist nicht gut.«

Entschlossen öffnete Mama mit einer Hand die Tür und trat vors Haus. Tamme und ich mussten uns beeilen hinterherzukommen.

»Die sollten wir lieber gleich zum Recyclinghof fahren. Und nicht an den Strand.«

Suse Thomsen besah sich das gute Dutzend Strandkörbe, die Tamme aus dem Winterlager geholt und auf den großen Hänger des alten Allgaier (es gab ihn tatsächlich noch) gestapelt hatte. Ich wollte ihm später dabei helfen, sie runter zum Strand zu bringen. Mein Bruder versuchte, Optimismus zu versprühen.

»Och, mit ein bisschen Farbe geht das noch eine Saison.«

Meine Mutter sah ihn vielsagend an. »Wir sollten aufhören, uns gegenseitig etwas vorzumachen.«

Sie drehte sich um und blickte über den Platz, der von hier oben an der alten Scheune unter uns lag. Auf der anderen Seite war das graue Meer hinter den Dünenspitzen zu erkennen.

»Ich liebe diesen Ort.« Es war erstaunlich, wie jemand gleichzeitig glücklich und tieftraurig aussehen konnte.

Ich musste schwer schlucken. »Mama …«

Sie sah mich an und griff meine Hand, um sie sanft zu drücken und mich dabei anzulächeln.

»Dass ich hier glücklich bin, heißt nicht, dass ihr beide …«, sie blickte zu Tamme und streichelte ihm aufmunternd, wie bei einem kleinen Jungen, über die Wange, »… dass ihr beide das auch seid. Oder sein müsst. Ihr habt euer eigenes Leben. Und das muss nicht unbedingt auf der *Rosenfelder Düne* stattfinden.«

»Ich will doch bloß mal für ein paar Jahre hier raus. Ein bisschen die Welt sehen.« Tamme sah auf seine Fußspitzen und schob den Kies hin und her. »Vielleicht bin ich schneller wieder hier, als dir lieb ist.«

»Ich denke mal, mein lieber Sohn, das wird nicht geschehen.«

Er sah sie trotzig an. »Woher willst du das wissen?«

»Weil ich dich seit siebenundzwanzig Jahren kenne.« Sie lächelte vielsagend.

Einen langen Moment schwiegen wir bedrückt, während meine Mutter uns intensiv ansah.

»Ich bin krank. Sehr krank sogar.«

»Mama …«, wollte ich protestieren, doch sie gab mir mit einer Bewegung ihrer Hand zu verstehen, dass ich ihr zuhören sollte.

»Vielleicht geht's mir die nächsten Jahre noch ganz gut. Aber irgendwann bin ich sowieso viel zu alt, um den Campingplatz noch weiterzuführen.«

»Genau das ist doch der Punkt.« Ich begann, langsam wütend zu werden. Nicht wütend auf meine Mutter. Sondern wütend auf mich. Denn im Gegensatz zu mir hatte sie sich bereits den Kopf darüber zerbrochen, was mit ihr und der *Rosenfelder Düne* und mit uns passieren sollte.

»Warum willst du jetzt verkaufen? Und warum an die Steiners, verdammt noch mal!«

»Weil der Platz dringend saniert werden muss, Lucie. Das kann keine zehn Jahre mehr so weiterlaufen. Schau dich doch nur mal um.«

»Aber …« Tamme wollte etwas sagen, doch Mama ließ ihn nicht ausreden.

»Nichts aber! Ich habe nicht mehr die Kraft, das alles in die Wege zu leiten. Selbst wenn uns die Bank einen Kredit geben würde. Und wenn ich jetzt noch zehn Jahre warte, dann fällt mir vermutlich in der Zwischenzeit das Dach auf den Kopf. Entweder verkaufen wir jetzt oder gar nicht!«

Sie sah entschlossen zwischen mir und Tamme hin und her. Wir sahen uns schweigend an.

»Nun sagt schon, was ihr sagen wollt.«

Mein Bruder war der Erste, der das Schweigen brach. »Du hast recht.«

Ich holte tief Luft. »Vielleicht ist das ja die beste Lösung.« Zwei überrascht blickende Augenpaare trafen mich.

»Aber nicht an die Steiners. Nicht an die. Dazu werde ich niemals meine Zustimmung geben.« Es war mir bitterernst mit meiner Drohung.

»Das musst du auch nicht, Lucie.«

Mir schossen augenblicklich die Tränen in die Augen. Und ich konnte nicht sagen, ob es aus Wut oder Enttäuschung war. »Dann entscheidest du das einfach so. Über meinen Kopf hinweg.«

»Nein. Natürlich nicht.« Jetzt streichelte sie auch meine Wange tröstend. »Ich habe den Steiners schon vor Wochen eine Absage erteilt. Sie werden die *Rosenfelder Düne* niemals bekommen.«

Ich sah sie erleichtert an und auch Tamme fiel ein Stein vom Herzen.

Ich traute der Sache noch nicht ganz. »Du willst verkaufen, aber nicht an die Steiners?«

Meine Mutter nickte.

»Aber an wen denn dann?«

Sie holte eine Visitenkarte aus ihrer Tasche und zeigte sie uns. »Herr und Frau Dellkamp.«

Ich studierte verwundert die Karte.

»Eine Werbeagentur aus Hamburg? Was wollen die mit einem Campingplatz?«

Meine Mutter zuckte mit den Schultern. »Die haben die Nase voll von ihrem Job und ihrer tollen Agentur. Sie wollen noch mal ganz von vorn anfangen. Entschleunigen und so.« Es war ihr anzumerken, dass sie davon nicht so viel hielt. »Ich habe ihnen ziemlich ausführlich beschrieben, was sie hier erwarten wird. Aber sie waren begeistert. Na ja, junge Leute eben.«

Während ich nachdenklich die Karte betrachtete, begrub Tamme seine Zweifel in Rekordgeschwindigkeit unter Zweckoptimismus. »Das sind doch tolle Neuigkeiten. Warum hast du nicht längst was gesagt?«

Meine Mutter sah uns mit schlechtem Gewissen an. »Es ist so, dass sie nicht so viel zahlen können, wie ich eigentlich gedacht habe. Und so viel, wie Steiner mir geboten hat.«

»Wie viel ist es denn?«

»Tamme!« Ich sah ihn empört an.

»Was denn?«

»Sie können knapp eine Million zahlen.«

Ich stieß einen Pfiff aus. »Eine Million Euro? Das ist … viel, oder?«

Ich blickte fragend zu Tamme, der auch nicht wirklich schlauer schien.

»Hört sich jedenfalls viel an.«

»Mit dem Geld habe ich ausgesorgt. Und für euch ist auch was da, um euch euer eigenes Leben aufzubauen.«

»Auf keinen Fall.« Auch wenn meine finanzielle und sonstige Situation nicht gerade rosig war. »Ich nehme keinen Cent von dir.«

»Ich komme auch ganz gut ohne dein Geld klar.« Tamme sah ein wenig beleidigt aus.

»Dann seid ihr beide einverstanden mit dem Verkauf?«

Mein Bruder und ich sahen uns ein letztes Mal schweigend an und dann nickten wir entschlossen. »Einverstanden.«

Susanne Thomsen stieß einen Seufzer aus, den man vermutlich bis Lahe gehört hätte.

»Das ist gut. Der Notartermin ist nämlich nächste Woche Dienstag. Den hätte ich ungern verschoben.«

»Dienstag schon? Das geht aber schnell.« Bis dahin waren es nur noch knapp fünf Tage.

Tamme zuckte nur mit den Schultern. »Sieh's mal positiv. Umso schneller bist du wieder zurück in Berlin.«

Zur Strafe boxte ich ihm mit aller Kraft auf den Oberarm.

»Aua! Das tat richtig weh!«

Ich schenkte ihm einen bösen Blick. »Dann hat's ja funktioniert.«

Während ich dabei assistierte, Lachsfilet auf selbst gemachten Bandnudeln in einer leichten Weißwein-Lauch-Soße zuzubereiten (meine Arbeit bestand im Grunde darin, alles, was klein zu schneiden war, klein zu schneiden und gefälligst die Finger von den Töpfen zu lassen), saß Mama mit Rudi am Küchentisch und kraulte ihm den Kopf, den er versonnen auf ihrem Schoß abgelegt hatte. Die kleine Ohrmassage schien ihm mächtig zu gefallen.

Dabei berichtete sie uns von der kleinen Einliegerwohnung auf Gut Kresin, die sie beziehen wollte, sobald der Campingplatz und unser Haus verkauft wären.

»Gut Kresin?« Ich sah überrascht auf und hätte mir fast in den Finger geschnitten. »Das ist ja eine Ruine! Da kannst du auf keinen Fall wohnen!«

»Die Zwiebeln ein bisschen kleiner schneiden, ja. So kommen mir die nicht in die Soße.« Mein Bruder schaute mir über die Schulter. »Und nur zu deiner Information, Lucie: Das alte Gut ist schon seit fünf Jahren wieder in Schuss. Total saniert. Ist richtig schick geworden.«

Ich blickte ihn überrascht an. »Echt jetzt?«

Ich hatte das Bild eines verwunschenen Hofgartens in Erinnerung, aus dem die alten Gemäuer wie Relikte aus einer längst vergangenen Zeit ragten und in die wir als Kinder eingebrochen waren, um auf dem Dachboden nach verborgenen Schätzen zu suchen.

»Ich hätte nie gedacht, dass man das wieder hinbekommt.«

»Hat auch eine ganze Weile gedauert.« Mein Bruder zog den Teig durch die Nudelmaschine (ich war überrascht, dass sie eine hatten). »Und vermutlich hat es ein Vermögen gekostet.« Ich blickte meine Mutter zweifelnd an.

»Und die vermieten auch Wohnungen? Wem gehört das eigentlich? Irgendeinem Investor? Ich hoffe, die Steiners haben da ihre Finger nicht drin.« Ich hackte entschlossen auf die Zwiebeln ein.

Mamas trockenes Lachen war zu hören. »Ulrike und die Steiners – das wäre mal was, was, Tamme?«

Tamme grinste ähnlich schief. »Es würde Mord und Totschlag geben.«

Ich verstand kein Wort. »Ulrike? Ist das die Besitzerin? Ihr kennt sie?«

Tamme zuckte mit den Schultern. »Nur flüchtig. Aber Mama hat sie ein paarmal getroffen.« Er blickte vielsagend zu mir. »Das ist eine echt schräge alte Dame. Und irgendwie ein bisschen irre, wenn du mich fragst.«

»Dich fragt aber keiner, Tamme.« Meine Mutter fühlte sich bemüßigt, ein paar Dinge klarzustellen. »Ulrike ist exzentrisch. Nicht irre.«

Beides schien mir als zukünftige Vermieterin meiner Mutter nicht gerade erstrebenswert. »Warum habe ich bei der ganzen Sache kein gutes Gefühl?«

»Hör nicht auf Tamme, Lucie. Ulrike Strickland ist eine ganz entzückende Deutsch-Amerikanerin, die die Sommer hier an der Küste verbringt. Und das Gut gekauft hat.« Sie dachte einen Moment nach. »Ich glaube, das war kurz nachdem du nach Berlin gegangen bist. Oder, Tamme?«

Tamme sah nicht auf und produzierte weiter fleißig Nudeln. »Kann schon sein. So genau weiß ich das gar nicht mehr.«

Ich hörte weiter interessiert meiner Mutter zu, die anscheinend einen Narren an Frau Strickland gefressen hatte.

»Den Winter über bleibt sie in Kalifornien. Oder sonst irgendwo, wo's warm ist. Sie müsste weit über siebzig sein. Hat irgendwas mit dem Internet gemacht und ziemlich viel Geld.«

»Aha …«

Tamme hatte endlich genug Nudeln und setzte einen großen Topf mit Salzwasser auf, nachdem er einen fachmännischen Blick in den Backofen geworfen hatte, in dem der Lachs vor sich hin dünstete.

»In fünf Minuten können wir essen.«

»Super.«

Ich ging zu den Schränken und begann den Tisch zu decken. »Und was macht diese Ulrike mit dem Gut? Außer Wohnungen zu vermieten? Das ist doch riesengroß.«

»In der Saison finden immer irgendwelche Veranstaltungen statt. Ausstellungen, Konzerte, Lesungen und so. Und sie bietet die alten Stallungen als Atelier an. Für Leute, die dort arbeiten wollen.«

Ich stellte die Teller auf den Tisch und nickte wenig begeistert. »Hört sich nach jemandem an, der sich langweilt.«

Mama legte mir die Hand auf den Arm und tätschelte mich beruhigend. »Ulrike ist in Ordnung. Ich mag sie. Sie erinnert mich irgendwie an meine kreative Zeit.«

Tamme und ich wechselten einen amüsierten Blick. Wir erinnerten uns noch sehr genau an die künstlerische Phase meiner Mutter. Drei Sommer lang hatte sie die Aquarellmalerei für sich entdeckt. Anschließend hatten Tamme und ich versucht, ihre Kunstwerke in einer kleinen Hütte am Strand zu verkaufen. Mit mäßigem Erfolg. Aber immerhin hatte ihr das Malen Spaß gemacht.

»Das hört sich doch gut an.«

Ich sah meinen Bruder um Zustimmung heischend an. »Dann hat Mama ständig Leute um sich und ist nicht allein.«

Tamme lehnte sich an den Backofen und sah uns skeptisch an. »Na ja, im Sommer schon, wenn die Saison läuft. Aber was ist im Winter?«

Meine Mutter verdrehte genervt die Augen. »Jetzt tut bitte nicht so, als wäre ich schon behindert. Ich komme gut allein zurecht.«

»Und wenn du mal Hilfe brauchst?«

»Dann werde ich schon Bescheid sagen.« Sie schob Rudi von ihrem Schoß und setzte sich erwartungsvoll an den Tisch. »Und jetzt habe ich Hunger. Lasst uns endlich essen und über was anderes reden. Wie geht's dir denn so in Berlin, Lucie? Du hast noch gar nichts erzählt.«

Ich musterte Tamme und hoffte inständig, dass er jetzt nichts Falsches sagen würde.

»So wie immer, Mama. Da gibt's nichts Neues.« Ich riskierte einen Blick in die Töpfe. »Das sieht tatsächlich lecker aus.« Es war besser, das Gespräch ganz schnell auf ein anderes Thema zu bringen.

»Ich würde viel lieber wissen, wie Tamme zu dem Job auf dem Kreuzfahrtschiff gekommen ist. Das hat er mir bislang verschwiegen.«

Ich kassierte einen genervten Blick von meinem kleinen Bruder, der wohl andeuten sollte, es jetzt mal nicht zu übertreiben. Dann ließ er sich jedoch bereitwillig alles Wissenswerte über seinen neuen Job aus der Nase ziehen, und ich umschiffte während des Abendessens erfolgreich weitere Fragen über mein nicht besonders erfülltes Leben in der Großstadt.

Als wir zwei Stunden später das Essen beendet hatten und die Küche wieder aufgeräumt war, sah ich verstohlen auf die Uhr.

Es war halb acht, Zeit, mich auf den Weg in den *Strandläufer* zu machen.

»Ihr kommt doch heute Abend ohne mich klar?«

Tamme sah mich grinsend an. »Hast du noch was vor?«

Ich nickte knapp. »Ich bin verabredet. Mit Doktor Brandt. Im *Strandläufer*.«

Er tauschte einen vielsagenden Blick mit Mama.

»Mit dem Doktor, soso …«

»Hör auf damit.« Ich boxte ihm wieder spielerisch auf den Arm. »Ich will ihn ein paar Sachen fragen, über Parkinson.«

Meine Mutter seufzte hörbar. »Was der gute Doktor von ärztlicher Schweigepflicht hält, wissen wir ja.«

»Mama!« Ich hoffte, mein Blick war ausreichend empört. »Das hat er ja nicht absichtlich gemacht. Und die Betreuung und Aufklärung von Angehörigen gehört schließlich auch zu seinem Job als Arzt.«

»Mal ganz davon abgesehen, dass er echt heiß ist«, fügte Tamme mit einem Grinsen hinzu, das nicht schwer zu deuten war.

Ich hob abwehrend die Arme. »Ich sag jetzt gar nix mehr.« Dann drückte ich Mama einen Kuss auf die Wange.

»Wartet nicht auf mich. Und morgen fahren wir raus zu diesem Gut. Bevor du da einziehst, sehe ich mir das ganz genau an.«

Bevor sie widersprechen konnte, war ich auch schon draußen. Und zum ersten Mal seit meinem Aufenthalt in Strande fühlte ich mich frei und ungezwungen.

Jede Kleinstadt oder jedes Dorf hat einen besonderen Ort. Einen ganz besonderen Ort, den man nie vergessen wird und der einem auch Jahrzehnte später noch in Erinnerung bleiben wird. Es ist der Ort, an dem man all die Dinge getan hat, die man zum ersten Mal in seinem Leben getan hat. Wie beispielsweise seinen ersten Score-Rekord am Flipper zu erzielen, den ersten Red-Bull-Wodka zu trinken (nicht empfehlenswert), die erste Zigarette zu rauchen (noch viel weniger empfehlenswert) oder den ersten richtigen Kuss zu bekommen.

Für Strande war der *Strandläufer* dieser Ort. Und ich vermute mal, dass das schon seit Generationen der Fall war. Schon meine Mutter hatte hier mit meinem Vater an einem der alten Flipperautomaten gestanden und versucht, ihn rumzukriegen. Sehr erfolgreich, wie wir wissen.

Als ich das Lokal betrat, kam mir ein Schwall bekannter Düfte entgegen, und für einen kurzen Moment setzte mein Herz aus bei all den Erinnerungen, die sie auslösten. Der Geruchssinn ist, nebenbei bemerkt, der Sinn, der Erinnerungen am nachhaltigsten speichern und wieder abrufen kann. Das hatte ich mal irgendwo gelesen.

Und genauso war es auch. Mir kam es vor, als hätte ich irgendeine futuristische Zeitmaschine betreten und wäre geradewegs im Jahr 2005 gelandet. Eine wirklich bemerkenswerte Erfahrung.

Hinter dem Tresen am Zapfhahn erkannte ich eine ältere Dame, und erst beim zweiten Hinsehen wurde mir klar, dass es Ingrid war, die alte Wirtin. Im Gegensatz zu ihrer Kneipe waren die Jahre nicht spurlos an ihr vorübergegangen. Sie blickte kurz auf und nach einem kurzen irritierten Blick erkannte sie mich ebenfalls.

»Das gibt's doch nicht. Lucie? Bist du das wirklich?«

Ich kam an die Theke, genauso schüchtern wie bei meinem ersten Mal im *Strandläufer*.

»Schön, dich zu sehen, Tante Inge.«

»Mensch, gut siehst aus, mien Deern. Magst'n Bier?«

»Duckstein?«

»Klar, was anderes kommt mir nicht in den Zapfhahn.«

»Gerne.«

»Kommt sofort.« Sie musterte mich von oben bis unten und begann dann, die Gläser zu füllen.

»Hab ja schon gehört, dass du hier bist. Wurde auch langsam Zeit, wenn du mich fragst. Deine Mutter und Tamme können im Augenblick Unterstützung gebrauchen.«

Ich versuchte, das schlechte Gewissen zurückzudrängen, das ganz automatisch in mir hochkam. »Gab viel zu tun in Berlin.«

Ingrid nickte. »Nu biste ja hier.«

Ich ließ meinen Blick über die alten Tische und Stühle schweifen und suchte nach Doktor Brandt.

Bis auf ein paar ältere Herren, die mir freundlich zulächelten und sich dann weiter ihrem Doppelkopfspiel widmeten und an deren Namen ich mich zu erinnern versuchte, war nicht viel los.

Ingrid stellte mir das Bier auf die Theke und schien meine Gedanken lesen zu können.

»Heute ist Fußball. Da gehen die meisten rüber in die neue Sportbar.« Sie sah mich vielsagend an. »Die haben diese teuren Bezahlfernsehsender, die sich eine normale Kneipe nicht mehr leisten kann.«

Ich sah sie bedauernd an. »Oh, verstehe.«

Ingrid zapfte ein weiteres Bier. »Macht aber nüscht. Da ist das Bier so teuer, dass die meisten in der Halbzeit rüberkommen, um bei mir was zu trinken.«

Tante Ingrid war schon immer ein Ausbund an Gelassenheit gewesen. »Und im Sommer haben sie die Bude voller Touris. Da kommen sie dann lieber gleich zu mir.«

Ich hob das Glas, in dem die Flüssigkeit dunkelrot wie Bernstein glänzte, und prostete ihr zu.

»Auf dich und den guten alten *Strandläufer*.«

»Wirklich schön, dass du da bist, Mädchen.«

Die Tür wurde geöffnet und brachte einen Schwall kalter Märzluft herein. Ich drehte mich um und erblickte die hünenhafte Gestalt von Doktor Brandt, der in dem verwinkelten kleinen Lokal noch größer wirkte als sonst.

»Sven, kommste auch mal wieder vorbei.« Ingrid begrüßte ihn mit einem Lächeln.

»Tach, Tante Inge.« Er kam gemächlich näher. »Sorry, bin ein bisschen spät.«

Ich zuckte mit den Schultern und hielt mein Glas hoch. »Ich hab dann einfach schon mal angefangen.«

Er grinste noch breiter, schälte sich aus seiner Jacke und warf sie lässig über die Garderobe. Dann kam er zum Tresen und ließ sich auf einen Barhocker plumpsen. »Gib mir fünf Minuten und ich hab dich eingeholt.«

Ingrid stellte auch ihm ein Duckstein hin, das er mit großen Schlucken zur Hälfte austrank. Anschließend wischte er sich breit grinsend den Schaum von den Lippen. Was ziemlich sexy aussah. Wie bei diesen Typen aus der Werbung. Nur ohne Leuchtturm. Und ohne Sylt.

»Ist was?« Er runzelte irritiert die Stirn, und mir fiel auf, dass ich ihn eine Weile stumm angestarrt haben musste.

»Nein, nichts. Ich hab nur gerade an was gedacht.«

»Aha.«

Ich deutete auf den alten Flipper, der in einer Nische im Nebenzimmer stand. »Lust auf eine Runde? Ich hab seit Ewigkeiten nicht mehr gespielt.« Was stimmte. In Berlin waren die Flipper vermutlich schon kurz nach der Wende aus den Eckkneipen verschwunden und hatten Platz für Geldspielautomaten gemacht.

»Klar, warum nicht?«

Ich schlenderte zum Flipper und nahm wahr, wie er mir mit dem Glas in der Hand folgte. »Der *Strandläufer* ist vermutlich der einzige Ort im ganzen Universum, wo noch so ein alter Terminator-Flipper steht. Das muss man doch ausnutzen.«

Ich stellte mein Glas auf das alte Gerät, das in schrillen Neonfarben aufleuchtete, kramte ein paar Münzen aus meiner Jeans und warf sie ein. Das vertraute Piepen und Klappern ertönte.

»Irre. Ich komme mir vor wie auf einer Zeitreise.«

Doktor Brandt lächelte ebenfalls, stützte seine langen Arme auf dem Rand des antiken Geräts ab und lächelte mir aufmunternd zu.

»Dann zeig mal, was du kannst.« Er zeigte auf die altmodische Digitalanzeige, die uns den höchsten Score anzeigte. »Und lass dich nicht von der Tatsache verunsichern, dass ich den Rekord halte.«

Neben einer beeindruckenden Zahl stand der Spielername *Doctor Beat*. Der Mann war nicht nur sexy, sondern besaß auch Humor. Mit einem vielsagenden Blick ließ ich die silberne Kugel auf die Spielfläche schießen.

Eine Stunde später hatten wir unser gesamtes Kleingeld verspielt, zwei weitere Biere getrunken und ich hatte nicht ansatzweise seinen Spielrekord gebrochen. Was mich zugegebenermaßen etwas ärgerte. Er hatte haushoch bei unserem Flipperduell gewonnen und ich wollte nie wieder an diese Schmach erinnert werden. Nun saßen wir neben dem blinkenden Ungetüm an einem der klapprigen Holztische, auf dem eine Kerze in einer alten Weinflasche runterbrannte, und sprachen über meine Mutter.

Er hatte mir bestätigt, was ich bereits wusste, und dass sie mit den Medikamenten, die sie von ihm verschrieben bekam, ein einigermaßen normales Leben führen konnte. Früher oder später wäre sie allerdings auf Hilfe angewiesen. Ich hatte ihm von ihren Plänen erzählt und dass sie vorhatte, auf das alte Gut zu ziehen.

Er nippte nachdenklich an seinem Bier. »Hört sich nach einem ganz vernünftigen Plan an, wenn du mich fragst. Es bedeutet weniger Stress und Aufregung. Und finanziell ausgesorgt hat sie dann auch.«

»Finde ich auch. Aber anschauen werde ich mir das auf alle Fälle. Diese Misses Strickland scheint etwas komisch zu sein.«

Über den Rand seines Glases grinste er mich vielsagend an. »Kann man so sagen.«

»Du kennst sie?«

»Sie ist eine meiner Patientinnen. Und meine Urgroßtante. Mütterlicherseits.«

Das überraschte mich jetzt doch.

»Ich hab sie erst kennengelernt, als ich in Seattle studiert habe. Sie ist Anfang der Siebziger in die USA gegangen, um da bei einem kleinen Software-Unternehmen zu arbeiten.«

»Stimmt es, dass sie das Internet erfunden hat?«

Sven lachte laut auf. »Erfunden, glaub ich nicht. Aber sie ist wohl eine der wenigen gewesen, die das Potenzial an der Sache erkannt hat. Sie hat eine der ersten Suchmaschinen programmiert und kommerziell genutzt.«

Ich nickte anerkennend. »Wow.«

Sven hob sein Glas und prostete mir zu. »Jedenfalls bin ich irgendwie froh, dass die alte *Rosenfelder Düne* nicht an unsere lokalen Immobilienhaie geht. Das sind doch mal gute Neuigkeiten.«

Meine Laune, die unbeschwert und leicht gewesen war, verdüsterte sich augenblicklich. Ich wich seinem Blick aus.

Was ihm nicht entging.

»Hey, du bist nicht die Einzige, die was gegen die Steiners hat. Eigentlich kann das halbe Dorf sie nicht ausstehen. Und die andere Hälfte hängt wirtschaftlich von ihnen ab und wagt es nicht, was gegen sie zu sagen.«

Ich spielte nachdenklich mit dem verlaufenen Kerzenwachs an der Flasche. Hauptsächlich, um Sven nicht anzusehen.

»Ich frage mich, wie die es geschafft haben, halb Strande zu übernehmen. Das letzte Mal, als ich hier war«, ich hob entschuldigend den Blick, »was zugegebenermaßen eine halbe Ewigkeit her ist, war der alte Steiner kurz vor der Pleite mit seiner Ferienhausvermietung.«

Sven nickte bedächtig. »Sein Junior ist irgendwann mit ein paar Investoren im Rücken aufgetaucht. Und sie haben angefangen, für kleines Geld die alten Häuser aufzukaufen. Anschließend wurde alles abgerissen und neu gebaut.«

Nun, das Leben konnte manchmal ziemlich unfair sein. Ihm schien das genauso wenig zu gefallen wie mir.

»Und das zum Höhepunkt der Finanzkrise. Da wollten die Leute ihr Geld von der Bank haben. Und haben's in Betongold gesteckt.«

Ich nickte nachdenklich. »Verstehe.«

»Warum übernimmst du nicht die *Rosenfelder Düne*? Ist doch schön hier.«

Ich schüttelte energisch den Kopf und nahm einen großen Schluck von meinem Bier.

Auf seiner Stirn bildete sich eine leichte Falte. »So sehr hasst du das Dorf?«

Ich wich seinem prüfenden Blick aus. »›Hassen‹ würde ich es nicht nennen. Aber … ich fühl mich in Berlin einfach wohler.«

Er nickte und unterzog mich mit seinem Blick einer stummen Prüfung. »Schade. Ich hatte gehofft, du würdest länger bleiben.«

Ich versuchte, die ernste Stimmung, die plötzlich am Tisch herrschte, wieder zu drehen. »Noch bin ich hier.« Ich hob mein leeres Glas und deutete auf seins, das ebenfalls fast leer war. »Eins geht noch, oder?«

Er grinste breit, aber das Lächeln erreichte nicht seine Augen. »Klar.«

Ich beeilte mich, ein weiteres Bier für uns zu holen, und dann löcherte ich ihn in der nächsten Stunde mit allerlei Fragen über seine wundersame Verwandlung vom dicken Nerd zum Arzt, dem die Frauen vertrauen. Er erzählte ohne Scheu von seiner tollen Zeit in einem altehrwürdigen Internat im Süden Englands. Seiner Leidenschaft fürs Rudern und die Meisterschaften seines englischen Colleges (bei der sie fast den Achter von Cambridge geschlagen hatten). Er hatte anschließend in Tübingen und Seattle studiert.

Eine Sache wunderte mich, und ich hatte zum Glück genug Bier getrunken, um sie auch zur Sprache zu bringen.

»Beeindruckender Lebenslauf, Doktor Brandt. Und dann bist du ausgerechnet wieder zurück nach Strande?«

Er schien meine Skepsis nicht ganz zu teilen. »Ich mag es hier.«

Ich hob vielsagend eine Augenbraue.

»Außerdem«, fügte er schließlich ernsthafter hinzu, als ich erwartet hätte, »bin ich nicht so der Karrieretyp. Ich hab's tatsächlich gern beschaulich.«

»Okay. Kann ich verstehen.« Ich nahm einen Schluck von meinem Bier und musterte Doktor Brandt über den Rand des Glases, wie er es kurz zuvor bei mir gemacht hatte. »Dann fehlen eigentlich nur noch das kuschelige Eigenheim an der Steilküste, eine Frau und zwei Kinder. Oder gibt's die schon?«

Er lachte schallend auf. »Wie gesagt – ich mag's gern ruhiger.«

Ich musste auch lachen. So, wie es aussah, war Doktor Brandt also Single. Was durchaus gute Neuigkeiten waren.

Nun sah er mich prüfend an. »Und bei dir so? Da wir gerade beim Thema sind: Wie viele Kinder warten daheim in Berlin?«

Ich sah ihn ernst an. »Keine. Aber einen gibt's, dem mein Herz gehört.«

Für einen Augenblick glaubte ich, so etwas wie Enttäuschung in seinen Augen zu erkennen.

»Der Glückliche.«

Ich seufzte schwer. »Er hat's nicht leicht gehabt. Böser Autounfall, da hat er sein Bein verloren.«

»Oh, Shit … tut mir leid für ihn. Seid ihr schon länger zusammen?«

»Drei Jahre.«

Sven schwieg bedrückt. Ich fühlte mich bemüßigt, die Stimmung wieder etwas zu heben.

»Mein Schatz kommt bestens mit der Behinderung zurecht.« Es machte Spaß, ihn ein wenig auf den Arm zu nehmen.

»Ja, es gibt da mittlerweile ganz gute Prothesen.« Er sagte es todernst und dann konnte ich nicht mehr und musste laut losprusten. Einen Augenblick wirkte Sven etwas konsterniert. »Hab ich was Falsches gesagt?«

Ich winkte lachend ab. »Nein, nein, überhaupt nicht. Tut mir leid.« Ich versuchte, mich wieder zu sammeln. »Rudi braucht keine Prothese. Er hat noch drei Beine, die sehr gut funktionieren.«

Sven sah mich irritiert an. »Drei Beine …?«

»Rudi ist mein Hund. Du hast ihn schon kennengelernt.«

Jetzt fiel auch bei Sven der Groschen und er warf mit dem Bierdeckel nach mir. »Du hinterhältiges kleines Biest …«

Ich fing den Deckel spielerisch auf. »Keine Kinder. Keinen Mann. Wir können unbekümmert weiter miteinander flirten.«

Dass ich außerdem keinen Job, keine Wohnung und keine wirkliche Perspektive besaß, was ich aus meinem Leben machen wollte, verschwieg ich lieber.

Die Neuigkeiten schienen Sven allerdings durchaus zu gefallen. Er musterte mich beim Trinken, und ein wenig kam

117

ich mir vor wie die Maus, die gerade von der Katze ins Visier genommen wird.

Nach einem Moment setzte er das Glas ab. »Jedenfalls freut es mich, dass du hier bist, Lucie Thomsen. Irgendetwas hat gefehlt in Strande. Vermutlich deine gemeine Art.«

Jetzt warf ich den Bierdeckel nach ihm und wir alberten noch eine weitere Stunde herum.

Der Nachthimmel war sternenklar und die fast volle Mondscheibe ließ die alte Seebrücke in silberglänzendem Licht auf der fast stillen Ostsee leuchten. Die Regenwolken vom Nachmittag hatten sich verzogen und das Meer lag als dunkle Fläche vor uns, die in die Unendlichkeit reichte. Wir schlenderten an der schicken Promenade entlang und waren fast die einzigen Nachtbummler, die um diese Uhrzeit noch unterwegs waren. Es war kurz nach dreiundzwanzig Uhr, und Sven hatte verkündet, dass er morgen früh um sieben vier Blutentnahmen, zwei Magenspiegelungen und diverse EKGs in seiner Praxis erwartete und deshalb langsam mal ins Bett musste.

Warum Ärzte ihre Patienten immer nach dem jeweiligen Behandlungsstatus benannten, war mir ein Rätsel.

»So wissen wir immer, was zu tun ist. Bei Namen kommen wir nur durcheinander«, erklärte er mir todernst, »oder warum glaubst du, dass man im Krankenhaus Leuten das falsche Bein amputiert?«

Ich sah ihn entsetzt an.

Er lachte laut auf und legte mir beruhigend die Hand auf die Schulter. »Das war ein Witz, okay?«

Ich boxte ihm spielerisch auf den Arm. »Blödmann.«

Als er seine Hand von meiner Schulter nahm, blieb ein nervöses Kribbeln an der Stelle zurück. Wir blieben vor der Seebrücke stehen.

»Ich könnte uns nach Hause fahren. Mein Wagen steht gleich hinterm Deich.«

»Ich glaube, wir haben beide zu viel getrunken, als dass noch einer von uns sich hinters Steuer setzen sollte.«

»Auch wieder wahr. Aber ich könnte dich auch zu Fuß begleiten.«

»Kommt nicht infrage. Es ist viel zu spät. Nachher nimmst du morgen früh noch irgendwelchen armen Leuten ein Bein ab. Dabei wollen die nur was gegen ihre Verstopfung.«

Er seufzte gespielt auf. »Ich hätte dich nicht in die Geheimnisse der Ärzteschaft einweihen sollen.«

»Tja, zu spät. Und außerdem, ich glaube, das letzte Mal, dass mich irgendjemand nach Hause gebracht hat, war in der siebten Klasse.«

»Na gut, dann bringe ich dich eben nicht nach Hause.« Er sah trotzdem sehr zufrieden aus. »Zum Glück haben wir den gleichen Weg.«

»Das ist jetzt eine Schutzbehauptung, oder?«

»Nein.« Mit gespielter Empörung machte er sich auf den Weg zum Nordstrand. »Ich wohne bei euch.«

Ich folgte ihm irritiert. »Wirklich?«

Er nickte. »Der alte Airstream gehört mir. Wusstest du das nicht?«

Über diese nicht ganz unwichtige Information hatte mich bisher niemand aufgeklärt.

Kurze Zeit später standen wir etwas unschlüssig auf dem Kiesweg, der zu unserem Haus führte.

Schließlich machte ich den Anfang. »Da wären wir also. Schlaf gut. Und vielleicht sehen wir uns ja morgen, bei deiner exzentrischen Großtante.«

»Ich werde es mir nicht entgehen lassen.« Er legte seine Hand auf meinen Arm. »Bis morgen.«

Dann wandte er sich ab. Ich blickte ihm einen Moment hinterher, wie er den Weg zwischen den Rosenhecken zum Wohnmobil nahm, das ein Stück weiter hinten silbern im Mondlicht glänzte. Als er sich noch einmal umdrehte, hob ich die Hand zum Gruß. In diesem Augenblick wurden mir zwei Dinge klar. Mein Aufenthalt in Strande entwickelte sich wesentlich angenehmer, als ich gedacht hatte. Und zweitens – ich war drauf und dran, mich Hals über Kopf zu verlieben.

Kapitel 7

»Wow!« Ich stand vor dem Eingangstor aus rotem Backstein, das den Innenhof des alten Ritterguts vom Parkplatz trennte, und war schwer beeindruckt. Irritiert sah ich zu meiner Mutter, die lächelnd neben mir stand. »*Das* ist das alte Gut?«

»Ja, hier hat sich ordentlich was getan.« Sie deutete auf den Rosengarten, der zwischen sorgsam geschnittenen Buchsbaumhecken in der Mitte des Hofs lag und von kiesbelegten kleinen Wegen durchzogen wurde. Die Rosensträucher lagen noch im Winterschlaf, doch mit etwas Fantasie konnte man die Blütenpracht erahnen, wenn es denn endlich Sommer wäre. Meine Mutter war sichtlich stolz.

»Den Rosengarten hab ich angelegt. Natürlich hatte ich Hilfe von dem Landschaftsarchitekten, der hier sonst alles gemacht hat. Das sind Ableger von unseren Rosen.« Sie strahlte mich an. »Ist er nicht herrlich geworden?«

Meine Mutter hatte wirklich einen grünen Daumen, das musste man ihr lassen. Fast bedauerte ich es, nicht bis zum Sommer in Strande zu bleiben, um die üppigen Rosenrabatten zu erleben, die auch auf unserem Platz ihren herrlichen Duft verströmten.

Wir schlenderten die Kiesauffahrt hoch.

»Ich glaube, das ist einer der Gründe, warum ich hier wohnen möchte. Dann habe ich meine Rosen immer in der Nähe.«

Ich erkannte die Wehmut in ihrer Stimme und legte tröstend den Arm um sie. »Es ist hier wirklich wunderschön, Mama. Ich bin sicher, dass du dich wohlfühlen wirst.«

Wir sahen uns auf dem Innenhof um, der menschenleer war.

»Viel los ist ja noch nicht«, stellte ich trocken fest. »Wo sind die denn alle hin?«

Wie aufs Kommando ertönte das Tuckern eines Traktors hinter uns, der schwungvoll durch das Tor in den Innenhof fuhr und mit lautem Geknatter zum Stehen kam. Hoch oben auf dem Sitz hinter dem Lenkrad saß – ein Wikinger.

»'tschuldigung, ich bin zu spät. Wartet ihr schon lange?«

Mit einem letzten Tuckern erstarb der Motor und der rothaarige Hüne mit zotteligem Bart und ebenfalls zotteligen Haaren sprang von dem Gefährt. Er trug einen dicken Wollpullover in – natürlich – Norwegermuster, robuste Cargohosen und feste, hohe Lederstiefel. Er schien geradewegs von einem *Game-of-Thrones*-Casting zu kommen, bei dem er für die Rolle eines Wildlings vorgesprochen haben musste. Sanfte braune Rehaugen, die nicht ganz zu seinem martialischen Äußeren zu passen schienen, lachten uns an, und mit einem breiten Lächeln entblößte er zwei Reihen strahlend weißer Zähne. Ich starrte ihn noch immer überrascht an, während er erst meiner Mutter und dann mir die Hand zum Gruß hinhielt. Mein Gott – war die groß.

»Moin, Frau Thomsen«, begrüßte er meine Mutter, »dann musst du Lucie sein. Ich bin Gunnar.«

Perplex nahm ich die Hand und bereute es eine Sekunde später, als ich den kräftigen Händedruck spürte und einen Schmerzensschrei nur knapp unterdrücken konnte.

»Hi …«

»Ihr wollt euch die Wohnung anschauen, nicht? Dann mal hier lang.«

Ohne eine Antwort abzuwarten, stapfte der Wikinger in Richtung des Hauptgebäudes.

Ich blickte perplex zu meiner Mutter. »Wollte uns die nicht Frau Strickland zeigen?«

Gunnar drehte sich zu uns um und hatte meine Frage wohl gehört. »Uli hängt leider noch in den USA fest. Sie kommt erst nächste Woche.« Er sah uns augenzwinkernd an. »Jedenfalls behauptet sie das. Ich glaube allerdings, sie will einfach noch die Sonne in Kalifornien genießen. Der Winter hier ist ihr immer etwas zu rau.«

»Das kann ich verstehen.« Mama gab ihm seufzend recht. »Der dauert in diesem Jahr auch schon ewig. Was macht denn das Gut so?«

»Alles prima überstanden. Die ersten Stipendiaten haben sich fürs Wochenende angemeldet. Da werden die großen Ateliers in der Scheune belegt und dann geht's auch schon richtig los. In diesem Sommer sind wir komplett ausgebucht. Wird einiges los sein.«

Ich verfolgte die Unterhaltung gespannt, während die Kiesel unter unseren Füßen knirschten und wir zur großen Freitreppe des Haupthauses gingen.

»Sind … bist du so was wie …«, ich wollte Hausmeister sagen, aber das schien mir irgendwie nicht angebracht, »der Verwalter … wie auch immer man das nennt?«

Gunnar lächelte mich an, während wir das Haupthaus erreichten und die Treppenstufen hochgingen, die tadellos gepflegt waren und kein bisschen Moos angesetzt hatten.

»Ich leite die Stiftung, der das Rittergut gehört und die Stipendien an Kreative vergibt, die ihre Projekte hier durchführen wollen.«

Das hatte ich bei einem Wikinger nicht erwartet. »Oh, das hört sich … spannend an.«

Er sah mich amüsiert an. »Das ist es auch. Wobei ich zugeben muss, dass ich im Winter eher so was wie ein Hausmeister bin. Verwalter hört sich natürlich schicker an.«

Ich musste ebenfalls lachen. Der Typ war extrem sympathisch.

»Und wo kommst du her, Gunnar?«

»Aus Reykjavík.«

Mit Wikinger hatte ich also gar nicht so falsch gelegen.

»Die meiste Zeit habe ich allerdings in Deutschland, England und den USA verbracht. Meine Eltern waren Diplomaten beim isländischen Außenministerium.«

Ich sah ihn wieder beeindruckt an. »Da bist du ganz schön rumgekommen.«

Er öffnete die große, schwere Eingangstür, die nicht verschlossen war, und deutete auf ein paar Filzpantoffeln, die gleich neben der Tür standen.

»Wenn's euch nichts ausmacht, dann zieht die doch bitte an. Das Parkett im Haus haben wir aufwendig restauriert. Wäre schade drum, wenn's neue Macken bekommt.«

Meine Mutter hatte sich bereits ihrer Stiefel entledigt, ohne dass sie meine Hilfe brauchte, und schlüpfte in ein Paar der Schlappen. Ich schälte mich umständlich aus den alten Gummistiefeln, die ich mir von ihr geliehen hatte.

»Die Wohnung hat noch einen eigenen Zugang über das Hinterhaus. Der ist ebenerdig. Aber hier durch ist es viel schöner«, erklärte sie mir dabei und zeigte stolz auf das Innere des beeindruckenden Hauses.

»Ich kann nicht glauben, dass ihr das alles so hinbekommen habt. Das letzte Mal, als ich hier war, wuchs vorne mitten im Eingang eine kleine Birke. Und das Dach war auch kaum mehr vorhanden.«

Gunnar hatte sich ebenfalls schon die Stiefel abgestreift, stand mit Schlappen neben uns und wartete darauf, dass ich endlich fertig wurde. Die Gummistiefel waren etwas zu eng.

»Kann ich helfen?«

»Nein danke, geht schon«, erwiderte ich mit einem gezwungenen Lächeln. Vermutlich würde mir dieser Hüne ein Bein ausreißen, wenn er nur kräftig genug daran ziehen würde. Dieses Risiko wollte ich lieber nicht eingehen.

In der nächsten halben Stunde führte er uns durch das Haus, und ich war schier erschlagen von dem, was hier in den vergangenen Jahren alles restauriert worden war.

Es gab eine riesige Privatwohnung, die Ulrike bezog, wenn sie hier war, und in die wir nur einen kurzen Blick werfen konnten. Daneben waren ungefähr zehn kleine Apartments für die Stipendiaten untergebracht und vier möblierte größere Wohnungen mit komplett ausgestatteter Küche, die für Feriengäste oder – wie im Falle meiner Mutter – Dauermieter zur Verfügung standen.

Und das war nur die obere Etage des Hauptgebäudes. Im Untergeschoss befanden sich ein riesengroßes Esszimmer, das auch als Konzertsaal diente, ein Kaminzimmer, eine Bibliothek mit einem halben Dutzend Computern und WLAN-Anschluss, ein riesiger Gemeinschaftssaal mit großem Fernseher und Leinwand für private Filmvorführungen, eine riesige Gemeinschaftsküche und im hinteren Teil die alte Orangerie, die einen herrlichen Blick in den gepflegten Garten erlaubte, in dem die alten Obstbäume standen. Ich konnte mich noch gut an den Wintergarten erinnern, dessen abgeblätterte Stahlgestänge rostend in die Höhe ragten, während die hohen Fensterscheiben längst herausgeschlagen waren.

»Ich hätte niemals gedacht, dass man das alles noch retten kann.« Ich bückte mich und berührte mit der Hand die alten

Marmorfliesen, die liebevoll von Schmutz und Moos gereinigt worden waren und deren fehlende Steine man ersetzt hatte.

»Das muss ein Vermögen gekostet haben.«

Gunnar lächelte sanft. »Richtig. Ein Vermögen. Und noch ein bisschen mehr.«

Ich war zutiefst beeindruckt, während er stolz weitersprach.

»Wir sind erst im letzten Jahr richtig fertig geworden. Das ist also erst unsere zweite Saison. Aber so langsam kommt der Laden in Schwung.«

Meine Mutter hatte die meiste Zeit der Führung geschwiegen. Sie kannte das alles schließlich schon, aber an ihrem Blick merkte ich, dass ihr etwas zu schaffen machte.

»Alles okay, Mama? Willst du dich ausruhen?«

Sie schüttelte eilig den Kopf. »Ich bin nur jedes Mal ganz überwältigt, wenn ich das sehe.« Sie blickte nun Gunnar an und legte ihm die Hand auf den Arm. »Und ich muss zugeben, dass ich es kaum glauben kann, demnächst hier zu wohnen.«

»Ich bin froh, dass du kommst, Susanne. Ich brauche dringend Unterstützung bei den Gartenanlagen.«

Er wandte sich mit ehrlicher Bewunderung in der Stimme an mich. »Deine Mutter ist ein Genie, was Rosen angeht. Und bei allem anderen auch, was blüht und grünt.«

Da konnte ich ihm kaum widersprechen.

Gunnar drückte uns noch die Schlüssel für die Wohnung in die Hand und verabschiedete sich dann. »Ich muss leider wieder los. Ihr kommt alleine zurecht, oder? Schaut euch alles in Ruhe an und lasst den Schlüssel einfach in der Küche auf dem Tisch liegen.«

»Danke, Gunnar. Wir sehen uns dann.«

Er zwinkerte mir zu. »Na, das hoffe ich doch.«

Dann war er auch schon draußen. Meine Mutter und ich standen in der großen Orangerie und blickten stumm in den Garten. Nach einem langen Moment sah ich sie prüfend an.

»Fühlst du dich auch wirklich wohl hier?«

»Natürlich tue ich das. Wer würde das nicht, Lucie?«

Ihr Lächeln erreichte nicht ihre Augen und ich erkannte einen Hauch von Melancholie darin.

»Irgendetwas hast du aber, Mama. Das merke ich, also raus mit der Sprache.«

Sie sah mich einen Moment nachdenklich an. »Es ist …« Sie seufzte einmal schwer. »Weißt du, Lucie, wenn ich das alles sehe, wenn ich sehe, wie wunderschön sie das Gut saniert haben, dann denke ich manchmal, was wohl aus der *Rosenfelder Düne* werden könnte, wenn wir es dort auch so machen würden.«

Ich merkte, wie sich mein Herz zusammenzog, und ich musste schlucken.

»Mama …«

Sie winkte ab und nahm meine Hand. »Ist schon gut, Lucie. Ich verstehe das doch.«

Ich konnte nichts mehr sagen. Wenn es etwas gibt, was noch schlimmer und schmerzhafter ist als die Vorwürfe, die Eltern einem für das machen, was man getan hat, dann ist es die Enttäuschung über das, was man nicht getan hat.

Mein Handy meldete sich und ich blickte überrascht auf das Display. Sven.

»Hi.« Ich nahm den Anruf entgegen. »Was gibt's?«

»Mein Belastungs-EKG malträtiert gerade das Laufband, und da dachte ich, ich höre mal, wie's dir gefällt da draußen auf dem Land.«

»Wir sind gerade mal fünf Kilometer von der Küste entfernt.«

»Ich sag ja, aufm Land.«

Ich konnte das Lachen in seiner Stimme fast vor mir sehen. Und es erzeugte ein warmes, kribbelndes Gefühl in meinem Innern.

»Und? Was sagst du zu meiner Tante? Ich hoffe, sie hat dich nicht allzu sehr schockiert.«

»Sie ist ziemlich unzuverlässig«, gab ich mit gespielter Empörung zurück, »sie hat uns versetzt, um die Sonne im fernen Kalifornien zu genießen.«

»Oh«, hörte ich seinen überraschten Kommentar aus dem Lautsprecher des Handys, »das tut mir leid.«

»Muss es nicht«, gab ich grinsend zurück, »dafür habe ich die Bekanntschaft mit einem ziemlich charmanten Wikinger gemacht.«

»Wikinger?«

»Gunnar. Die gute Seele des Gutshofs.«

»Ahh ... richtig ... den hatte ich glatt vergessen.«

»Ach, wirklich? Der Mann ist fast zwei Meter groß. Ihr könntet Zwillinge sein. Sehr beeindruckende Erscheinung. Und richtig nett ist er auch noch.«

»Tatsächlich.« Kam es ziemlich knapp aus dem Lautsprecher.

»Davon abgesehen ist das Gut ein Traum. Ich denke, meine Mutter wird sich hier sehr wohlfühlen.«

»Das hört man gern.«

»Wir machen uns aber gleich wieder auf den Rückweg.«

»Okay. Dann muss ich meine Mittagspause wohl allein verbringen.«

Ich grinste. »Nicht unbedingt.«

»Ah, nein?«

»Wie wäre es, wenn du raus zu uns auf den Platz kommst. Meine Mutter hat heute Morgen ihren legendären Apfelkuchen gebacken.«

»Schon überredet. Bis später.«

»Ja, bis später.« Hocherfreut schaltete ich das Handy ab und steckte es in meine Tasche. Mir war gar nicht bewusst gewesen, dass meine Mutter unser Gespräch mit angehört hatte. Bis ich ihr vielsagendes Lächeln sah.

»Doktor Brandt kommt also gleich bei uns vorbei, ah ja.«

Für einen kurzen Moment schoss mir die Röte ins Gesicht, so wie damals, als ich noch ein Teenager war und meinen Schulschwarm mit auf den Campingplatz brachte, um mit ihm in der alten Scheune rumzuknutschen.

»Ist doch okay für dich, oder?«

Meine Mutter legte mir ihren gesunden Arm um die Schulter, drückte mich an sich und lachte herzlich auf. »Ach, Lucie, natürlich ist es das. Obwohl er nicht gerade der Verschwiegenste ist. Davon abgesehen ist Doktor Brandt wirklich sehr nett.«

Ich ahnte nichts Gutes. »Du machst jetzt aber keine Verkupplungsversuche, oder?«

»Nun, das wird gar nicht nötig sein.« Sie zwinkerte mir zu und wandte sich zum Gehen. »Na, komm. Sonst steht der gute Doktor noch vor verschlossenen Türen.«

Bevor ich etwas erwidern konnte, war sie auch schon aus dem Wintergarten draußen. Ich hörte noch, wie sie mir aus dem Flur nachrief: »Und vergiss nicht, die Schlüssel in der Küche hinzulegen!«

Kopfschüttelnd folgte ich ihr. Und in diesem Moment überkam mich das wunderbare Gefühl, dass tatsächlich alles gut würde.

»Hmmm … wunderbar …« Sven nuschelte mit vollem Mund und schob sich noch eine Gabel von dem gedeckten Apfelkuchen in den Mund. Es war bereits sein drittes Stück und mit einem Blick auf seine schlanke Figur fragte ich mich, wo er bloß all die Kalorien hinsteckte, die er so in sich hineinstopfte. Anerkennend deutete er mit der Gabel in Richtung meiner Mutter. »Hiermit wäre es eindeutig bewiesen: Sie sind die Königin des Apfelkuchens, Frau Thomsen.«

Wir saßen auf der mit alten Pflastersteinen belegten kleinen Terrasse hinter unserem Haus in der Sonne und genossen den ersten Hauch von Frühlingsduft, der in der Luft lag. Es war fast windstill, und man konnte es endlich draußen aushalten, ohne das Gefühl zu haben zu erfrieren.

Rudi lag auf einer alten Decke und genoss ebenfalls ein ausgiebiges Sonnenbad. Er und Sven hatten sich etwas verhalten begrüßt, dann aber wohl gemerkt, dass sie keine Konkurrenz zueinander waren und ihren Frieden geschlossen. Außerdem hatte Sven ihm ein paar Löffel Schlagsahne gegeben, als er glaubte, meine Mutter und ich würden es nicht sehen. Womit er sein Herz vollends eroberte.

»Eigentlich hat den Kuchen ja Lucie gebacken.« Meine Mutter fühlte sich anscheinend bemüßigt, mich im besten Licht darzustellen. »Solange meine Schulter nutzlos rumhängt wie ein nasser Lappen, bin ich zu nichts zu gebrauchen.«

Sven schenkte mir einen überraschten Blick. Ich fühlte mich verpflichtet, die Sache etwas realistischer darzustellen.

»Bevor du fragst: nein. Ich kann nicht backen. Ich habe einfach nur alles gemacht, was meine Mutter mir gesagt hat, und dann habe ich fleißig gerührt, während sie mich mit Argusaugen beobachtet hat.«

Sven wandte sich amüsiert wieder meiner Mutter zu. »Wann wollen Sie denn auf den Hof ziehen? Noch vor dem Sommer?«

Sie nickte. »Wenn alles gut geht, der Notartermin und die Umschreibung des Grundstücks vollzogen ist, ziehen wir nächsten Monat aus.«

»Das geht wirklich schnell.«

Sie sah kurz zu mir. »Die neuen Besitzer wollen wohl schon im Sommer den Campingplatz wieder aufmachen.«

Sven hörte ihr interessiert zu. »Lucie hat erzählt, dass sie aus Hamburg und so was wie Aussteiger sind.«

»Wie Aussteiger sahen die eigentlich nicht aus, als ich sie getroffen habe. Das waren eher so Karrieretypen.« Sie verdrehte etwas die Augen. »Hamburg-Speicherstadt eben.«

Mamas Beschreibung der zukünftigen Betreiber der *Rosenfelder Düne* gab Sven wohl etwas zu denken. Dann sah er von unserem alten Haus, das verwunschen in den Dünen in der Märzsonne lag, über den Platz.

»Sie haben hier ein wirklich schönes Fleckchen Erde, Frau Thomsen.«

»Ja, ich weiß.« Und da war wieder die Melancholie in ihrer Stimme, die ich kaum aushalten konnte und die mich dazu brachte, etwas zu sagen, was ich einen Moment später schon fast wieder bereute. Allerdings nur fast.

»Weißt du was, Mama? Ich bleibe bis zum Sommer hier. Bis du umgezogen bist und dich in der neuen Wohnung eingelebt hast. Berlin kann ruhig mal warten.«

»Das musst du doch nicht machen, Lucie.« Sie legte mir die Hand auf den Arm.

»Ich weiß, dass ich es nicht muss. Aber ich mache es trotzdem.«

»Na, wenn das so ist«, Doktor Brandt fühlte sich ermutigt, meine Pläne mit einer gewissen Freude zu kommentieren, »dann lade ich mich ab jetzt regelmäßig zu Apfelkuchen und Ihrer charmanten Gesellschaft ein. Ich kann es ja als Hausbesuch tarnen, Frau Thomsen.«

»Gerne. Aber nur wenn Sie mal langsam mit diesem albernen *Frau Thomsen* aufhören.« Sie reichte ihm die Hand. »Einfach Susanne.«

Er nahm die Hand und drückte sie galant. »Abgemacht. Ab jetzt für dich Sven.«

Dann warf er mir einen strahlenden Blick zu.

»Lust auf einen kleinen Strandspaziergang? Bevor ich wieder in die Praxis fahre, muss ich mir dringend die Beine vertreten.«

Da musste er mich gar nicht lange drum bitten. Ich sprang auf und sah auf Rudi hinunter, der erwartungsvoll die Ohren spitzte.

»Was ist, Rudi? Lust auf eine Runde Möwen jagen?«

Das ließ er sich nicht zweimal sagen.

Die Märzsonne stand hoch am Himmel und tauchte die Ostsee vor uns in ein glitzerndes blaues Wellenwunderland. Rudi flitzte mit seinen drei Beinen den Strand entlang und scheuchte jede einzelne Möwe auf, die träge auf einem Bein in der Mittagssonne ein Päuschen eingelegt hatte. Sein Bellen war laut und so freudvoll, dass die restlichen Möwen am Himmel lieber dort blieben und hoch über unseren Köpfen ihre Runden zogen. Sven und ich gingen schweigend nebeneinander her und genossen die frische, klare Luft und die Sonnenstrahlen, die unsere Nasen kitzelten. Ab und an warf er mir einen Seitenblick zu und seine hellen Augen musterten mich amüsiert. Langsam begann ich mich zu fragen, ob ich vielleicht noch Krümel vom Apfelkuchen am Mundwinkel hängen hatte, die seine stille Heiterkeit auslösten.

»Hab ich irgendwas Komisches im Gesicht?«

»Och, dein Gesicht ist so bezaubernd wie immer.«

Ich sah ihn auffordernd an und blieb stehen.

»Ich find's gut, dass du noch eine Weile hier bleibst.«

Er wich meinem Blick aus und bückte sich nach einem Stein, den er für Rudi über den Strand warf. Rudi flitzte begeistert hinterher.

»Deine Mutter kann die Unterstützung gut gebrauchen.«

»Meine Mutter?«

Er sah mich unschuldig an. »Na, und zur Saisoneröffnung an der Seebrücke mache ich richtig einen drauf mit dir. Vorher lasse ich dich nämlich nicht gehen.«

Er konnte wirklich gut flirten, das musste man ihm lassen.

»Gut zu wissen.«

Wir schlenderten eine Weile wieder stumm nebeneinander her. Es gab tausend Dinge, die ich ihm sagen wollte. Aber bevor sie über meine Lippen kamen, erschienen sie mir belanglos und dumm, und ich wollte die besondere Stimmung, die zwischen uns war, nicht durch irgendeine dumme Bemerkung zerstören.

»Kennst du eigentlich diese Dellmanns?«

Ich sah ihn überrascht an. »Wen?«

»Die Dellmanns. Die, die den Platz kaufen wollen.«

Ich lief etwas rot an, denn tatsächlich waren mir alle möglichen Dinge durch den Kopf gegangen. »Klar, Dellmann.« Nur unser Platz und die Zukunft meiner Mutter nicht. »Vermutlich werde ich sie nächste Woche kennenlernen, bei dem Notartermin.«

Sven nickte nachdenklich.

Ich sah ihn skeptisch an. »Warum fragst du?«

Er zuckte nur mit den Schultern. »Keine Ahnung. Vermutlich, weil ich noch nie was von denen gehört habe. Ich find's komisch, wenn jemand etwas kaufen will, was er eigentlich kaum kennt.«

»Viele Campingplätze gibt es entlang der Küste nicht mehr zu kaufen. Da schlägt man eben zu, wenn einer zum Verkauf steht.«

Es war ihm anzumerken, dass er diese Meinung nicht ganz teilte, doch er behielt es lieber für sich und sah mich nur lächelnd an. »Ja, vermutlich hast du recht.«

In diesem Moment kam Rudi pitschnass auf uns zugestürmt, im Maul hatte er ein Stück Treibholz, das er uns begeistert zum Spielen hinhalten wollte.

»Oh, nein! Rudi! Nicht springen!«

Ich versuchte dem mit Sand bedeckten nassen Hund auszuweichen, stolperte in eine Kuhle und wäre mit Sicherheit hingefallen, wenn mich Sven nicht in diesem Moment aufgefangen hätte.

»Hoppala.« Er lächelte amüsiert auf mich herab, während seine Arme mich umfingen.

Ich roch die Mischung aus Aftershave und Desinfektionsmittel, die seine Haut verströmte, und spürte seinen warmen Atem an meiner Wange.

Einen Augenblick blieben wir so stehen, während Rudi schon wieder weiterflitzte.

»Hoppala?«

»Das sag ich immer zu meinen Patienten, wenn mir mal das Skalpell ausrutscht.«

»Ärzte haben einen echt schrägen Humor, weißt du das?«

»Immerhin haben wir Humor. Ich finde, das ist schon ein Pluspunkt.«

Er hielt mich immer noch umfangen und machte keine Anstalten, mich loszulassen. Was mir durchaus entgegenkam. Auch ich verspürte keinerlei Interesse, mich aus dem sanften Griff seiner Arme zu befreien.

»Neben den anderen vielen Pluspunkten, die du sicherlich auch noch hast.« Ich hob provozierend die Augenbrauen. »Nicht zu vergessen deine grenzenlose Bescheidenheit.«

Er nickte anerkennend, und ich sah, wie sein Lächeln diese kleinen, feinen Linien um seine blauen Augen zauberte.

»Ich stelle fest, Lucie Thomsen, du kennst mich schon viel zu gut. Ich muss langsam etwas vorsichtiger sein. Wer weiß, wo das alles noch hinführt.«

Er nahm den Arm von meiner Hüfte, und ich wollte innerlich schon bedauernd protestieren, als ich spürte, wie er mir sanft eine meiner wilden dunklen Locken aus der Stirn schob. »Diese Augen darf man nicht verstecken.«

Seine Stimme war leise und sanft. Dann beugte er sich hinunter und ich schloss die Augen in seliger Erwartung seiner Lippen. Wo immer das auch hinführte, ich war bereit.

Die Stimme Gloria Estefans, die ziemlich laut nach *Doctor Beat* rief und *Emergency* verkündete, zerbrach den intimen Moment und ließ mich gefühlt zehn Stockwerke in die Tiefe stürzen.

»Shit!« Sven ließ mich los und fischte das Handy aus der Tasche.

»Die Praxis. Sorry. Da muss ich ran.«

Er nahm das Gespräch entgegen, während ich eifrig nickte. »Nee, schon klar. Ist bestimmt wichtig. Mach nur …«

Ich ging zwei Schritte beiseite und hielt nach Rudi Ausschau, der gerade ein metertiefes Loch in den Sand buddelte, um seine Strandgutbeute zu verstecken. Hinter mir hörte ich Sven ins Telefon sprechen. Seine Stimme klang ruhig, aber ernst.

»Aha … okay … gut … ja, mach das bitte, Tina … ich bin in zehn Minuten da … bis gleich.« Sven beendete das Telefonat, während ich nach Rudi rief, der widerwillig von seinem Bauprojekt abließ und zu mir zurückkam.

Sven sah mich entschuldigend an.

»Kleiner Notfall. Der alte Sörensen glaubt, er hat eine Magenverstimmung, und Doreen vermutet, es ist ein Herzinfarkt. Was ziemlich fatal wäre. Besser, ich schau mir das mal an.«

»Natürlich. Geh nur.«

Er zögerte noch eine Millisekunde. »Sehen wir uns später?«

»Gern.«

Er sah erleichtert aus und dann joggte er im Laufschritt den Strand entlang in Richtung Strandübergang. Er blickte sich nicht noch einmal um.

Ich sah ihm nachdenklich hinterher. Es war eine Ewigkeit her, dass mir ein Mann so erfolgreich den Kopf verdreht hatte wie Doktor Brandt. Und ich hatte keine Ahnung, ob dies nun ein gutes oder ein schlechtes Zeichen war.

KAPITEL 8

Wie sich herausstellte, stand der alte Sörensen in der Tat kurz vor einem Herzinfarkt und Sven begleitete ihn gemeinsam mit Ole im RTW der Strandener Feuerwehr umgehend ins Krankenhaus nach Lahe. Er teilte mir das wie versprochen später am Abend mit und fügte hinzu, dass er für die nächsten sechsunddreißig Stunden auch noch den Notdienst im Kreiskrankenhaus übernehmen musste, da sich der eingeteilte Kollege leider beim Golfen einen Hexenschuss zugezogen hatte und nun ausfiel. Wir würden uns also erst nach dem Wochenende wiedersehen, was er sehr bedauerte.

An seiner zerknirschten Stimme erkannte ich, dass dem tatsächlich so war. Meine eigene Enttäuschung versuchte ich mit dem Hinweis zu verbergen, dass es ja eine Menge im Haus meiner Mutter zu regeln gab. Ich wünschte ihm ein nicht ganz so anstrengendes Wochenende, und wir mussten unser Telefonat auch schon wieder beenden, weil Sven zu einem Notfall gerufen wurde. Als ich das Handy ausschaltete und nachdenklich auf das Display blickte, fragte ich mich, ob ich mich ernsthaft mit einem Arzt einlassen wollte. So beschäftigt, wie die immer schienen. Andererseits war Doktor Brandt ein recht angenehmes und attraktives Exemplar dieser Gattung. Ob er wohl ein guter

Küsser war? Ich beschloss umgehend, solche Überlegungen auf einen späteren (viel späteren) Zeitpunkt zu verschieben, und widmete mich lieber den anstehenden Herausforderungen, die der Verkauf unseres Hauses und der *Rosenfelder Düne* mit sich brachten.

In erster Linie bestand die Herausforderung darin, das gesamte Haus und die Campingplatzanlage einem gründlichen Frühjahrsputz zu unterziehen. Jedenfalls aus Sicht meiner Mutter. Worin der Sinn dieser Aktion liegen sollte, erschloss sich mir nicht ganz. Zumal die zukünftigen Besitzer sowieso eine Menge zu renovieren hatten und Haus und Platz in dieser Saison wohl eher einer Großbaustelle gleichen würden und nicht gerade einem Ort, an dem man gerne Urlaub machte. Meine Mutter ließ sich von solchen Überlegungen jedoch nicht aufhalten.

»Das ist das letzte Mal, Lucie, dass wir das machen können. Und dann machen wir es auch richtig.«

Womit sie nicht ganz unrecht hatte. Der jährliche Frühjahrsputz hatte Tradition in unserer Familie und als Kind hatte ich immer gerne mitgeholfen. Zumal es am Abend dann immer das erste Lagerfeuer am Strand und Würstchen am Spieß gegeben hatte, auf die wir uns als Kinder schon den ganzen Winter über gefreut hatten.

Während Tamme sich die große Scheune vornahm, um sämtliche Gartengeräte, Sonnenliegen und Windkörbe zu entsorgen, denen selbst der talentierteste Handwerker kein neues Leben mehr einhauchen konnte, arbeitete ich mich vom Dachgeschoss langsam das Haus hinunter, putzte Fenster und schrubbte den alten Holzdielenboden, kratzte Kalkreste von den alten Wasserhähnen im Bad und polierte die Eichentüren mit einer Speziallösung, die noch meine Großmutter erfunden hatte und die die Türen tatsächlich in mattem rotbraunem Glanz erstrahlen ließen. Einmal mehr kam ich mir vor, als wäre ich in irgendeine mysteriöse Zeitmaschine gestiegen und in meine Vergangenheit gereist. Und der harzige Geruch des Holzes erinnerte mich an unbeschwerte Frühlingstage, an denen wir es vor lauter Vorfreude auf einen weiteren Sommer mit Sonne, Meer, Sand und Eiswaffeln kaum aushalten konnten.

Mama bestand darauf mitzuhelfen, so weit es ihre verletzte Schulter zuließ, und sie ärgerte sich maßlos über ihre Einschränkung. Ich konnte sie mit Mühe und Not dazu überreden, das alte Familiensilberbesteck zu polieren, das sie natürlich mit in ihr neues Zuhause nehmen wollte. Eine Arbeit, die gut im Sitzen am Küchentisch zu bewältigen war und die sie auch mit einem Arm hinbekommen konnte.

Am zweiten Tag gingen mir die Putzmittel aus (allein für die salzverkrusteten Fenster im Dachgeschoss hatte ich eine ganze Flasche Essigreiniger verbraucht), und ich beschloss, mit meiner Mutter einen kleinen Einkaufsbummel zu machen. Ich spekulierte ein wenig darauf, in die Kreisstadt zu fahren, immerhin waren dort die billigen Discounter (und das Krankenhaus, in dem Sven gerade seinen Notdienst verrichtete, gleich um die Ecke), doch Mama bestand darauf, dem alten Petersen und seinem Landhandel einen Besuch abzustatten. Meine Mutter war schon immer ein Freund von regionalen Produkten gewesen, selbst als das noch gar nicht in Mode war.

Kurz darauf parkte ich unseren alten Familienbulli vor der roten Klinkerfassade von Petersens Supermarkt, der am alten Dorfanger lag und ebenfalls etwas in die Jahre gekommen war.

»Beruhigend zu sehen, dass es Dinge gibt, die die Steiners tatsächlich überlebt haben.«

Ich grinste meine Mutter von der Seite an und deutete auf die alten Schaufenster, die bestimmt seit mindestens einer Dekade nicht neu dekoriert worden waren.

»Als wäre ich nie weg gewesen.«

Meine Mutter warf mir einen tadelnden Blick zu. »Der olle Petersen macht das alles allein, seit seine Tochter weg nach Lübeck ist. Der steht seit fünfzig Jahren von morgens um sechs bis abends um acht im Laden.«

Augenblicklich hatte ich ein schlechtes Gewissen, mich über ihn lustig gemacht zu haben.

»Aber ich muss zugeben«, fuhr meine Mutter todernst fort, »für Dekorationen hatte er noch nie ein Händchen.«

Ich half meiner Mutter beim Aussteigen, und gerade als wir durch die weit geöffnete Eingangstür traten, kam uns Svantje Neumann entgegen. Vermutlich befand sie sich auch gerade mitten im Frühjahrsputz, denn in ihren Armen trug sie eine ganze Batterie von Putzlappen und Scheuermilch und anderen Reinigungsmitteln.

Sie musterte mich überrascht von oben bis unten. »Lucie?«

Ich muss zugeben, dass mich die Reaktion der Leute langsam nervte. Die taten alle so, als wäre ich das achte Weltwunder. »Hi.«

Mama begrüßte sie ebenfalls erfreut. »Svantje, was macht die neue Surfschule? Hat es geklappt mit Piets alter Hütte?«

Svantje nickte, ohne den Blick von mir abzuwenden. »Hätte ja nicht gedacht, dass du noch da bist.«

Ich lächelte zuckersüß. »Ich freu mich auch, dich zu sehen.«

Sie verzog das Gesicht zu einem schnippischen Grinsen. Wir waren in der Schule nicht gerade die besten Freundinnen gewesen und daran schien sie sich just in diesem Augenblick zu erinnern.

Meine Mutter schritt ein, bevor die Situation eskalieren konnte. »Lucie bleibt noch ein paar Tage und hilft uns mit dem Haus und auf dem Platz.«

Svantjes Blick sprühte nicht gerade vor Begeisterung. »Stimmt es eigentlich, dass ihr verkaufen wollt?«

Mama nickte. »Aber keine Angst, nicht an Steiners. Wir haben jemanden aus Hamburg gefunden, der den Platz weiterführen will.« Sie legte Svantje beruhigend die Hand auf den Arm.

»Du musst dir also keine Sorgen machen, dass dir jetzt die Kunden ausgehen für deinen neuen Laden. Und wenn der Platz erst mal wieder in Schuss ist, kannst du dich vermutlich vor jungen Leuten nicht mehr retten, die unbedingt bei dir Kitesurfen lernen wollen.«

Svantje atmete hörbar durch. »Das wäre schön. Seit hier alle auf Schickimicki machen, will kaum noch jemand ins Wasser. Die hängen lieber in den Cafés rum, schlürfen Prosecco und lassen sich in Steiners Wellnesstempeln überteuerte Massagen aufschwatzen.« Sie sah mich provozierend an. »Dürfte dir aus Berlin ja alles bekannt vorkommen.«

Ich nickte nur knapp und wollte mich hier und jetzt auf keine weitere Diskussion über mein Großstadtleben einlassen. »Sicher, Svantje. Schönen Tag noch.«

Damit ließ ich sie stehen und ging in den Laden. Ich bekam gerade noch mit, wie Mama sich von ihr verabschiedete und sie einlud, doch später mal auf einen Kaffee und Apfelkuchen bei uns vorbeizuschauen, wenn sie unten am Strand mit ihrer Hütte fertig war. Ich verdrehte die Augen und hoffte inständig, dass meine ehemals größte Schulfeindin das Feingefühl besaß, die Einladung abzulehnen. Natürlich tat sie es nicht. Feingefühl war noch nie Svantjes Stärke gewesen.

Während ich die Sachen von unserem Einkaufszettel in den Korb packte und durch die schmalen Gänge mit den altmodischen Regalen schlenderte, unterhielt sich Mama mit Petersen an der Wurst- und Käsetheke und tauschte den neusten Dorftratsch aus. Der bestand hauptsächlich darin, festzustellen, wer in diesem Jahr die Saison noch mitmachen würde und welche Geschäfte und Läden es nicht über den Winter geschafft hatten. Was hauptsächlich die Steiners freuen konnte, denn dann hätten sie wieder neue Objekte, die sie ausschlachten und in überteuerte Ferienwohnungen verwandeln konnten. Diese Familie war wirklich wie die Pest. Ich war froh, dass meine Mutter einen anderen Interessenten für unseren alten Campingplatz gefunden hatte und sie zumindest dieses Fleckchen Strande nicht in ihre Finger bekamen.

»So, ich denke, ich hab alles, was wir brauchen.« Mit dem vollgepackten Korb trat ich neben meine Mutter, die vor der alten Theke stand und mit Petersen jetzt über herrlich duftenden Landhausschinken und den würzigen Käse der Molkerei Fridjof aus dem Nachbarort plauderte.

»Tach, Herr Petersen.« Ich nickte dem alten Herrn zu, der in den letzten zehn Jahren mindestens um einen halben Kopf geschrumpft sein musste und der ungewohnt klein und zerbrechlich in seinem viel zu großen weißen Ladenkittel mit dem Supermarktsymbol auf der Brusttasche aussah.

»Mensch, Lucie, hab schon gehört, dass du wieder da bist. Wie geht es denn so?«

»Prima, Herr Petersen. Wirklich gut.« Ich hoffte, dass mein Lächeln überzeugend war.

»Hast langsam die Nase voll von der Großstadt, ne?«

Ich schüttelte lächelnd den Kopf. »Nein, ich fürchte nicht.«

»Ach, das ist ja man schade. Wir könnten hier gut junges Blut gebrauchen, nicht wahr, Suse?«

Meine Mutter verdrehte ein wenig die Augen, als sie zu mir blickte. »Ich denke, Peter, das *junge Blut* kann das ganz allein entscheiden.«

»Wohl wahr, Suse, wohl wahr.« Petersen nickte bedächtig und damit war das Thema hoffentlich erledigt. Langsam ging es mir etwas auf die Nerven, ständig auf meine fehlende

Bereitschaft, wieder hier leben zu wollen, angesprochen zu werden.

»Können Sie das schon mal aufschreiben, Herr Petersen?« Ich hielt ihm den Korb mit unserem Einkauf hin. »Dann können Sie noch ein wenig mit meiner Mutter plaudern.«

Während Petersen mit einem alten Bleistift die Sachen notierte, wandte ich mich an sie.

»Ich muss noch mal kurz in die Apotheke und für Rudi was gegen Zecken besorgen. Die Biester stürzen sich wie verrückt auf den armen Kerl. Brauchst du auch noch was?«

»Nein, ich hab alles. Danke, Schatz.«

»Ich bin gleich wieder da.« Damit schnappte ich mir den Korb und verließ den vollgestopften kleinen Laden.

Das Wetter hatte sich das Wochenende über gehalten und auch dieser Tag war wieder strahlend schön. Im Bulli wurde es bereits stickig warm und ich öffnete die Seitentür weit, während ich unsere Einkäufe unter den Sitzen sicher verstaute.

Die Sonne, die frische, salzige Luft und die entspannte Behaglichkeit des kleinen Ortes, der so gar nichts von dem hektischen Treiben hatte, an das ich mich in Berlin auch nach Jahren nicht gewöhnt hatte, hoben meine Laune. Die Tatsache, dass Doktor Brandt heute Abend seinen Notdienst beendet haben musste, trug ebenfalls nicht ganz unwesentlich zu meiner guten Stimmung bei. Ich begann leise *Doctor Beat* vor mich hin zu summen, obwohl ich Gloria Estefan noch nie besonders gut gefunden hatte. Auf der Suche nach meiner Sonnenbrille, die sich irgendwo in der Ablage der Mittelkonsole versteckt haben musste, hing ich halb über dem Vordersitz.

»Hi, Lucie.«

Die Stimme klang erfreut und sympathisch, und ich drehte mich um, gespannt darauf, wer von den alten Strandianern mich jetzt schon wieder daran erinnern wollte, dass ich viel zu lange fort gewesen war. Ich erstarrte mitten in der Bewegung.

»Gut schaust du aus.« Falk Steiner lehnte lässig an der Seite des Bulli und beobachtete mich amüsiert. Er hatte sich im Gegensatz zu seiner kleinen Schwester kaum verändert. Das hellblonde Haar war mit Gel sorgsam zurückgekämmt und fiel ihm in sanften Locken in den Nacken. Er trug eine teure Sonnenbrille, deren verspiegelte Gläser die Augen verbargen. Ein sorgfältig gestutzter kurzer Bart umrahmte die markanten Wangenknochen und sein arrogantes Lächeln gab den Blick auf eine Reihe perfekt gebleachter Zähne preis. Der schlanke, durchtrainierte Körper steckte in einem teuer aussehenden Anzug und betonte die breiten Schultern und die schmalen Hüften seiner Erscheinung. Ein tadellos gebügeltes weißes Hemd war am Kragen aufgeknöpft und mit dem Verzicht auf eine Krawatte unterstrich er sein lässig elegantes Auftreten.

Ich bekam keinen Ton heraus und starrte ihn nur entgeistert an.

Er schob die Sonnenbrille auf die Stirn, und ich erkannte, dass seine hellen wasserblauen Augen noch eine Spur härter geworden waren, als ich sie in Erinnerung hatte.

»Sonja war ja völlig von der Rolle, dass du wieder da bist.« Er lächelte noch immer freundlich und stieß sich lässig vom Bulli ab, um auf mich zuzukommen. »So richtig habe ich ihr nicht geglaubt.«

Ich bekam einfach kein Wort heraus, als er nur eine Armlänge von mir entfernt stehen blieb. Ich wollte einen Schritt zurückweichen, aber die Autotür in meinem Rücken machte eine Flucht unmöglich.

»Sie war etwas sauer auf dich.« Er blickte sich kurz im Innern des Bulli um. »Und auf deinen Hund. Sie kann diese Köter an unserem Strand nicht ausstehen, musst du wissen. Hast du ihn gar nicht dabei?«

Ich schüttelte stumm den Kopf. Tausend Dinge schossen mir durchs Hirn und am liebsten hätte ich mich sofort in den Wagen gesetzt und wäre mit quietschenden Reifen davongefahren. Doch aus irgendeinem Grund konnte ich mich nicht bewegen und starrte den Mann, der vor mir stand, weiter fassungslos an.

Er musterte mich intensiv und ich fühlte mich augenblicklich nackt und ausgeliefert.

»Ich find's gut, dass du hier bist, Lucie.«

Er griff in die Tasche seines Jacketts und hielt mir eine Visitenkarte hin. »Ruf mich an, wenn du mal wieder Lust auf eine kleine Party hast. Würde mich freuen.«

Automatisch, ohne groß nachzudenken, nahm ich die Karte und bemühte mich, das Zittern meiner Hand zu verbergen.

Ihm musste es auch aufgefallen sein, doch er sagte nichts weiter. Er nickte nur kurz, setzte die Sonnenbrille wieder auf und blickte mit der Arroganz und der Unverwundbarkeit eines Menschen auf mich herab, dem alle Macht der Welt gehörte.

»Grüß deine Mutter von mir.«

Und dann war er wieder fort.

Ich weiß nicht, wie lange ich einfach nur dastand, die Autotür im Rücken, und die Stelle in der Luft anstarrte, wo vor Sekunden noch der Mann gestanden hatte, den ich mehr oder weniger erfolgreich aus meinen Erinnerungen getilgt hatte.

Es hatte mich völlig unvorbereitet erwischt. Was zugegebenermaßen ziemlich dumm von mir gewesen war. Immerhin war Strande nicht gerade eine Riesenmetropole, in der man jahrzehntelang aneinander vorbeileben konnte, ohne sich jemals zu Gesicht zu bekommen. Es war vollkommen klar gewesen, dass er eines Tages vor mir stehen würde. Warum hatte ich mich nicht besser darauf vorbereitet? Warum hatte ich mir nicht gleich einen Baseballschläger unter den Autositz gelegt, um ihn in einem passenden Moment diesem Ekelpaket über die Rübe zu ziehen? Denn genau das hätte ich in diesem Moment am liebsten getan. Während in mir eine Meute wilder Geister tobte und mich dazu auffordern wollte, dem Mistkerl hinterherzurennen und ihm die Augen auszukratzen, stand ich tatsächlich nur reglos vor dem alten Bulli, als meine Mutter eine gefühlte Ewigkeit später aus Petersens Supermarkt kam.

»Lucie? Alles okay mit dir? Hast du die Sachen für Rudi bekommen?«

Ich blickte irritiert auf, blinzelte ein paarmal und versuchte mich wieder zu sammeln.

»Äh … was? … Nein, nein, hab ich nicht.«

Sie sah mich prüfend an und blickte sich dann um, vielleicht, weil sie spürte, dass irgendetwas vorgefallen sein musste, was mich so aus der Bahn geworfen hatte. »Du bist ganz blass um die Nase.«

Ich schüttelte nur den Kopf. »Mir ist nur was eingefallen. Was Wichtiges. Aus Berlin.«

»Aha …«

Ich war mir sicher, dass Mama mir kein Wort glaubte.

»Ich … ich glaube, ich bin einfach schon viel zu lange in Strande.«

Der verletzte Ausdruck in den Augen meiner Mutter ließ mich augenblicklich erröten und ich wandte den Blick ab.

»Komm, lass uns fahren. Da wartet noch viel Arbeit auf uns.« Ohne ein weiteres Wort stieg meine Mutter ein.

Susanne Thomsen besaß die wunderbare Eigenschaft, genau zu spüren, wann man reden wollte und wann nicht. Und so stellte sie auf dem Nachhauseweg keine weiteren Fragen oder versuchte mit oberflächlichen Bemerkungen meine Stimmung aufzuheitern. Die Art und Weise, wie sie mir verstohlen Seitenblicke zuwarf, von denen sie glaubte, sie würden mir nicht auffallen, zeigte mir allerdings, dass sie sich durchaus Sorgen machte.

»Mama! Hör auf, mich so anzugucken! Da kriegt man ja Angst!«

Ich parkte den Bulli auf dem Schotterweg vor unserem Haus und würgte den Motor ab.

»Entschuldige.«

Sie wich schuldbewusst meinem Blick aus und nestelte an dem alten Sicherheitsgurt herum, der immer klemmte und den man nur schwer mit einer Hand losbekam. Augenblicklich überkam mich wieder das schlechte Gewissen.

»Du musst dich nicht ständig bei mir entschuldigen.«

Ich half ihr bei dem Gurt, und mit einem Plopp löste sich der Haken aus der Sicherung.

»Ich weiß auch nicht, was heute mit mir los ist.«

»Dir fehlt dein Berlin.«

Ich stieß mit einem hörbaren Seufzer die Luft aus. »Ja. Ja, das tut es vermutlich.«

Ich wich ihrem Blick aus, damit sie nicht erkennen konnte, wie sehr diese kleine Lüge mir zu schaffen machte. Einen Moment später spürte ich ihre warme Hand auf meiner.

»Du kannst jederzeit zurück nach Berlin fahren. Tamme und ich, wir schaffen das alles auch allein. Ich möchte nicht, dass du dich hier quälst, während irgendwo anders dein Leben auf dich wartet.«

»Ach, Mama ...« Ich nahm ihre Hand in meine und drückte sie leicht. »Ich quäl mich doch gar nicht. Es ist nur ...« Ich brachte den Satz nicht zu Ende. Wie sollte ich das auch können, ohne nicht alles, was ich mühsam in der hintersten Ecke meiner Seele versteckt hatte, ans Tageslicht zu holen? »Ich bleibe so lange hier, bis alles geregelt ist. Und ich bleibe gerne hier. Und jetzt lass uns mit dem Quatsch aufhören und lieber mit dem Haus weitermachen.«

Ich beugte mich vor und gab ihr einen Kuss auf die Wange. Endlich erschien ein Lächeln auf ihrem Gesicht, und es war das Schönste, was ich an diesem Tag bislang gesehen hatte.

Während ich aus dem Bulli sprang und die Einkäufe ins Haus schleppte, schob ich alle schweren Gedanken von mir weg und verkündete stattdessen tatendurstig, gleich morgen mit der Rezeption und dem Büro weiterzumachen, wenn das Haus fertig wäre.

Mama folgte mir lächelnd. »Manchmal bist du genau wie dein Vater. Der konnte auch keine fünf Minuten still sitzen.«

Die Frühlingssonne, die uns den Tag über mit angenehmen Temperaturen beschenkt hatte, war längst hinter den weiten Feldern untergegangen, als Tamme von der Arbeit in der Scheune zurück ins Haus kam.

»Zieh gefälligst die Stiefel draußen aus!«

Er zuckte kurz zusammen und kam schuldbewusst meiner Aufforderung nach. Ich stand in der blitzblank geputzten Diele, eine Hand energisch auf die Hüfte gestützt, und wedelte mahnend mit einem Kochlöffel vor seiner Nase.

»Das riecht gut«, versuchte er abzulenken und grinste frech. »Hat Mama gekocht?«

»Wir haben gekocht. Königsberger Klopse.«

Er strahlte übers ganze Gesicht, während er die Jacke lieber sorgsam an der Garderobe aufhängte.

Anerkennend ließ er den Blick durchs Haus schweifen. »Also, nicht, dass es vorher schmutzig gewesen wäre.« Er gab mir einen Schmatz auf die Wange. »Gut gemacht, Schwesterherz.«

Ohne meine Reaktion abzuwarten, ging er weiter in die Küche und begrüßte Mama ebenfalls mit einem Kuss, um sich dann hungrig auf die Eckbank fallen zu lassen.

»Das ist ja fast so wie in alten Zeiten.«

Er blickte auf die dampfende Schüssel, in der die Klopse und die helle süßsaure Soße mit Kapern ein himmlisches Aroma verströmten. Mama streute gerade klein gehackte frische Petersilie auf die Salzkartoffeln, die in der anderen Schüssel ebenfalls dampften.

»Jetzt tu mal nicht so, als hättest du in letzter Zeit nie etwas Vernünftiges auf den Tisch bekommen.«

»Ich meine wir drei, zusammen hier in der Küche.«

Er sah mich zufrieden an. »Das ist schön.«

Ich setzte mich zu ihm und nickte stumm. Dieser Augenblick war tatsächlich schön und fühlte sich richtig an, obwohl ich den ganzen Nachmittag darüber nachgedacht hatte, wie ich schnellstmöglich wieder zurück nach Berlin kommen könnte, um Strande, den Campingplatz und vor allen Dingen Falk Steiner hinter mir zu lassen. Ich hatte mich stumm und verbissen auf die restlichen salzverkrusteten Fenster im Erdgeschoss gestürzt, und meine Hände waren schon ganz aufgeweicht und rot geworden, doch ich polierte und putzte, als würde mein Leben davon abhängen. Jedes Mal, wenn ich die Augen schloss, sah ich das Gesicht vor mir, das mich arrogant und selbstbewusst anlächelte.

»Bist du mit der Scheune fertig?« Meine Mutter unterbrach meine Gedanken, und ich schaufelte uns Kartoffeln und die Klopse auf die Teller.

Tamme nickte. »Alles, was weg konnte, ist schon auf dem Recyclinghof. Beim Rest müssen die Dellmanns sehen, was sie damit anfangen.«

Ihm fiel etwas Wichtiges ein und er strahlte meine Mutter an.

»Ich hab da noch ein paar ganz alte Liegestühle aus echtem Teakholz gefunden. Die lagerten unter allem möglichen Kram. Wenn man die ein bisschen aufmöbelt, sind das richtige Klassiker. So was findet man heutzutage gar nicht mehr. Und wenn, dann muss man ein Vermögen dafür bezahlen. Irgendwie schade, die wegzugeben.«

Ich war froh über die Ablenkung und blickte interessiert auf. »Vielleicht kann Mama sie mit aufs Gut nehmen.«

Tamme berichtete noch über weitere antike Kostbarkeiten, die er bei der Entrümpelung zutage gefördert hatte, und gemeinsam überlegten wir, was wir damit anstellen könnten, um zumindest etwas von dem alten Geist der *Rosenfelder Düne* zu retten.

Wir hatten längst das Essen beendet und einen Tee zubereitet, als sich mein Handy meldete und den Eingang einer Nachricht verkündete.

Hurra! Bin wieder frei! Will Bier! Mit dir! In einer Stunde im Strandläufer (das ist keine Frage).

Hinter den Zeilen war ein Smiley. Und ein Bierkrug.

Es zauberte umgehend ein Lächeln in mein Gesicht, was Tamme nicht entging.

»Lass mich raten? Doktor Brandt?«

»Das, mein kleiner Bruder, sind Dinge, die dich nichts angehen.«

Eine Viertelstunde später stand ich im *Strandläufer* bei Tante Ingrid am Tresen und schüttete ein Duckstein in mich hinein. Was nach diesem Tag wirklich guttat. Ich wischte mir den Schaum von den Lippen und sah mich kurz um. Bis auf die üblichen Feierabendtrinker war der *Strandläufer* noch leer. Ingrid beobachtete mich mit einem wissenden Lächeln.

»Irgendetwas sagt mir, dass du nicht wegen des Ducksteins hier bist.«

Ich blickte ertappt auf.

Ihr Grinsen wurde noch breiter.

»Wie läuft es denn auf dem Platz? Ich hab gehört, ihr verkauft ihn jetzt doch noch. Muss schwer sein für Suse.«

Ich nickte und nahm noch einen Schluck von meinem Bier. »Morgen ist der Notartermin. Aber Mama freut sich schon darauf, mal etwas kürzerzutreten. Sie muss sich jetzt schonen, weißt du.«

»Ja, ist nicht leicht, wenn man alles alleine machen muss.«

Mir entging der vorwurfsvolle Unterton in ihrer Stimme nicht, und augenblicklich fühlte ich wieder den Anflug eines schlechten Gewissens. Was völlig blödsinnig war. Ich brauchte kein schlechtes Gewissen zu haben. Ich hatte mein eigenes Leben. Und das fand in Berlin statt, nicht hier. Nun gut, es war zwar alles andere als erfolgreich und aufregend, aber immerhin war es mein Leben.

Ich wollte gerade etwas erwidern, als ich hörte, wie die Tür in meinem Rücken aufgestoßen wurde und den Raum mit einer kühlen Abendbrise flutete. Lächelnd drehte ich mich um, um Sven zu begrüßen.

Hinter dem Tresen schnaufte Ingrid empört auf. »Na, wen haben wir denn da? Was verschafft mir denn die Ehre?«

»Moin, Ingrid.«

Mit Falk Steiner hatte ich nicht gerechnet. Zum zweiten Mal an diesem Tag. Und das war eindeutig zu viel.

Er trug noch immer den eleganten Anzug vom Vormittag, der so gar nicht in das rustikale Ambiente des *Strandläufer* passen wollte. Um sich vor dem kalten Abendwind zu schützen, hatte er eine leichte, ziemlich teuer aussehende Jacke übergezogen, die seine lässige Ausstrahlung noch unterstützte. Lächelnd kam er auf uns zu.

»Da sehen wir uns eine Ewigkeit nicht und dann gleich zweimal an einem Tag.«

Ich schluckte und überlegte fieberhaft, wie ich so schnell wie möglich verschwinden konnte.

»Das muss gefeiert werden, oder?«

Er wandte sich an Ingrid und deutete auf die Flaschen mit Hochprozentigem in den Regalen hinter dem Tresen.

»Mach uns doch mal einen Red Bull mit Wodka, Ingrid.«

Er sah lächelnd auf mich herab. »Da hast du früher drauf gestanden, wenn ich mich richtig erinnere.«

Ich riss mich mühsam zusammen. »Ich hab schon ein Bier.«

Meine Stimme klang dünn und unsicher, was mich maßlos zu ärgern begann, und ich schloss einen Moment die Augen, um mich zu sammeln.

»Schreib das Bier auf meine Rechnung, Ingrid.«

Ohne ein weiteres Wort wandte ich mich ab, um so schnell wie möglich die Kneipe zu verlassen. Unvermittelt spürte ich eine Hand auf meinem Arm, die mich festhielt.

»Hey, wo willst du denn so schnell hin? Ich dachte, wir plaudern mal ein bisschen über alte Zeiten.«

Es war, als würde mich ein elektrischer Schlag treffen und die Berührung seiner Hand brachte das Fass zum Überlaufen.

»Fass mich nicht an!«

Mit einem Ruck riss ich mich los und schubste ihn mit der anderen Hand von mir weg, sodass er fast über einen der Barhocker gestolpert wäre. Meine Stimme war schrill und laut.

Er hob entschuldigend die Hände in die Höhe. »Hey. Ist ja gut. Ich wollte nur nett sein.«

Ich funkelte ihn sauer an und war kurz davor, zum Bierglas zu greifen, um es ihm über den Kopf zu ziehen. »Warum tust du mir und der Welt nicht einen großen Gefallen und fällst einfach tot um!«

»Uuhhh …« Er verzog gespielt zerknirscht das Gesicht. »Du bist also immer noch sauer auf mich.«

Ich starrte ihn entgeistert an.

Ich war nicht sauer auf ihn.

Ich hasste ihn.

Ich hasste ihn für das arrogante Lächeln, mit dem er mich nun betrachtete. Hasste ihn für seine Überheblichkeit und sein Selbstbewusstsein, mit dem er sich alles nehmen konnte, was er wollte. Hasste ihn für all die Nächte, in denen ich wach gelegen und mich gefragt hatte, was ich damals hätte anders machen müssen.

Ich schloss einen kurzen Moment die Augen und verdrängte den Schmerz, der mir den Atem raubte. Als ich sie wieder öffnete, lehnte er nur entspannt am Tresen, einen Ellbogen abgestützt, und auf seinem Gesicht lag gespieltes Bedauern.

»Meinst du nicht, wir sollten die alten Geschichten langsam mal vergessen, Lucie? Das ist doch alles schon eine Ewigkeit her.«

Er wartete einen Augenblick.

»Na, komm schon, gib dir einen Ruck.« Er streckte mir seine Hand entgegen. »Freunde?«

Noch bevor ich begriff, was ich da tat, flog meine Hand hoch und landete mit aller Kraft, die ich besaß, in seinem Gesicht. Augenblicklich erschien ein roter Abdruck auf seiner Wange und er stieß einen überraschten Schmerzensschrei aus.

»Spinnst du jetzt völlig?«

Unwillkürlich hielt er sich das Gesicht. Meine Ohrfeige hatte den überheblichen Ausdruck in seinen hellen Augen in Sekundenschnelle weggewischt und nun starrten mich diese Augen zusammengekniffen voller Zorn an. Er machte einen Schritt auf mich zu.

Plötzlich schob sich eine hünenhafte Gestalt zwischen uns und versperrte mir den Blick auf Falk Steiners vor Zorn verzerrtes Gesicht.

»Das war's! Zeit für Sie zu gehen, Steiner!«

Sven warf mir einen Blick über die Schulter zu. »Alles okay mit dir?«

Ich nickte vage.

Sven wandte sich wieder an Falk, der versuchte, ihn zur Seite zu schieben.

»Sie hat mich geschlagen! Einfach so!«

»Einfach so dürfte das nicht gewesen sein. Und jetzt verschwinden Sie!«

Ingrid war ebenfalls hinter der Theke hervorgekommen und stellte sich entschlossen neben Sven.

»Na, los, Falk. Geh. Das ist immer noch mein Laden und meine Gäste suche ich mir schon selbst aus.«

Falk schüttelte Svens Hand ab, die ihm dieser zur Abwehr auf die Brust gelegt hatte. »Pfoten weg, Sie Quacksalber.«

Doktor Brandt ließ die Hand sinken und trat noch näher an Falk heran. Er überragte ihn fast um Haupteslänge. Seine Stimme klang leise und fast sanft. Was in diesem Moment nicht wirklich beruhigend wirkte. »Wie haben Sie mich gerade genannt?!«

Ich sah Falks Adamsapfel hoch- und wieder hinunterhüpfen, als er realisierte, mit welchem Gegner er kurz davor war sich anzulegen. Es kostete ihn einige Mühe, seine arrogante Fassade nicht vollständig zu verlieren. »Ihr habt sie ja nicht mehr alle.«

Das war, zugegebenermaßen, eine recht müde Erwiderung. Doch zu mehr war Falk Steiner nicht mehr in der Lage. Mit einem letzten verächtlichen Blick wandte er sich ab und stürmte wutentbrannt hinaus. Ich starrte ihm hinterher, bis mir auffiel, dass Sven mich interessiert musterte.

»Was war das denn?« Er deutete Steiner hinterher. »Ich hab ja bereits geahnt, dass du den nicht leiden kannst. Wer kann das schon?! Aber das ...«

Er zog anerkennend die Augenbrauen hoch. »Respekt!«

Ich blickte mich beschämt um. Alle Anwesenden starrten mich an und die meisten nickten mir anerkennend zu. Und schon ärgerte ich mich, so die Fassung verloren zu haben. Spätestens morgen früh nämlich würde sich meine kleine Aktion in ganz Strande herumgesprochen haben. Was vermutlich bei der Mehrheit der Strandianer auf große Begeisterung stieß. Dumm nur, dass Falk Steiner das ebenfalls wusste und alles andere als angetan darüber sein würde. Mich überkam leichtes Unbehagen bei dem Gedanken, was er wohl tun könnte, um diese Schmach zu rächen.

»Keine Ahnung, was da in mich gefahren ist.« Ich versuchte ein Lächeln, was mir nicht so recht gelingen wollte. »Normalerweise schlag ich nicht einfach so zu.«

Sven schien mir nicht so recht zu glauben. »Ist wirklich alles in Ordnung mit dir?«

»Alles bestens.« Ich war wirklich froh, ihn zu sehen. Und dieses Mal war mein Lächeln echt. »Sieht aus, als wärest du genau zur richtigen Zeit gekommen. Dein Timing ist gut.«

»Dein rechter Haken ist auch spitze.«

Ingrid war wieder hinter ihrer Theke verschwunden und zapfte bereits ein neues Bier. »So, Kinder. Jetzt setzt euch mal und beruhigt euch wieder. Zu trinken kommt gleich.«

Erleichtert kam ich der Aufforderung nach.

Zwei Bier später hatte ich Sven über seinen Dienst in der Notaufnahme ausgequetscht und mir sämtliche Notfälle detailliert schildern lassen, nur um nicht weiter an Falk Steiner denken zu müssen. Sven sah müde aus, und unter seinen Augen lagen dunkle Schatten, die davon zeugten, dass er die letzten zwei Tage eindeutig zu wenig Schlaf bekommen haben musste. Jetzt sah er mich mit diesen müden Augen an. Doch um seine Lippen spielte ein feines Lächeln.

»Muss ich jetzt noch mehr Fragen beantworten, oder erzählst du mir auch so, was da eigentlich zwischen dir und Steiner läuft?«

Ich versuchte, möglichst überrascht zu schauen. Was mir nicht besonders gut gelang, wie ich an Svens Reaktion feststellen konnte.

»Wenn du jetzt *nichts* sagst, dann glaub ich dir kein Wort.«

Ich nahm einen letzten Schluck von meinem Bier und versuchte nicht in diese Augen zu blicken, die aussahen, als würde sich die blitzblaue Ostsee an einem heißen Sommertag darin spiegeln.

»Es ist kompliziert.« Das war es in der Tat. Aber auch nicht besonders detailliert.

Sven zog fragend die Augenbrauen hoch. »Aha.«

Einen Moment herrschte bedrücktes Schweigen. Tausend Dinge gingen mir durch den Kopf und an die allermeisten wollte ich gar nicht denken.

Sven trank sein Bier aus. »Vielleicht erzählst du es mir ja irgendwann.« Sein Lächeln hatte tatsächlich etwas Tröstendes. »Aber für heute muss ich ins Bett. Ich bin hundemüde.«

Ich nickte erleichtert. »Geht mir auch so.«

Er bestand darauf, mich mit seinem Wagen nach Hause zu bringen, und ließ sich auch nicht mit dem Hinweis, dass er schon zwei Bier intus hatte, davon abbringen. Er fuhr tatsächlich einen alten, ziemlich zerbeulten Lada mit Vierradantrieb, den er von seinem Opa geerbt hatte und der einfach nicht seinen Dienst einstellen wollte. Er vermutete, der Wagen würde noch fahren, wenn er ebenfalls längst das Zeitliche gesegnet hatte.

Einen Moment standen wir stumm vor unserem Haus, während der abgestellte Motor glucksende Geräusche von sich gab. In der Diele brannte noch Licht, und ich hörte Rudi verhalten bellen, der wohl unsere Ankunft schon bemerkt hatte.

»Sehen wir uns morgen?« Ich blickte ihn von der Seite an. »Morgen ist der große Tag. Um elf haben wir den Notartermin mit den Dellmanns.«

Ich sah, wie er nickte und dann zu mir blickte.

»Geht's deiner Mutter immer noch gut mit dem Verkauf?«

»Ja. Wir haben die letzten Tage Haus und Platz geschrubbt und aufgeräumt und tausend Sachen entsorgt, die vermutlich schon vor fünfzig Jahren hätten auf dem Sperrmüll landen müssen. Und wenn ich nicht wüsste, dass Mama ernsthaft krank ist, könnte man meinen, sie ist in einen Jungbrunnen gefallen. Sie blüht regelrecht auf.«

Er blickte einen Moment nachdenklich zu mir und ein wehmütiges Lächeln lag in seinen hellen Augen. »Vielleicht ist sie ja auch einfach nur froh, dass du da bist.«

»Na, prima. Danke auch. Jetzt fühle ich mich gleich viel besser.« Ich sah ihn beleidigt an.

Statt etwas zu sagen, beugte er sich kurz vor und gab mir einen Kuss auf die Wange.

Ich war so überrascht, dass ich ihn nur wortlos anstarren konnte.

»Bis morgen, dann.«

Ich nickte und stieg immer noch verwirrt aus, den Geruch seines Aftershaves in der Nase, das sich mit dem Duft von Medikamenten und Desinfektionsmitteln mischte. Ich blieb noch an der Tür stehen und sah, wie er den Motor startete, mir kurz zuwinkte und dann wendete, um die lange Auffahrt hoch zu seinem Airstream zu nehmen. Die Rückleuchten des Wagens (von denen eine defekt zu sein schien) verschwanden hinter den Rosenbüschen in der Dunkelheit.

KAPITEL 9

»Lucie? Kannst du mir bitte mal mit dem Rock helfen?« Die Stimme meiner Mutter ertönte aus dem kleinen Badezimmer am Ende der Diele und klang ein wenig verzweifelt. »Ich krieg den blöden Knopf nicht zu.«

»Komme sofort.«

Ich stellte die Kanne mit frischem Kaffee auf dem Tisch ab und sah Tamme mahnend an, der verschlafen auf der Eckbank saß und sich die zotteligen Haare raufte.

»Vergiss nicht, die Brötchen aus dem Ofen zu holen. Die sind in zwei Minuten fertig.«

Er verdrehte nur genervt die Augen und schnappte sich die Kaffeekanne. Wir waren alle drei früh aufgestanden, und es lag eine nervöse Spannung in der Luft, die niemand ansprach und die wir mit aufgesetzt wirkendem Aktionismus zu überspielen versuchten. Wobei bei Tamme auch noch ein reichlich mürrischer Gesichtsausdruck hinzukam. Selbst Rudi spürte, dass etwas in der Luft lag, und er hatte sich auf sein Kissen vor der großen Eckbank zurückgezogen und beobachtete uns mit misstrauischem Blick.

Die Tür zum Badezimmer war halb geöffnet und ich blickte hinein. »Wo ist das Problem?«

Meine Mutter versuchte verzweifelt mit einer Hand den Knopf am Bund ihres dunkelblauen Rocks zu schließen, der ihr etwas zu groß geworden war. Ich nahm mir vor, in den kommenden Tagen strenger darauf zu achten, dass sie auch genug aß. Die Medikamente, die sie für ihre Parkinson-Erkrankung nahm und die den Dopaminhaushalt in ihrem Körper regeln sollten, hatten die etwas unangenehme Nebenwirkung, den Geschmackssinn zu betäuben. Sven hatte es mir bei unserem ersten Abend erklärt und mich gebeten, genau darauf zu achten, dass meine Mutter nicht zu viel an Gewicht verlieren würde. Und in diesem Moment fiel mir ein, wie oft sie lustlos in dem Essen stocherte, um sich dann mit ein paar Bissen zu begnügen. Sie blickte etwas hilflos zu mir auf.

»Dieser blöde Haken will einfach nicht halten. Vielleicht sollte ich doch etwas anderes anziehen?«

Ich ging zu ihr und schob den zugegebenermaßen winzig kleinen Haken in die Öse. »Unsinn, Mama, du siehst toll aus.«

Was durchaus stimmte. Auch wenn das Kostüm nicht gerade neu war. In Berlin hätte es mit seinen klassischen, eleganten Linien und dem weichen Stoff aus nachtblauer italienischer Seide allerdings jeden Vintage-Ladenbesitzer bezaubert und dazu veranlasst, ein kleines Vermögen dafür herzugeben. Das Kostüm war eine Maßanfertigung eines italienischen Designers, den mein Vater in jungen Jahren persönlich gekannt hatte und der es mittlerweile zu einigem Erfolg gebracht haben musste. Meiner Mutter stand es perfekt, auch wenn es eine halbe Nummer zu groß war.

Ich deutete auf den kleinen Hocker neben der Badewanne. »Komm, setz dich. Ich helf dir mit den Haaren.«

Sie hatte, seit ich denken konnte, ihre kräftigen blonden Haare mit einem frechen Kurzhaarschnitt gebändigt, was ihr immer ein jugendliches Aussehen verlieh. Selbst jetzt noch mit den vielen grauen Strähnen, die ihre Haare fast silbern wirken ließen. Mit etwas Gel brachte ich sie in Form und zog ihr ein paar Strähnchen keck in die Stirn. Sie musterte kurz das Ergebnis im Spiegel und war zufrieden.

»Jetzt noch ein bisschen Make-up und Wimperntusche und du verdrehst beim Saisoneröffnungsball allen Herren den Kopf.«

Meine Mutter verdrehte nur die Augen. »Oh, bitte nicht. Bei den Kerlen, die hier rumlaufen, ist nichts Vernünftiges mehr dabei. Oder warum glaubst du, dass ich seit Jahren Single bin?«

Ich zupfte weiter an ihr rum. »Ich nehm dich einfach mit nach Berlin. Da finden wir bestimmt was Passendes für dich.«

»Was Passendes, so, so … und was ist mit dir? Da scheint ja auch was gut zu passen?«

»Falls du von Doktor Brandt sprichst …«, meine Mutter warf mir einen Blick zu, der wohl sagen sollte, *von wem denn sonst?*, »der ist in der Tat ein aussichtsreicher Kandidat.«

Ich hielt inne und begutachtete mein Werk. Es war mehr als zufriedenstellend. Unsere Blicke trafen sich im Spiegel, als wir uns musterten.

»Er hat nur leider einen Nachteil, der gute Herr Doktor.«

»Jetzt sag nicht, der ist schwul.«

»Och, Mama! Nein!« Ich schüttelte amüsiert den Kopf.

»Er ist schon liiert?«

»So ein Quatsch!«

In diesem Moment fiel mir allerdings auf, dass ich ihn noch nie genauer danach gefragt hatte. Andererseits benahm sich Sven auch nicht so, als hätte er irgendwo eine feste Beziehung.

»Der gute Doktor findet Strande toll und die Großstadt blöd. Und ich bin nicht gerade der Typ für eine Fernbeziehung.«

Mama seufzte und ich half ihr in die ebenfalls etwas zu große Kostümjacke. Während ich ihren Arm vorsichtig wieder in die Schlinge steckte, sah sie mich mit leichter Wehmut an. »Das ist wirklich schade, Lucie. Ihr zwei, ihr seid nämlich ein wirklich hübsches Paar.«

Ich runzelte die Stirn. »Oh-oh – wenn das deine Mutter sagt, dann ist es Zeit, ganz schnell das Thema zu wechseln.« Ich musterte sie zufrieden. »Du siehst toll aus! Und jetzt wird gefrühstückt!«

Ohne einen weiteren Kommentar abzuwarten, ging ich zurück in die Diele, wo mir ein leicht angebrannter Geruch in die Nase stieg.

»Tamme! Herrgott noch mal! Die Brötchen!«

Gegen Mittag saßen wir in dem etwas antiquiert wirkenden Büro von Notar Thiel in Lahe. Unser kleiner Küstenort bot zwar alles, was das Touristenherz begehrte, ein Notar gehörte jedoch nicht dazu. Und so hatte es niemals einen Vertreter dieser Zunft nach Strande verschlagen. Jedenfalls nicht in seiner aktiven Zeit.

Meine Mutter hatte darauf bestanden, einen kleinen Präsentkorb für die Dellmanns zusammenzustellen, der von regionalen Spezialitäten überquoll, die es in Petersens Supermarkt gab. Eine Flasche selbst gemachten Sanddornlikör und cremigen, fast weißen Honig, der von dem Imker stammte, der seine Völker im Sommer bei uns auf dem Platz fliegen ließ. Es gab würzigen Schafskäse aus der Nachbarschaft und dunklen Landhausschinken, der noch in Handarbeit geräuchert wurde. Natürlich durften auch die selbst gemachte Marmelade meiner Mutter und ihr legendäres Brombeergelee nicht fehlen. Ich fand es fast ein wenig übertrieben, aber sie war der felsenfesten Überzeugung, wenn jemand schon so viel Geld ausgab, um die *Rosenfelder Düne* am Leben zu erhalten, dann konnte man ihm auch eine Freude bereiten. Mein Hinweis, dass die Dellmanns den Platz zu einem ziemlich guten Preis würden kaufen können, war angesichts der Summe von einer Million Euro für Mama nicht wirklich nachvollziehbar.

Allerdings ließen uns die Dellmanns warten. Der Verkehr raus aus Hamburg und hoch zur Küste war mal wieder katastrophal und sie standen im Stau. Als sie mit einer Stunde Verspätung auftauchten, wirkten sie etwas abgehetzt.

Ich blickte ein wenig verwundert auf die beiden dynamischen Agenturbesitzer, die ungefähr in meinem Alter sein mussten und die ganz dem Prototyp erfolgreicher Werbeleute aus der Hamburger Speicherstadt entsprachen. Für einen Moment kamen mir Zweifel, was diese beiden Typen dazu bewogen hatte, einen in die Jahre gekommenen Campingplatz zu kaufen. Ihre Begeisterung über den Präsentkorb meiner Mutter war jedenfalls verhalten.

»Sehr aufmerksam, Frau Thomsen. Das wäre nicht nötig gewesen.«

Die junge Frau nahm den Korb entgegen, als handelte es sich um radioaktives Material. »Wir sind Veganer.«

Ihr Mann (die beiden wirkten zusammen wie eine moderne Version von Barbie und Ken) lächelte gekünstelt in die Runde. »Ich bin mir sicher, wir finden jemanden, der daran seine Freude hat.«

Bevor ich noch länger darüber nachdenken konnte, lud Notar Thiel uns in seinen Konferenzraum, um den Verkauf über die Bühne zu bringen.

Während er den Vertrag und all die unzähligen Paragrafen vorlas, von denen ich nur die Hälfte verstand und die er in monotonem Singsang erläuterte, damit jeder begreifen konnte, was damit tatsächlich gemeint war, beobachtete ich die beiden fasziniert. Immer wieder warfen sie verstohlen ihre Blicke aufs Handy und checkten irgendwelche Nachrichten und Mails. Nun, falls sie die *Rosenfelder Düne* kaufen wollten, um mit dem Betrieb eines Campingplatzes ihr Leben etwas zu entschleunigen, gab es da sicherlich noch einige Baustellen in ihrem aufregenden Alltag. Ich begann unruhig auf meinem Sitz hin und her zu rutschen, während Tamme mich genervt anblickte.

»Was ist denn?«, zischte er mir schließlich leise ins Ohr und sah mich fragend an.

Ich zuckte vage mit den Schultern. Irgendetwas stimmte hier nicht, das sagte mir zumindest mein Bauchgefühl. Aber was genau, dazu schwieg es lieber. Schließlich gestand ich mir ein, dass es vermutlich nur unterdrückter Neid auf diese beiden erfolgreichen Menschen sein musste, die da am Ende des Tisches saßen und die es zu erheblichem Erfolg gebracht haben mussten, während ich mich mit mies bezahlten Kellnerjobs in heruntergekommenen Bars herumschlug. Obwohl sie in meinem Alter waren, lagen Welten zwischen uns. Mein Handy meldete sich nun auch und ich blickte überrascht auf das Display. Ich hatte es nicht stumm gestellt, und nun trafen mich fünf empörte Augenpaare, während Thiel seine Litanei unterbrechen musste.

»Sorry.« Am anderen Ende der Leitung war Sven.

»Hi, Sven. Das ist jetzt gerade etwas ungünstig …«

Ich stand eilig auf und wollte das Gespräch im Nebenraum weiterführen. Entschuldigend blickte ich in die Runde. »Machen Sie ruhig weiter. Ich bin gleich wieder da.«

Dann war ich auch schon draußen.

»Lucie? Bist du noch dran?« Svens Stimme klang irgendwie angespannt.

»Ja, bin noch dran.«

Ohne zu zögern, kam er aufs Thema. »Habt ihr den Kaufvertrag schon unterschrieben?«

»Was?« Ich verstand nicht ganz, was das jetzt sollte. »Nein, wir sind gerade dabei. Wieso?«

Ich hörte, wie er am anderen Ende der Leitung erleichtert aufatmete. »Lass deine Mutter auf keinen Fall unterschreiben. Hörst du?«

Dieses Telefonat wurde immer absurder. »Wieso denn das? Sven, wir sitzen schon beim Notar und in fünf Minuten ist es vorbei!«

»Kommst du an einen Computer ran? Mit Internet?«

»Ja, sicher.« Ich blickte zur Assistentin von Thiel, die hinter ihrem Schreibtisch saß und mich interessiert über den Rand ihrer goldgefassten Brille musterte. Sie wirkte, wie alles in diesem Büro, ebenfalls etwas in die Jahre gekommen. Ich lächelte so charmant, wie es mir nur irgend möglich war.

»Dürfte ich vielleicht ganz kurz etwas auf Ihrem Computer anschauen?«

Sie lüpfte erstaunt die Augenbrauen und verzog keine Miene. »Sicher.«

Ich kam um den Schreibtisch herum und beugte mich über die Tastatur.

»Sven? Ich bin am Computer. Was jetzt?«

»Ruf mal die Seite *financedellman* auf. Das ist ihre Agentur.«

Ich legte das Handy auf den Schreibtisch und stellte den Lautsprecher an. Dann tippte ich den Namen ein. Augenblicklich erschien eine Website, die großspurig eine neue Ära der digitalen Finanztransaktionen verkündete. Damit also verdienten diese Hipster ihr Geld. Wie eine Werbeagentur sah das allerdings nicht aus. Allerdings erklärte es, warum sie so jung schon so viel Kohle hatten, um locker eine Million für unseren Platz auszugeben.

»Und was ist daran jetzt so komisch?« Ich verstand immer noch nicht so richtig, was Sven mir eigentlich zeigen wollte.

»Die machen ihr Geld mit Internetbezahlsystemen. Nicht, dass ich besonders viel davon verstehen würde, aber was ist daran falsch?«

Aus dem Lautsprecher hörte ich Svens ironisches Lachen. »Ernsthaft?! Da könnte ich dir eine ganze Reihe von Gründen nennen. Aber das führt jetzt zu weit. Interessant ist, mit wem sie so Geschäfte machen. Klick mal auf die Galerie.«

Ich folgte Svens Anweisungen und auch die Assistentin beugte sich nun interessiert vor, um die Bilder zu betrachten, die auf dem Bildschirm aufploppten.

Beim dritten Bild wurde mir klar, was Sven meinte.

Ich stieß die Tür mit vollem Schwung auf und polterte zurück in den Konferenzraum. Alle zuckten erschrocken zusammen und starrten mich entgeistert an.

»Frau Thomsen!« Notar Thiel hatte sich als Erster wieder gefangen. »Wir wären dann so weit.«

Er reichte meiner Mutter den Kaufvertrag zur Unterschrift.

»Wenn Sie dann bitte hier unterschreiben würden.«

»Nein!«

Meine Stimme kam selbst mir schrill vor, und alle starrten mich wieder entgeistert an, als wäre ich jemand, der dringend ärztliche Hilfe bräuchte.

»Lucie? Was ist denn mit dir los?«

Ich hielt die Hand meiner Mutter zurück, die bereits den Stift über das Papier schweben ließ, und sah sie entschlossen an. »Du wirst nicht verkaufen.«

»Was?« Tamme meldete sich nun auch zu Wort. »Jetzt mal im Ernst – was soll der Blödsinn?«

Ich hielt die Hand meiner Mutter fest umklammert und sah den Notar entschlossen an.

»Es tut mir leid, dass wir Ihre Zeit und Ihre Mühe umsonst in Anspruch genommen haben, aber meine Mutter wird weder heute noch irgendwann sonst an die Dellmanns hier verkaufen.«

Aus den Augenwinkeln fiel mir auf, wie das junge Paar einen Blick wechselte. Im Gegensatz zu allen anderen schien mein Verhalten sie nicht wirklich zu überraschen.

Ich blitzte sie wütend an. »Habt ihr ernsthaft geglaubt, ihr könntet uns über den Tisch ziehen? So einfach?«

Dellmann räusperte sich kurz und tauschte wieder einen betont unschuldigen Blick mit seiner Partnerin.

»Ich weiß jetzt nicht, warum Sie so einen Aufstand machen. Aber wenn Sie nicht verkaufen wollen – gut. Dann eben nicht.«

Er erhob sich und auch seine schicke junge Frau beeilte sich aufzustehen.

Tamme sprang ebenfalls auf. »Nein. Moment. Warten Sie.«

»Tamme! Lass es gut sein!« Ich stellte mich meinem Bruder in den Weg. »Die beiden müssen jetzt bestimmt ein wichtiges Telefonat führen.«

Ich drehte mich wieder zu dem dynamischen Pärchen um, das sehr dynamisch die Kanzlei verlassen wollte.

»Bestellen Sie Falk Steiner einen schönen Gruß von uns. So einfach lässt sich Familie Thomsen nicht verarschen.«

Nun sahen mich Tamme und meine Mutter verständnislos an.

»Was hat der denn damit zu tun?«

»Eine Menge. Die beiden Finanzhaie da sind nur seine Strohmänner.«

Mama wurde ganz blass unter ihrem Make-up und fuhr sich mit der Hand an den Hals. Auch Tamme setzte sich ungläubig. Dann blickte er mich fragend an, und ich sah die Enttäuschung in seinen Augen, die sich langsam und unaufhaltsam auch in das Gesicht meiner Mutter schlich.

Einen langen Augenblick herrschte bedrücktes Schweigen. Auch Notar Thiel hielt sich mit irgendwelchen Kommentaren zurück. Schließlich erklang bedrückt die Stimme meiner Mutter. »Was machen wir denn jetzt nur?«

Ihre Augen hatten sich mit Tränen gefüllt, und ich sah all die Sorgen und Ängste, die sie in den letzten Tagen erfolgreich verdrängt hatte, wieder in ihr aufsteigen.

»Wir behalten den Platz.« Ich sagte es, ohne zu zögern. »Ich gehe nicht zurück nach Berlin.«

Kapitel 10

Wenn mich später jemand fragte, was mich dazu bewogen hatte, wieder in Strande zu leben, konnte ich ihm keine wirklich vernünftige Erklärung dafür liefern.

Natürlich war ich wütend auf Falk Steiner, der versucht hatte, unsere Familie über den Tisch zu ziehen und sich das Grundstück in den Dünen am Nordstrand zu sichern.

Und ich war dabei, mich Hals über Kopf zu verlieben. In einen Arzt, der ziemlich beschäftigt war und trotzdem immer wieder Zeit fand, in meinem Leben aufzutauchen und mir und meiner Familie den Hals zu retten. Das alleine wären schon zwei vernünftige Gründe gewesen, nicht zurück nach Berlin zu gehen. Doch wenn ich ehrlich war, dann war etwas ganz anderes dafür verantwortlich.

Es war mein Zuhause. Und das war ein gutes Gefühl.

Ich hatte es schon an dem allerersten Morgen gespürt, als ich an dem verregneten Februartag mit Rudi an der Seebrücke und am Strand spazieren gegangen war und jede Zelle meines Körpers aufzuatmen schien und der Wind und das Salz in der Luft meinen Geist klärten. Während meine Seele endlich Ruhe fand. Vermutlich hatte etwas tief in meinem Innern geahnt, dass dies ganz automatisch passieren würde, wenn ich erst einmal wieder einen Fuß auf diesen Strand setzte. Und genau aus diesem Grund hatte ich es zehn lange Jahre nicht getan. Jetzt war ich hier. Und es gab keinen Weg mehr zurück in mein altes Leben.

»Ich schwöre, ich dreh diesem Mistkerl den Hals um, wenn er mir über den Weg läuft.«

Tamme schaute in der Tat so finster drein, wie ich ihn selten gesehen hatte.

»Ich fürchte, da musst du dich hinten anstellen.« Ich starrte auf die Landschaft, die am Seitenfenster an uns vorbeiflog. »Denn bevor du ihn erwischst, hab ich Falk Steiner schon das Licht ausgepustet.«

»Kinder, bitte, hört auf damit. Das hört sich schrecklich an aus eurem Mund.«

Meine Mutter saß zwischen uns auf den Vordersitzen des Bulli und sah ebenfalls alles andere als glücklich aus. Tamme, der am Steuer saß, schnaufte nur kurz auf, hielt eine weitere Beleidigung in Richtung Steiner aber wohlweislich zurück.

Ich sah sie skeptisch von der Seite an.

»Bist du gar nicht sauer auf ihn?«

»Natürlich bin ich das. Aber vermutlich wäre ich noch viel wütender auf ihn, wenn ich den Kaufvertrag tatsächlich unterschrieben hätte.« Sie sah mich aufmunternd an. »So wie ich das sehe, haben wir alle noch mal Glück gehabt. Und dafür können wir durchaus dankbar sein.«

Sie blickte zu Tamme, der stur vor sich hin auf die Fahrbahn starrte und noch immer finster eine Verwünschung in Richtung Steiner vor sich hin murmelte, die verdächtig nach *Blödes Arschloch* klang.

»Ich denke mal, wir können uns alle bei Doktor Brandt bedanken.«

Eine Weile fuhren wir schweigend vor uns hin.

Tamme sprach schließlich aus, was uns allen durch den Kopf ging. »Und wie kriegen wir jetzt die *Düne* auf Vordermann? So können wir jedenfalls nicht in die neue Saison starten.«

Er blickte sich kurz fragend zu mir um, so als hätte ich die Lösung dafür. Auch meine Mutter sah mich mit diesem Blick an, der hoffte, dass ich die Antwort auf Tammes Frage hätte.

»Na ja.« Ich stieß überfordert die Luft aus, sodass sich meine Backen blähten. »Dann machen wir erst mal eine Liste aller Dinge, die saniert werden müssen.«

»Und dann?«

»Dann schauen wir, wo wir das Geld dafür herbekommen.«

»Toller Plan. Wirklich genial. Da wäre ich nie drauf gekommen.« Tammes Stimme klang nicht gerade euphorisch.

Es dauerte drei ganze Tage, in denen wir über den Platz gingen, alte Pläne heraussuchten und eine Bestandsaufnahme der notwendigen Arbeiten machten, die die *Rosenfelder Düne* hoffentlich mit einem Schlag ins neue Jahrtausend katapultieren sollten. Unterstützung erhielten wir überraschenderweise von Gunnar, dem Wikinger, der vom alten Gutshaus zu uns rüberkam, nachdem meine Mutter ihn um Unterstützung gebeten hatte. Vermutlich langweilte er sich etwas auf dem Gut, denn Misses Strickland hatte sich noch immer nicht von den warmen Gefilden des Pazifiks auf den Weg an die etwas kühlere Ostsee gemacht.

Ich war froh, dass er uns half, denn als Sanierungsprofi kannte er sich mit den Tücken einer solchen Baumaßnahme aus. Außerdem schienen er und Tamme sofort einen Draht zueinander zu haben und verstanden sich auf Anhieb blendend. Sie verbrachten Stunden damit, am Laptop zu hocken, irgendwelche bautechnischen Neuerungen zu vergleichen und Pläne zu erstellen. Ich verstand nicht mal die Hälfte von dem, was sie uns anschließend erzählten. Sven war ebenfalls etwas skeptisch.

»Brauchwasserrückgewinnung? Photovoltaikanlage? Erdwärme? Ist das alles nicht ein bisschen Hightech?«

Wir saßen in unserer großen Küche, vor uns auf dem Tisch die Pläne und Kalkulationen. Es war bereits spät in der Nacht, und Sven war am frühen Abend zu uns gestoßen, um sich unsere Umbaupläne anzusehen. Seit er dafür gesorgt hatte, dass wir im letzten Moment nicht auf Steiners mieses Manöver reingefallen waren, tat meine Mutter so, als ob er ein Familienmitglied wäre, und informierte ihn über alles. Ob er es hören wollte oder nicht. Sobald es sein enger Terminkalender als Dorfarzt zuließ, tauchte er bei uns auf, auch wenn es nur ein kurzer Besuch war. Ich konnte nicht umhin, mich über jeden dieser Momente zu freuen, auch wenn wir keinen Augenblick ungestört waren. Ständig kamen Gunnar und Tamme hinzu (sie schienen nur noch im Doppelpack aufzutauchen), stellten diese oder jene Frage, baten um eine Meinung oder wollten eine weitere geniale Idee diskutieren, wie man die alten Mobilheime in moderne Tiny Houses verwandeln konnte. Wenn das so weiterging, war an eine Vertiefung unserer Beziehung nicht mehr zu denken. Was ich höchst bedauerlich fand. Sven schien es ähnlich zu gehen, denn die Blicke, die er Gunnar jetzt über den Küchentisch zuwarf, hätten sensiblere Naturen als den Wikinger glatt umgehauen. Ich konnte mir ein Lächeln kaum verkneifen. Sven war eifersüchtig. Und er stellte es mehr oder weniger offen zur Schau.

»Das ist nicht Hightech, das nennt man umweltverträgliches Bauen. Willkommen im 21. Jahrhundert, Doktor Brandt.«

Gunnar schien ebenfalls nicht besonders begeistert über Svens Kommentare zu sein. Die beiden Herren schienen da mal was in Ruhe klären zu müssen.

»Das bleibt aber schon noch ein Zeltplatz, oder?« Sven sah leicht pikiert in die Runde. »Nach deutschen Maßstäben. Nicht nach isländischen.«

Die beiden taxierten sich mit Blicken.

»In Island hat man schon so gebaut, da hielt man Atomkraft in Deutschland noch für sauber.«

»Können wir jetzt mal beim Wesentlichen bleiben?« Tamme unterbrach ungeduldig das Geplänkel. »Das Wichtigste ist: Wie kriegen wir das alles bezahlt?«

Meine Mutter sprang Tamme bei und sah mit sorgenvoller Miene auf die Papiere, die sich vor uns stapelten.

»Vielleicht sollten wir es etwas kleiner angehen. Das kostet doch ein Vermögen.« Sie sah vielsagend in die Runde. »Was wir leider nicht haben.«

Auch dafür hatte Gunnar schon etwas vorbereitet.

»Ich hab mal einen Finanzierungsplan erstellt. Als Grundlage habe ich die Kosten genommen, die im Durchschnitt bei der Sanierung des Guts angefallen sind.«

Er reichte ein paar Blätter herum. Sven stieß einen Pfiff aus. Ich kannte die Zahlen bereits. Sie hatten eine Menge Nullen am Ende.

»450 000 Euro. Das ist ordentlich.«

»Dafür hält es auch die nächsten zwanzig Jahre. Und ihr könnt eine Förderung beim Land beantragen. Die zahlen eine ordentliche Prämie für die energetische Sanierung der Waschhäuser, der Rezeption und der Mobilheime.«

»Glaubst du, wir kriegen dafür einen Kredit bei der Bank?«

Gunnar nickte, ohne zu zögern.

»Mit dem Grundstück habt ihr bereits ein Vermögen. Euer Besitz ist praktisch schuldenfrei, das bedeutet, eine Hypothek über diese Summe aufzunehmen, ist ein Kinderspiel. Die Raten für den Kredit werden sich bei den momentanen Zinsen auch im Rahmen halten. Und ich bin mir sicher, dass nach der Sanierung der Platz wieder richtig gut laufen wird. Ihr werdet viel Geld damit verdienen, glaubt mir.«

Er sah meine Mutter aufmunternd an, deren Zweifel ihr ins Gesicht geschrieben standen. Die Einnahmen der letzten paar Jahre hatten kaum ausgereicht, um sich halbwegs über Wasser zu halten.

»Spätestens in zwei Jahren könnt ihr dann auch das Wohnhaus sanieren.«

Tamme sah Gunnar begeistert an. »Na, wenn das alles so einfach ist, dann sollten wir sofort damit anfangen. Was meinst du, Lucie?«

Ich nickte. »Hört sich alles ganz schlüssig an. Aber entscheiden muss das Mama.«

Jetzt zögerte sie keine Sekunde mehr. »Dann machen wir es so.«

»Ein Problem gibt's allerdings noch.« Gunnar raufte sich etwas die Haare. »Wo kriegen wir die Handwerker her, die das alles bauen? Ich hab mich mal umgehört. Unsere Leute sind alle mit Steiners Neubauten beschäftigt.«

Einen Moment herrschte bedrücktes Schweigen.

Ich musste lächeln. »Ich glaube, dafür habe ich die Lösung.«

Vielleicht war es doch nicht verkehrt gewesen, die letzten zehn Jahre in Berlin zu verbringen.

»Ich kenne da jemanden, der mir noch einen Gefallen schuldet. Einen großen Gefallen.«

»Bist du irre?! Wie soll ich das denn anstellen!?«

Ich musste das Handy etwa fünf Zentimeter von meinem Ohr entfernt halten, um keinen Hörsturz zu bekommen. Meine beste und einzige Freundin Dena schien alles andere als begeistert über meine Bitte zu sein. Nun, genau genommen war es keine Bitte. Ich hatte ihr mehr oder weniger die Pistole auf die Brust gesetzt.

»So wie du es angestellt hast, dass wir aus unserer Wohnung geflogen sind, weil du die Miete lieber in Thailand verprasst hast, Dena! Mit deinem tollen Freund!«

»Jetzt fang nicht wieder damit an, Lucie. Ich hab mich schon tausend Mal bei dir entschuldigt.«

Denas Stimme klang tatsächlich reumütig. Ich kannte sie allerdings schon seit zehn Jahren, daher fiel ich nicht auf ihre Masche rein.

»Du hast mir eine Postkarte aus Phuket geschickt. Eine Entschuldigung sieht anders aus.«

Einen Moment herrschte Schweigen am anderen Ende der Leitung. So langsam gingen Dena die Argumente aus. Gut so. Darauf konnte ich aufbauen. Ich fuhr in ruhigerem Ton fort.

»Komm schon, Dena, du behauptest doch immer, dass dein Peter der genialste Handwerker der westlichen Hemisphäre ist. Jetzt kann er es beweisen.«

»Der hat aber irre viel zu tun.«

»Hier gibt's auch irre viel zu tun. Und außerdem kennt er jeden polnischen Handwerker im Umkreis von fünfhundert Kilometern. Was genial ist, denn wir brauchen für die Sanierung am besten ein ganzes Dutzend von denen.«

Ich merkte, wie Denas Widerstand schmolz. Als gebürtige Polin, deren Schauspielkarriere nicht ganz so gut lief, wie sie es sich erhofft hatte, als sie vor ein paar Jahren frisch von der Schauspielschule in Krakau nach Berlin kam, konnte man sie am leichtesten bei ihrem Nationalstolz packen. Ihr Langzeitfreund Peter kam ebenfalls aus Polen und war Schreiner. Der beste Schreiner der Welt. Sie hatten sich bei Dreharbeiten in einem Babelsberger Studio kennengelernt, wo Dena bei irgendeiner Nachmittagssoap als Statistin gejobbt hatte und Peter die Kulissen zimmerte.

»Okay«, kam es schließlich gedehnt aus dem Hörer, »ich kann ihn ja mal fragen, ob er Zeit hat und jemanden kennt.«

»Nicht fragen, Dena! Du wirst Himmel und Hölle in Bewegung setzen und ihm notfalls mit einjährigem Sexentzug drohen. Oder noch besser – du versprichst ihm endlich die

Ehe und mindestens zehn Kinder, wenn er und seine Kumpels nächste Woche hier aufschlagen, um unseren Campingplatz auf Vordermann zu bringen! Hast du mich verstanden!?«

»Du klingst ganz schön gereizt dafür, dass du am schönsten Ort der Welt bist, wenn du mich fragst.«

Ich atmete tief durch. »Die Sache ist wirklich wichtig. Megawichtig. Überlebensmegawichtig, Dena. Ich brauche jetzt einfach mal deine Hilfe.« Ich zögerte einen Moment. »Und ich finde, nach all dem, was wir in Berlin schon alles gemeinsam durchgestanden haben, bist du mir das schuldig.«

Ich lauschte gebannt in den Hörer. »Okay.«

Ich stieß erleichtert die Luft aus.

»Aber gib mir bis morgen Zeit, ja?! Ich melde mich, wenn alles geklappt hat.«

»Gut.« Erleichtert schloss ich die Augen. Dena würde bei ihrem Freund Erfolg haben, da war ich mir sicher. Ich hatte selten einen verliebteren Menschen erlebt als Peter. Und für seine Dena würde er ohne zu zögern bis ans Ende der Welt gehen. Da lag Strande ja quasi um die Ecke.

»Danke, Dena. Wirklich, vielen Dank.«

Ich beendete das Gespräch und kam zurück in die Küche, wo mich vier Augenpaare hoffnungsvoll anstarrten.

»Das wäre erledigt. Jetzt müssen wir nur noch die Kohle auftreiben.«

KAPITEL 11

Wenn man noch jung ist, so richtig jung, und das größte Problem für einen darin besteht, die dusselige Mathearbeit irgendwie halbwegs über die Bühne zu bekommen, oder wie man es schafft, Steven aus der Parallelklasse dazu zu bringen, einen auf dem Pausenhof anzulächeln, dann glaubt man, dass die Welt ein Ort ist, der nur darauf wartet, von einem erobert zu werden.

In meiner Kindheit und später in der Pubertät hatte ich tief in mir das wunderbare Gefühl empfunden, unverwundbar zu sein. Es hatte mir die Sicherheit gegeben, dass nichts Schlimmes passieren könne und Probleme nur darauf warteten, endlich gelöst zu werden. Wenn man dann erwachsen wird und dies quasi in einer Nacht passiert, verlässt einen das Gefühl der Unbesiegbarkeit, und zurück bleibt eine Leere, die sich durch nichts, was man tut, wieder füllen lässt. Ich hatte eine Menge ausprobiert, um diesen bohrenden Schmerz loszuwerden, der mich daran erinnerte, etwas verloren zu haben, das für mich so natürlich gewesen war wie das Atemholen. Manche Dinge schätzt man erst richtig, wenn man sie nicht mehr hat.

Das Erstaunliche an diesem Abend in unserer Küche mit all den Plänen und Hoffnungen und Wünschen war, dass ich merkte, wie sich langsam und zögerlich dieses Gefühl der Unbesiegbarkeit wieder in meinem Innern bemerkbar machte. Als wäre es aus einem langen Winterschlaf erwacht, schlich es sich beharrlich wieder in mein Bewusstsein.

»Was ist?« Ich sah Sven mit gerunzelter Stirn an, als wir schon weit nach Mitternacht über den Platz zu seinem Wohnmobil gingen und Rudi vor uns an den Büschen schnupperte. Ich blieb stehen und legte den Kopf etwas schief.

»Du guckst mich die ganze Zeit so komisch an. Und dein Grinsen ist auch sehr verdächtig. Machst du dich gerade über mich lustig?«

»Nein! Überhaupt nicht!« Einen Augenblick lang sah er richtig erschrocken aus und blieb stehen. »Wie kommst du nur auf so eine Idee?«

»Du hast nicht mehr besonders viel gesagt zu unserer neuen *Rosenfelder Düne.*«

»Dafür hat Gunnar ja die ganze Zeit geredet.«

War er jetzt tatsächlich eifersüchtig auf den Wikinger?

»Ich hab da mal den Kreditantrag vorbereitet.« Er äffte Gunnars leichten Akzent nach und stieß genervt die Luft aus. »Pfff.«

»Ich finde es großartig, dass er uns unterstützt. Ohne sein Wissen würden wir auf ziemlich verlorenem Posten stehen.«

»Garantiert nicht.« Sven schüttelte energisch den Kopf, und dann traf mich wieder dieser Blick, der mich so verwirrt hatte. »Du würdest es auch allein hinbekommen.«

Ich zog fragend die Augenbrauen hoch. »Du verarschst mich gerade.«

»Nein!«

Ich wollte weitergehen, doch Sven hielt mich sanft am Arm zurück.

»Du hast dich verändert, seit du hier bist, Lucie. Du ... du hast so eine Energie und ein Strahlen ...«, er schüttelte den Kopf und wich verlegen meinem überraschten Blick aus, »… das fand ich schon immer toll an dir.«

»Schon immer?«

»Ja. Schon als wir noch zur Schule gingen und du so ziemlich die schärfste Braut der 7b warst.«

Ich musste lachen. »Du fandest mich wirklich cool?«

»Na hör mal!« Er verdrehte die Augen, als hätte ich das Offensichtlichste der Welt nicht erkannt. »Jeder fand dich cool. Die anderen Mädchen haben dich bewundert, und ich kannte keinen Jungen, der nicht in dich verknallt war.«

Ich lief tatsächlich etwas rot an und war froh, dass der Mond gerade hinter einer Wolke verschwand und er es nicht sehen konnte.

»Ich übrigens auch.«

Svens Stimme hatte einen Unterton, der keinen Zweifel darüber aufkommen ließ, wie ernst er es meinte. Seine hellen Augen strahlten im Dunkeln der Nacht und schienen auf magische Weise das Mondlicht zu reflektieren. Einen Moment sahen wir uns stumm an, und als ich nichts sagte, wandte er sich ab, um den Kiesweg hoch zu seinem Airstream weiterzuschlendern.

Diesmal hielt ich ihn auf. »Warte …«

Er blickte fragend zu mir. Und dann beugte ich mich vor, hob die Hand und legte sie um seinen Nacken, um sein Gesicht nah an meines zu führen.

Seine Lippen waren weich und warm und schmeckten leicht nach Honig, mit dem er den Abend über seinen Tee gesüßt hatte. Einen Moment schien er völlig überrascht und ließ mich gewähren. Dann hob er den Kopf und wir sahen uns in die Augen. Tausend Dinge gingen mir durch den Kopf, doch ich brachte kein Wort heraus. Sven schien es ähnlich zu gehen, und nach einem endlos scheinenden Moment, der in Wirklichkeit nur Sekunden gedauert haben konnte, spürte ich, wie seine Arme sich um mich legten und er mich näher an sich heranzog, um mich erneut zu küssen.

Es war ein intensiver, leidenschaftlicher Kuss, der sich von vorsichtigem Erkunden hin zu stürmischer Eroberung steigerte und der uns beide nach einer Ewigkeit atemlos zurückließ.

»Wow …« Ich sah lächelnd zu ihm auf, noch immer ganz benommen von den intensiven Gefühlen, die in meinem Bauch und etwas tiefer aufbrandeten.

Svens Augen leuchteten noch immer im Mondlicht, und ich meinte, einen entrückten Ausdruck in ihnen zu erkennen.

»Das war wirklich …« Ich suchte nach Worten, die etwas beschreiben sollten, was man nicht beschreiben konnte.

»Ziemlich wow …«

In diesem Moment hatte Rudi seine Schnuppertour über den Platz beendet und kam zu uns gerannt. Einen Moment schien er verwirrt, dann sprang er bellend um uns herum.

»Schschsch … Rudi, nicht so laut. Du weckst alle auf.«

Ich löste mich von Sven und beugte mich hinunter zu Rudi, um ihn zu streicheln und zu beruhigen.

Sven beobachtete ihn amüsiert. »Er ist eifersüchtig.«

Ich schüttelte den Kopf. »Der hat sich verknallt. Und zwar in dich.«

»Ich mag dich auch, Rudi.«

Dann spürte ich wieder Svens Hand auf meinem Arm, die mich sanft an ihn zog. »Und was machen wir jetzt?« Seine Stimme war belegt und sein Begehren deutlich zu hören.

So einfach wollte ich es ihm nicht machen. »Schlafen gehen?! Hast du mal auf die Uhr geschaut? Was sollen deine Patienten morgen von dir denken?«

»Vielleicht, dass ihr Doktor ein sehr erfülltes Liebesleben hat?«

»Und vor lauter Müdigkeit das linke nicht vom rechten Bein unterscheiden kann?«

»Ich hätte dir niemals die Geheimnisse unserer Zunft verraten dürfen.« Er machte einen gespielt zerknirschten Gesichtsausdruck.

»Zu spät.« Ich beugte mich vor. Unsere Lippen waren wieder ganz nah beieinander. Meine Stimme war nicht mehr als ein Flüstern. »Wir lassen es langsam angehen, ja?«

»Ja … ganz langsam …«

Und dann spürte ich, wie diese Lippen meine berührten. Spürte seinen Körper, der sich an meinen drückte, warm und kräftig und doch sanft und beschützend. Meine Hände wanderten seinen Rücken entlang und erkundeten die warme, weiche Haut seines Nackens und die blonden Locken seines Haars, das sich weich und samtig anfühlte.

Rudi saß zu unseren Füßen und beobachtete uns still. Atemlos lösten wir uns erneut voneinander und blickten dann lachend zu ihm hinunter.

»Du Spanner.«

Sven wuschelte ihm über den Kopf, ohne dass sein anderer Arm mich aus der Umarmung entließ. Entspannt schloss Rudi die Augen und genoss die Streicheleinheit.

»Vielleicht wartet er auch auf einen Kuss.«

Sven blickte mich entsetzt an. »Ich kenne da eine nette Labradordame. Etwas übergewichtig, aber charmant. Vielleicht sollten wir sie ihm vorstellen.«

»Guter Plan, er steht auf füllige Blondinen.«

Einen Moment sahen wir uns wieder in die Augen.

»Dann bis morgen?« Ich löste mich langsam aus seinen Armen.

Er seufzte schwer, ließ mich aber frei. »Ja … bis morgen.«

Er hauchte mir einen Kuss auf die Wange, so wie er es schon einmal getan hatte, und das hatte etwas so Sinnliches und Verführerisches, dass ich mein Zögern umgehend bereute.

Langsam schlenderte ich den Kiesweg zurück zu unserem Haus. Nach ein paar Metern blickte ich mich noch einmal um. Und da stand Sven noch immer in der Tür seines Wohnmobils und blickte uns hinterher. Und in diesem Moment wusste ich, dass ich diese Nacht ganz sicher nicht allein verbringen wollte.

Wir stolperten rückwärts in den engen Wohnwagen, stießen an den Tisch und die kleine Spüle und rissen dabei seine Tasse vom Frühstück um, ohne es zu bemerken. Wir waren nur noch Lippen und Hände, die sich liebkosten und forschend Neuland erkundeten. Ich küsste ihn, bis ich nur noch reine Empfindung war, bis alle Zweifel und Bedenken und jegliche Vorsicht sich in ein warmes, intensives Gefühl verwandelt hatten, das sein Zentrum tief im Innern meines Körpers unterhalb meines Bauchnabels haben musste. Ich begehrte ihn. Begehrte seinen Geruch, seine Haut, jede Faser dieses riesigen, hünenhaften Körpers, der nur aus Kraft und Muskeln zu bestehen schien. Er hob mich hoch, und ich schlang meine Beine um seine Hüften, klammerte mich an ihn, wühlte mit meinen Händen durch sein helles Haar, während meine Zunge seinen Mund erkundete, seinen Geschmack in mir aufnahm und er ein Teil von mir wurde. Und dann setzte er mich sanft ab auf das Bett, das im hinteren Teil des Airstream kaum Platz bot für jemanden von seiner Größe.

Ich sah ihn atemlos an und erkannte das gleiche Begehren in seinen Augen.

»Bist du dir sicher, Lucie ... ich meine ... falls du es langsam angehen möchtest, dann ...«

Ich zog ihn zu mir auf das Bett, küsste ihn erneut und intensiv und so lange, bis wir beide nichts mehr von dem wussten, was wir vor Kurzem noch gesagt hatten.

Die Nacht verging und ich hatte jegliches Zeitgefühl verloren. Ich wusste nicht, ob das, was wir taten, eine Stunde oder zwei oder eine Ewigkeit dauerte. Wir erkundeten einander, kosteten uns und schenkten uns Erfüllung und Gefühle, die wir kaum für möglich gehalten hätten. Der Sex mit Sven war intensiv, berührte etwas in meinem Innern, von dem ich nicht gewusst hatte, dass es existierte. Es war auf eine Art und Weise intim, wie ich es noch nie bei einem anderen Mann erlebt hatte.

Nun lag ich in dem viel zu kleinen Bett. Sven war eingedöst und lag halb über mir und ich spürte seinen ruhigen Herzschlag an meiner nackten Haut. Ich starrte an die Decke des Wohnwagens und meinte über mir durch die kleine Dachluke die Sterne zu erkennen. Das war ganz anders gelaufen, als ich es geplant hatte, anders, als ich es jemals für möglich gehalten hätte. Es hatte viele Männer in meinem Leben gegeben. Und viel schlechten Sex und ein paarmal richtig guten. Aber das … das war … ich wusste nicht, was es war und was es mit mir machte. Auf jeden Fall machte es mich glücklich, und es kostete mich einige Mühe, nicht laut aufzulachen. Sven neben mir regte sich träge und sah mich aus verschlafenen Augen an.

»Na, du …« Sein Lächeln war tiefenentspannt, und in seinem Blick erkannte ich die gleiche wunschlose Zufriedenheit, die ich in mir spürte.

Ich küsste ihn leicht auf den Mund und legte meinen Kopf direkt neben seinen. Wir musterten einander und sagten kein Wort, wir mussten nichts sagen. Mit dem Finger fuhr ich sanft über die Konturen seines Gesichts, die hohen Wangenknochen, die sanft geschwungene Linie seines Mundes, das kleine Grübchen an seinem Kinn. Ich konnte nicht genug bekommen von diesem Mann, der so plötzlich und unerwartet in mein Leben gekommen war und es nun gründlich auf den Kopf stellte. Doch da war kein Zweifel, keine Angst, was nun werden würde. Nur Gelassenheit und Frieden.

»An was denkst du?« Er sah mich aus diesen hellblauen Augen an, die mir direkt in die Seele zu blicken schienen.

»Mir ist gerade was eingefallen. Etwas von früher. Als ich noch klein war.«

Er blinzelte kurz. »Und was ist das?«

»Als Kind bin ich mit meinem Opa im Sommer immer raus zum Angeln gefahren. In einem winzig kleinen Boot mit Außenbordmotor, der ständig muckte. An einem Abend kam Nebel auf, während wir draußen waren. Es wurde schon dunkel und man konnte die Küste nicht mehr sehen. Man konnte gar nichts mehr sehen.«

»Hört sich ein bisschen unheimlich an.«

»Ja, das war es auch. Weil der Motor mal wieder nicht funktionierte. Ich hatte ziemliche Panik.«

»Und was hat dein Opa gemacht?«

»Gerudert. Opa hatte immer ein paar Ruder mit an Bord. Für alle Fälle.«

Er hob die Augenbrauen. »Dein Opa war ein schlauer Mann.«

»Und er hatte einen Kompass. Ein kleines, uraltes Ding aus Messing, das er an einer Kette immer bei sich trug.«

»Und damit hat er den Weg zurückgefunden?«

»Na ja, den brauchte er gar nicht, er ist einfach mit der Dünung gerudert und hat uns zurück an den Strand gebracht. Aber er hat ihn mir in die Hand gedrückt und versichert, dass ich mich damit nie verirren könnte. Wenn ich ihn immer bei mir tragen würde, dann könnte ich nie verloren gehen. An diesem Abend hat er ihn mir geschenkt.«

»Hast du ihn noch? Diesen Kompass?«

Ich schüttelte den Kopf. »Ich war todunglücklich, als er eines Tages weg war. Verschwunden. Nicht mehr da. Ich hatte ihn verloren.«

In Svens Blick war Mitgefühl. »Das ist aber kein schönes Ende der Geschichte.«

»Ich habe immer das Gefühl gehabt, die Orientierung zu verlieren, nicht mehr zu wissen, wo mein Weg ist.« Ich sah ihm wieder in die Augen. »Seit du da bist, ist das anders.«

Er verzog das Gesicht zu einem sanften Lächeln. »Dann bin ich so was wie dein Ersatzkompass?«

»Sieht ganz so aus.« Ich küsste ihn auf den Mund, und der Kuss wurde intensiver, fordernder. Er schlang seine Arme um mich, zog mich nah an sich heran, und Zeit und Raum verschwanden und da gab es nur noch uns.

Am nächsten Morgen schlich ich mich in aller Herrgottsfrühe ins Haus. Tamme blickte etwas verwundert, als er in die Küche kam und der Kaffee und das Frühstück bereits auf dem Tisch standen. Falls er bemerkt hatte, dass ich die Nacht nicht zu Hause gewesen war, schien es ihn nicht weiter zu interessieren. Er sagte jedenfalls nichts und ich stürzte mich auf die Planung des Tages.

Gunnar hatte den Kreditantrag wirklich vorbildlich vorbereitet und schon für den nächsten Tag bekamen wir einen Termin bei unserer Hausbank. Davon abgesehen schienen sich die Mitarbeiter in der kleinen Filiale nicht gerade zu Tode zu arbeiten.

Tamme und ich setzten uns in den Bulli und fuhren den ganzen Tag übers Land, um sämtliche Baustofffirmen, die Gunnar uns empfohlen hatte, abzuklappern und Materialien zu ordern, die ich von einer Liste ablas und von denen ich nicht die leiseste Ahnung hatte, wozu sie dienen sollten. Tamme bestand darauf, dass ich mitkam. Er war der festen Überzeugung, das Auftreten einer sympathischen jungen Frau würde positive Auswirkungen auf mögliche Liefertermine haben. Er wollte sichergehen, nicht erst auf wochenlange Wartezeiten vertröstet zu werden. Mamas Apfelkuchen, mit dem wir mehrere Tupperdosen befüllt und hinten im Bulli deponiert hatten, trug ebenfalls zur zügigen

Bearbeitung unserer Wünsche bei. Meine Mutter wusste eben, was Handwerkerherzen höher schlagen lässt.

Im Laufe des Tages war ich froh, so beschäftigt zu sein, dass ich kaum an Sven denken konnte. Und an das, was in der Nacht passiert war. Nicht, weil ich es bereute. Eher im Gegenteil. Vermutlich hätte ich ihn sonst in seiner Praxis überfallen und gezwungen, einige der Dinge, die wir ein paar Stunden zuvor in dem kleinen Bett des alten Airstream getan hatten, auf der Stelle zu wiederholen. Bei dem Gedanken daran errötete ich etwas.

Was Tamme ebenfalls auffiel.

»Wo hast du eigentlich letzte Nacht gesteckt?«

Er kannte die Antwort bereits oder ahnte sie zumindest, wie ich an seinem breiten Grinsen erkennen konnte.

»Ich denke mal, das geht dich nichts an.«

»Und?« Tamme hob fragend die Augenbrauen. »Ist er gut im Bett, der Herr Doktor?«

Ich warf einen Pappbecher nach ihm. Er war zum Glück leer. Tamme fing ihn geschickt mit einer Hand auf, ohne hinzusehen, und lachte ziemlich anzüglich, wie ich fand.

»Magst du Sven eigentlich?«

Er zuckte mit den Schultern. »Klar. Irgendwie ein guter Typ.«

Ich schwieg, während Tamme weiter auf die Straße blickte. Dann fiel bei ihm der Groschen und er warf mir einen empörten Seitenblick zu.

»So gut nun auch wieder nicht. Falls du *das* denkst.«

»Was … soll ich denn denken?« Selbst mir fiel auf, wie scheinheilig meine Frage war.

»Das ist nicht mein Typ, okay? Den Doktor kannst du gerne für dich behalten, Schwesterherz.«

Ich lief erneut rot an. »So hab ich das gar nicht gemeint, Tamme.«

Er sah mich prüfend an und schwieg.

»Wir haben halt nie …«, anscheinend war die Zeit gekommen, mit ihm über ein paar Dinge zu reden, doch ich tat mich ungewöhnlich schwer damit, »na ja, irgendwie nie darüber gesprochen.«

Tamme fiel es sichtlich leichter. »Darüber, dass ich schwul bin?«

»Ja.« Nach einem kleinen Moment fügte ich hinzu: »Dass du schwul bist.«

»Wow! Du hast es tatsächlich ausgesprochen. Ich bin stolz auf dich. War gar nicht so schwer, oder?« Er grinste wieder frech, ohne eine Anklage oder Verletzung im Blick.

»Woher soll ich denn wissen, dass du auf Männer stehst, wenn du mir nie ein Wort davon erzählst.«

»Ich hab mal versucht, mit dir zu reden.«

Daran konnte ich mich gar nicht erinnern.

»In Berlin. Als ich dich das erste Mal besucht habe. Ist schon Jahre her. Erinnerst du dich?«

Ich dachte angestrengt nach, aber eine passende Gelegenheit wollte mir nicht einfallen. »Wann soll das denn gewesen sein?«

»Ach, nicht so wichtig.« Tamme winkte leichthin ab. »Ich glaube, du hattest damals ziemlichen Stress. Mit diesem Fotografen aus München.« Bei der Erinnerung schüttelte er nur fassungslos den Kopf. »War das ein Idiot!«

»Alex. Genau.« Wider Willen erinnerte ich mich an die kurze Sommeraffäre, als besagter Alex zu einem Shooting in Berlin gewesen war. Er hatte es wahnsinnig toll gefunden, den lieben langen Tag zu koksen, um mich schließlich vollgedröhnt zu einem heißen Dreier mit einem seiner Models zu überreden. Nach diesem brillanten Vorschlag hatte ich ihn vor die Tür gesetzt. Und seinen Vorrat an Koks das Klo runtergespült. Er hatte das damals nicht besonders lustig gefunden, nahm allerdings Abstand von weiteren Auseinandersetzungen, als

Denas Freund Peter mit einem Vorschlaghammer in meinem WG-Zimmer stand und wissen wollte, was bei uns los war. Mit was für Idioten ich mich doch abgegeben hatte, da musste ich Tamme recht geben.

»Der Typ hatte echt 'nen Knall.«

»Was ist eigentlich aus dem geworden?« Tamme sah mich fragend an.

»Keine Ahnung. Vermutlich hat er sich schon das Hirn weggekokst und Karriere beim Fernsehen gemacht.«

»Dein Männergeschmack hat sich seitdem erheblich gebessert.«

Ich grinste ihn ironisch an. »Wenn du dich damit schon so gut auskennst, wo bleibt denn *dein* Traumtyp, hm?«

Tamme wurde tatsächlich etwas rot und rieb sich verlegen den Nacken. »Na ja, die laufen hier nicht gerade in Massen rum.«

»Verstehe. Deshalb die Kreuzfahrt.«

Tamme nickte. »Ist ja total angesagt in der Schwulenszene. Hab ich gehört.«

»Und was wäre so dein Typ?«

Tamme zuckte wieder mit den Schultern. »Ehrlich gesagt, keine Ahnung. Ich stehe mehr so auf die normalen Typen. Nichts Schrilles oder so.«

»Nichts Schrilles, so wie Gunnar«, kam es, ohne dass ich groß überlegt hätte, aus meinem Mund. Und daran, wie Tamme bis zu den Ohrenspitzen errötete, erkannte ich, einen Volltreffer gelandet zu haben. Was gar nicht meine Absicht gewesen war.

Einen Augenblick fuhren wir schweigend dahin.

»Glaubst du wirklich, wir machen das Richtige?«

Tammes unvermittelte Frage ließ mich zu ihm aufsehen.

»Das mit dem Platz. Nicht das mit den Männern«, fügte er erklärend hinzu.

Ich dachte einen Moment nach, versuchte in mich hineinzuhören und eine Antwort auf seine Frage zu ergründen. Da gab es kein Zweifeln, kein Zögern. Was mich vermutlich selbst am meisten überraschte.

»Wir machen das Richtige, Tamme. Hundertprozentig.«

Er blickte weiter geradeaus auf die Straße und schwieg. Mir kam ein Gedanke und ich sah ihn plötzlich schuldbewusst an.

»Du willst noch immer den Kreuzfahrtjob?« Bevor er antworten konnte, fuhr ich auch schon fort. »Tamme, das ist völlig in Ordnung. Du bist zu nichts mehr verpflichtet. Das hast du schon viel zu lange gemacht. Jetzt bin ich mal an der Reihe, und du kannst endlich das machen, was du dir wünschst.«

Er schüttelte leicht den Kopf und blickte zu mir. In seinen Augen lag ein Zögern, das ich mir nicht so recht erklären konnte.

»Ich frage nicht meinetwegen und wegen des Jobs auf dem Schiff, Lucie. Auch wenn ich mich mächtig drauf freue.«

Was war denn dann sein Problem? Schließlich atmete er einmal tief durch.

»Du willst es seinetwegen machen, hab ich recht? Wegen Steiner?«

Ich ahnte, worauf er hinauswollte, und blickte nur stumm weiter auf die Straße.

»Du willst es ihm heimzahlen.«

»Kann schon sein.« Und bevor er noch weiter nachfragen konnte, fügte ich eilig hinzu. »Ich will nicht darüber reden.«

Ich sah zu ihm und für einen Moment trafen sich unsere Blicke. In seinen Augen sah ich Mitgefühl und Schuld.

»Wir haben nie darüber gesprochen, was damals passiert ist.«

»Wie gesagt, Tamme, nicht jetzt«, fuhr ich dazwischen.

Doch er redete einfach weiter. »Ich finde, dass es langsam an der Zeit ist, dass wir das tun.«

Ich sagte kein Wort mehr. Tamme zum Glück auch nicht. Zehn Minuten später erreichten wir den Holzgroßhandel Grieske, wo wir die neue Verschalung unserer Mobilheime bestellen wollten. Das Thema Steiner hatte sich erledigt. Vorerst zumindest.

Jetzt saßen wir auf unserer Terrasse im fahlen Mondlicht, starrten stumm in die Flammen in der Feuerschale und nippten an unserem Tee. Tamme hatte den Rest des Tages unsere Unterhaltung mit keinem Wort mehr erwähnt. Stattdessen hatte er Mama beim Abendessen vorgeschwärmt, wie clever und unnachgiebig die Thomsen-Geschwister sämtliche Baufirmen im Umkreis von hundert Kilometern zu Superkonditionen überredet hätten. Die meisten der Leute kannte meine Mutter tatsächlich persönlich und alle schienen sich mächtig darüber zu freuen, dass Suse Thomsen den Heinis aus Hamburg mal ordentlich den Stinkefinger gezeigt hatte. In kürzester Zeit hatte es sich herumgesprochen, was für eine miese Nummer sie mit uns hatten abziehen wollen. Ich verdächtigte Notar Thiels Assistentin, aus dem Nähkästchen geplaudert zu haben. Stille Wasser sind bekanntlich tief, wie Mama immer zu sagen pflegte.

Während sie mit Tamme über die Preise von Klinkerfliesen diskutierte, mit denen die Wege zu den sanierten Waschhäusern gepflastert werden sollten, wanderten meine Gedanken wieder zu dem, was Tamme nur vage angedeutet hatte. Wie bei vielen anderen Dingen hatte er auch damit recht gehabt. Seit mehr als zehn Jahren vermied ich es, mit den Menschen, die wichtiger für mich waren als alles andere auf dieser Welt, darüber zu reden, was mich mit knapp neunzehn Jahren so aus der Bahn geworfen hatte.

Rund vierhundert Kilometer Luftlinie können sehr hilfreich sein, wenn man fragenden Blicken oder besorgten Bemerkungen aus dem Weg gehen will. Hals über Kopf hatte ich mich in das pulsierende Leben der Großstadt gerettet, um ihnen aus dem Weg zu gehen. Um nie wieder einen Gedanken an Strande, und was dort passiert war, zu verschwenden. Das Dumme an der Sache war – es hatte mich trotzdem begleitet. Lauerte im hintersten Winkel meines Bewusstseins und trieb dort sein Unwesen.

Meine Antriebslosigkeit, mir einen vernünftigen Job zu suchen oder eine richtige Ausbildungsstelle, mein Unvermögen, tatsächlich an der Abendschule das Abi nachzuholen und irgendetwas zu studieren, hatte ich mir immer damit erklärt, dass ich noch auf den richtigen Impuls wartete, auf die eine Idee, die allem einen Sinn geben würde. Was völliger Blödsinn war. Die Wahrheit war viel einfacher. Ich spielte ein neues Leben, während das Alte mich nicht losließ und sich an mich klammerte wie ein Vampir, um mir meine Lebensenergie zu rauben.

All dies wurde mir in diesem Moment klar.

»Falk Steiner ist schuld.«

Ich merkte erst, als Mama und Tamme ihre Unterhaltung unterbrachen und über die Flammen zu mir schauten, dass ich es laut ausgesprochen hatte.

Ich räusperte mich und richtete mich etwas in dem alten Korbstuhl auf, in dem ich saß.

»Er ist schuld, dass ich euch im Stich gelassen habe.«

Einen Moment war nur das Knistern des Feuers zu hören und das Rauschen der Wellen hinter den Dünen.

»Du hast niemanden im Stich gelassen, Lucie. Das darfst du nicht denken.« Meine Mutter stellte ihre Tasse auf den Boden und beugte sich vor, um mir tröstend die Hand aufs Knie zu legen.

»Doch, das habe ich. Und es war falsch.«

In ihrem Blick erkannte ich nur grenzenlose Liebe, und sie schüttelte leicht den Kopf, um mir zu widersprechen.

»Ich hätte damals auf dich hören sollen, Mama.«

»Du hast getan, was du damals für das Richtige gehalten hast. Dafür musst du dir heute nicht die Schuld geben.«

Ich wollte etwas erwidern, doch dann hörte ich Schritte über den Kiesweg knirschen, und Rudi, der zu unseren Füßen am Feuer lag, sprang auf und wuffte erfreut.

Im nächsten Moment erschien Svens hünenhafte Gestalt im Zwielicht des Lagerfeuers.

»Moin, moin.« Er sah müde aus, doch seine hellen Augen strahlten wie immer voller Lebensfreude und Energie. Er hielt eine Flasche Wein und ein paar Gläser in der Hand.

»Ich hab hier einen edlen Tropfen, der mir heute von einem Patienten überreicht worden ist, der seinen Daumen fast an eine Gartenschere verloren hätte. Wenn ich nicht gewesen wäre. Wäre schade, den allein zu trinken.«

Tamme war aufgesprungen und hatte einen weiteren Korbstuhl ans Feuer geholt. Ich sah zu Sven auf, der nun zu mir kam, sich zu mir hinunterbeugte und mir einen Kuss auf die Lippen hauchte, als wäre es das Selbstverständlichste von der Welt.

»Hallo, meine Schöne.«

In diesem Augenblick dachte ich nicht mehr an Falk Steiner, an das, was er mir und meiner Familie angetan hatte oder was ich all die Jahre in Berlin gesucht und nicht gefunden hatte.

»Schön, dass du da bist.«

Was stimmte. So einfach konnte es sein.

Sven faltete seine langen Beine irgendwie zwischen dem zu kleinen Korbstuhl und der Feuerschale und lächelte mich an.

»Im Frühjahr ist immer viel los. Da kommen die ganzen Hobbyhandwerker in die Praxis und präsentieren mir ihre Wunden. Hat ein bisschen was von Kriegsgebiet. Auch wenn das jetzt ein etwas unpassender Vergleich ist.«

Er schüttete den Wein in die Gläser und reichte sie uns.

»Auf euch und die Baustellensicherheit.«

Wir lachten und stießen an, und dann berichtete Tamme von den Erfolgen des Tages. Ich beobachtete, wie Sven ihm aufmerksam zuhörte, hin und wieder Fragen stellte, über Tammes Witze lachte und seine langen Beine wohlig ans Feuer streckte. Schließlich blickte er über sein Weinglas zu mir und ich sah das Begehren in seinen Augen aufblitzen.

»Sieht so aus, als wäre ich nicht der Einzige, der viel zu tun hat. Dabei hatte ich vor, dich morgen auf einen kleinen Trip raus zur Vogelinsel zu entführen.«

»Natürlich hat Lucie Zeit.«

Tamme nickte eifrig. »Klar kommt Lucie mit.«

Ich kam gar nicht dazu, etwas zu erwidern. »Danke. Ich hatte vergessen, wie übergriffig meine Familie ist. Ihr habt mich gerade wieder daran erinnert.«

Sven grinste noch immer breit.

»Aber danke für die Einladung.«

»Bedeutet das ein Ja?«

Ich blickte strafend zu Tamme. »Auch wenn ich kurz davor bin, Nein zu sagen, nur um meinem kleinen Bruder eins auszuwischen.«

Tamme verzog beleidigt das Gesicht.

Wir plauderten noch eine ganze Weile weiter, lachten und schmiedeten Pläne für den Sommer. Das Birkenholz in der Feuerschale war fast heruntergebrannt und langsam wurde es kalt.

Meine Mutter zog fröstelnd die Schultern hoch und wickelte sich in die alte Decke, die ich ihr über die Schultern gelegt hatte. »Seid mir nicht böse, aber ich muss so langsam mal rein.«

»Ihr könnt ja noch sitzen bleiben.« Tamme warf mir einen anzüglichen Blick zu und sprang auf, bevor ich reagieren konnte. »Oder auch was anderes machen.«

Mama gab mir einen Kuss auf die Wange, als wäre ich noch immer ihre kleine achtjährige Tochter, der sie Gute Nacht sagen wollte. »Bis morgen.« Sie legte auch Sven die Hand auf die Schulter und drückte sie zum Abschied. »Bleib nur sitzen, mein Lieber.«

Dann verschwanden die beiden durch die Terrassentür, nicht ohne dass Tamme mir aufmunternd zuzwinkerte. Auch Sven fiel die mehr als eindeutige Geste auf, und er sah mich verwundert an.

Über meine Familie konnte man nur den Kopf schütteln.

»Falls du den Eindruck hast, die beiden wollen uns verkuppeln, dann kann ich dir beim besten Willen nicht widersprechen.«

»Beruhigend zu wissen, dass der Thomsen-Clan auf meiner Seite ist.«

Er blickte noch einmal kurz zu den Terrassentüren, als die Vorhänge zugezogen wurden.

»Dann hat bestimmt niemand was gegen das hier …«

Ich spürte, wie seine weichen Lippen meine berührten, und ein wohliger Schauer lief mir über den Rücken.

»Darauf warte ich den ganzen Abend schon«, erklärte er, als wir uns eine gefühlte Ewigkeit später voneinander lösten. »Ich fühle mich gerade wie ein Teenie beim ersten Date. Das ist ziemlich … komisch.«

»Auf der Vogelinsel sind wir ganz ungestört.«

Sven sah mich flirtend an. »Das will ich schwer hoffen. Ich habe nämlich etwas ganz Besonderes vor. Und den Picknickkorb schon bestellt. Beim ollen Petersen.«

An Selbstzweifeln schien Sven nicht gerade zu leiden.

»Mit einem Nein haben Sie dann wohl nicht gerechnet, Herr Doktor?«

»Ich setzte da ganz auf meinen natürlichen Charme.« Jetzt lächelte er wieder anzüglich. »Und ein paar andere Qualitäten.«

»Ich muss zugeben, es funktioniert.« Ich sah ihm verliebt in seine hellen Augen. »Es funktioniert sogar ausgesprochen gut.«

Dann hob ich die Hand, um sie ihm in den Nacken zu legen und seinen Kopf hinunter zu meinem zu ziehen. Ich wollte diese weichen Lippen wieder auf meinen spüren.

Das Klingeln eines Handys unterbrach diesen intimen Moment und ließ mich einen Augenblick verwirrt aufschauen.

»Ist das dein Handy?« Sven sah mich enttäuscht an. »Ich hab meins nämlich ausgeschaltet.«

Tatsächlich wollte mich jemand sprechen und ich blickte verdutzt auf die Nummer. »Das ist Dena.« Die hatte ich den Tag über fast vergessen.

»Geh nur ran. Ist bestimmt wichtig.«

»Dena? Hi, was gibt's denn?«

»Wie jetzt?! Was gibt's denn?! Na, du kannst Fragen stellen!« Sie klang etwas beleidigt.

»Ja, schon klar, ich … ich hab nur gerade nicht mit dir gerechnet.«

Ich warf Sven einen entschuldigenden Blick zu, dessen Grinsen immer breiter wurde. Er sah ausgesprochen sexy aus.

Am anderen Ende der Leitung wurde Dena misstrauisch. »Ist alles okay bei dir, Lucie?«

»Ja. Alles prima.«

»Du klingst so komisch.«

»Ich? Quatsch.« Ich schickte ein Lachen hinterher, das selbst mich nicht überzeugte.

»Da ist doch was.«

Man konnte Dena eine Menge Sachen vorwerfen. Sie war chaotisch, konnte sich nie entscheiden (sehr zum Leidwesen von Peter) und ließ in den meisten Fällen jegliches Verantwortungsbewusstsein vermissen. Das waren ihre weniger positiven Seiten. Allerdings verfügte sie auch über ein fast telepathisches Gespür für die Schwingungen ihres Gegenübers. Und dieses Gespür musste bei ihr gerade ziemlich weit ausschlagen.

»Sag mal, da ist doch ein Typ bei dir?«

»Dena!« Ich hoffte, ich klang empört genug.

»Na klar ist da ein Typ bei dir. Kenn ich den?«

»Nein, den kennst du nicht.« Es war völlig sinnlos, weiter auf unwissend zu machen. Besser ich versuchte es gar nicht weiter.

»Ich erzähl dir alles bei passender Gelegenheit, versprochen. Aber jetzt sag, was mit Peter ist.«

»Na, was wohl?!« Sie klang entrüstet genug, um mir sofort ein schlechtes Gewissen zu machen. »Der macht natürlich mit. Und sein Onkel Janos, die beiden Schwäger und dann noch die Cousins seiner Tante Ewa. Und die wollen noch ein paar Kumpels mitbringen, die die besten Fliesenleger diesseits des Urals sind, hat er mir gesagt.«

Ich schloss erleichtert die Augen und schwor, bei nächster Gelegenheit in irgendeiner Kirche eine Kerze für Josef, den Schutzheiligen der Handwerker, zu spenden. Auch wenn ich nicht katholisch war.

»Ich wusste, du schaffst das.«

»Dann merk dir schon mal den 4. Oktober vor. Da hast du nämlich 'ne Verabredung mit mir.«

Sie versuchte es abgeklärt klingen zu lassen, aber ich kannte sie lange und gut genug, um die Aufregung aus ihrer Stimme herauszuhören.

»Da heirate ich. Und du bist meine Trauzeugin. Ob du willst oder nicht.«

»Natürlich will ich, Dena.« Ich freute mich ehrlich für meine chaotische Freundin, die anscheinend nur den richtigen Anstoß gebraucht hatte, um das zu tun, was eigentlich seit Jahren überfällig war.

»Herzlichen Glückwunsch. Ich freu mich für euch.«

»Um ehrlich zu sein, Lucie, ich freu mich auch. Was echt schräg ist, oder?« Sie klang etwas unsicher, so als ob sie selber noch nicht glauben könnte, was sie da plante.

»Unsinn. Du und Peter, ihr gehört einfach zusammen. Und das schon seit einer Ewigkeit. Ihr solltet längst verheiratet sein.«

Dena seufzte am anderen Ende der Leitung selig. »Find ich auch irgendwie … Sag mal, wann kommst du eigentlich wieder zurück?«

»Rechne die nächste Zeit nicht mit mir, Dena.« Ich versuchte, möglichst vage zu klingen. Denn so wie es aussah, war meine Zeit in unserer chaotischen Hauptstadt vorbei. Ich wollte das nicht zwischen Tür und Angel mit ihr besprechen. Immerhin war sie meine einzige und beste Freundin, und es würde sie ziemlich hart treffen, dass sie und Peter sich nun allein in Berlin würden durchschlagen müssen.

»Lucie … das hört sich nicht gut an. Gar nicht gut.«

Bevor sie noch weiter nachhaken konnte, beendete ich lieber unser Gespräch. »Wir telefonieren morgen in Ruhe, ja? Ich ruf dich an. Bis morgen. Tschüss … und danke, Süße. Du bist spitze.«

Ich schaltete das Handy aus und blickte zu Sven, der mein Telefonat amüsiert verfolgt hatte.

»Sieht so aus, als würde bei den Thomsens endlich mal alles so laufen, wie es soll. Was ihr euch redlich verdient habt.«

Er nahm mich wieder in den Arm und ich genoss die Wärme seines Körpers an meinem.

»Dann werde ich jetzt mal wieder zurückgehen in mein einsames und kaltes Bett und mich auf den morgigen Tag freuen.« Er küsste mich sanft. »Ich könnte dich natürlich jetzt auch auf der Stelle entführen und wir brennen durch. Bis zu meinem Airstream.«

Ich legte den Kopf schief.

»Hmmm … verlockende Idee. Aber morgen ist ein wichtiger Tag, und du weißt ja, was man so sagt.«

»Was denn?«

»Vorfreude ist die schönste Freude.«

»Die Leute haben ja keine Ahnung.«

Wir brauchten eine weitere halbe Stunde, um uns endlich voneinander zu verabschieden. Der smarte Herr Doktor machte es einem aber auch wirklich nicht leicht.

KAPITEL 12

Nervös zupfte meine Mutter am Saum ihres Rocks und strich den weichen Stoff glatt. »Vielleicht hätte ich einfach nur die Jeans anziehen sollen.«

Sie hatte am Morgen eine geschlagene Stunde im Bad zugebracht und sich ähnlich in Schale geworfen wie beim Notartermin.

»Jetzt komme ich mir irgendwie verkleidet vor. Was soll denn der Krüger von mir denken?«

»Vermutlich, dass du eine erfolgreiche Unternehmerin bist, die ihren Laden nach vorne bringen will.« Ich sah sie aufmunternd an. »Und die dafür ein kleines Vermögen von ihm benötigt.«

Tamme, der am Steuer des Bulli saß und uns zum Banktermin chauffierte, zuckte leichthin mit den Schultern. »Na ja, nicht direkt von ihm. Aber von seiner Bank.«

Mama atmete tief durch. »Ich kenn den noch, da hat er in den Ferien bei uns auf dem Platz die Klos geschrubbt, um sich ein paar Euro zu verdienen.«

»Ich weiß, Mama.« Ich sah sie mahnend an. »Aber vielleicht solltest du ihn gleich nicht daran erinnern.«

»Wieso denn nicht? Das ist doch wunderbar, wenn man schon so früh lernt, mit Geld umzugehen. Das habe ich euch auch immer versucht beizubringen.«

Womit sie nicht ganz unrecht hatte. Auch ich hatte Klos geschrubbt, die Mobilheime geputzt und im Frühling die alten Strandkörbe mit Holzschutzlasur bearbeitet. Ich wusste es zwar nicht genau, aber ich vermutete, dass Konrad Krüger damals einen besseren Stundenlohn kassierte als ich und mein kleiner Bruder.

»Seit wann ist er eigentlich der Filialleiter der Bank?«

In meiner Erinnerung sah ich einen schlaksigen, hochgewachsenen jungen Mann vor mir, der in schlecht sitzenden Anzügen, die ihm irgendwie eine Nummer zu groß schienen, hinter dem Schalter stand und das Bargeld aus den Platzeinnahmen zählte, das Mama einmal die Woche persönlich auf das Konto unseres kleinen Familienbetriebs einzahlte. Krüger musste jetzt um die vierzig sein und hatte anscheinend eine steile Karriere im Bankwesen hingelegt.

»Och, schon eine Ewigkeit. Der ist hier irgendwie hängen geblieben. Frau, Kinder, Eigenheim, das Übliche.« Tamme zuckte mit den Schultern. »Außerdem arbeiten da nur zwei Mitarbeiter.« Er warf mir einen vielsagenden Blick zu. »Wenn du mich fragst, der ist nicht gerade die hellste Kerze auf der Bankbusiness-Torte.«

Einen Augenblick überkam mich leichter Zweifel, ob er uns auch wirklich den Kredit genehmigen würde, den wir brauchten, um all das zu bezahlen, was Tamme und ich in den vergangenen Tagen so an Baumaterial bestellt hatten. An die Löhne für Peter und seine polnische Verwandtschaft mochte ich gar nicht erst denken.

»Keine Angst, das entscheidet der nicht allein.« Gunnars rotblonder Wikingerschopf schob sich durch die Lücke zwischen Fahrersitz und Beifahrerbank. »Das entscheidet die

Hauptzentrale in Hamburg, glaubt mir. Der leitet euren Antrag nur weiter, und der ist, wenn ich mich selbst mal loben darf, absolut perfekt.«

Womit Gunnar nicht ganz unrecht hatte. Er und Tamme hatten gemeinsam mit Mama alle notwendigen Papiere und Unterlagen zusammengesucht, auf dem teuren Papier der Gutsstiftung ausgedruckt und fein säuberlich in einer Präsentationsmappe aneinandergeheftet. Es sah sehr professionell aus.

Tamme schenkte ihm einen Blick, den man durchaus als bewundernd bezeichnen konnte. »War echt klasse, wie du das hinbekommen hast.«

Gunnar lächelte geschmeichelt. »Danke. Du warst aber auch nicht schlecht.«

Täuschte ich mich oder flirteten die beiden tatsächlich gerade miteinander?

Tamme sah meinen erstaunten Blick und richtete seine Aufmerksamkeit wieder auf die Straße. »Ah, da ist ein Parkplatz.«

Wenn das hier vorbei war, würde ich wohl einen kleinen Strandspaziergang mit Tamme unternehmen und ihm auf den Zahn fühlen.

Eine Stunde später saßen wir alle vier an dem kleinen Konferenztisch der sehr sparsam ausgestatteten Filiale der Kreissparkasse Strande. Die Hälfte der ehemaligen Büros und die große Schalterhalle waren mittlerweile an ein Wellnessstudio vermietet worden, das direkt nebenan mit ayurvedischen Kuren, Wunderölmassagen und Lachyoga warb. Die Digitalisierung der Bankgeschäfte schien auch hier nicht ohne Spuren vorbeigezogen zu sein. Ich fragte mich kurz, wo wohl all die Mitarbeiter abgeblieben waren. Vor zehn Jahren hatten hier doch noch mindestens zwölf Leute gearbeitet.

Bevor ich den Gedanken weiter ausführen konnte, klopfte Konrad Krüger anerkennend auf den Tisch.

»Also, ich muss sagen, Frau Thomsen: Her-vor-ragend! Per-fekt!« Er zwinkerte meiner Mutter aufmunternd zu. »Ich wünschte, alle Kunden, die ein Darlehen wollen, wären so gut vorbereitet.«

Gunnar und Tamme zogen nur eine Augenbraue hoch und tauschten einen kurzen Blick. Krügers joviale Art war aber auch zu komisch. Er trug immer noch einen schlecht sitzenden Anzug und auf seinem Haupt hatten sich die schütteren Haare verabschiedet und einen Kranz blonden Flaums zurückgelassen. Seine aufgeräumte Art hätte selbst einen Frührentner jung und agil erscheinen lassen.

Er warf mir einen Blick zu, und ich hätte schwören können, dass er versuchte, mit mir zu flirten. »Das haben sie bestimmt dir zu verdanken, was, Lucie? Tja, die Leute, die's in Berlin geschafft haben, die wissen eben, wie's geht.«

Ich starrte ihn nur sprachlos an, während er sich zurück in seinen Stuhl lehnte und mit einer Hand seine randlose Brille gerade rückte.

»Ich sollte ja auch dahin. Investmentabteilung. Aber Mona wollte lieber hier bleiben. Wegen der Kinder. Und der guten Luft.«

Ich lächelte verständnisvoll. »Für junge Familien ist Berlin nicht ganz so gut geeignet.«

»Für die Familie bringt man so manches Opfer. Karriere ist nicht alles, sag ich immer.«

»Ja, ähm …« Tamme unterbrach Krügers etwas selbstmitleidige Ausführungen und sah fragend in die Runde. »Und wie lange müssen wir jetzt auf den Bescheid warten?«

Krüger winkte ab. »Das dauert höchstens drei, vier Tage. Geht ja heute alles elektronisch.«

Meine Mutter atmete hörbar durch. »Das wäre ja wirklich schön.«

Krüger tat so, als wäre er sich seiner Sache sehr sicher. »Das Wichtigste ist ja mein Okay, Frau Thomsen. Und das haben Sie. Alles andere ist nur eine Formalität.«

Er sah wieder zu mir und da war erneut dieser flirtende Ausdruck in seinen Augen, der mir ein klein wenig Sorgen bereitete.

»Das müssen wir angemessen feiern. Und unser Wiedersehen auch. Du bist doch sicherlich bei der Saisoneröffnung auf der Seebrücke, oder, Lucie?«

Ich blies etwas überfordert die Backen auf. »Ja … öh …«

Tamme und Gunnar versuchten, ein Grinsen hinter ihrer hochgehaltenen Hand zu verbergen. Jetzt war Feingefühl gefragt, um die gute Stimmung nicht kippen zu lassen.

»Da werde ich wohl kaum widerstehen können, Herr Krüger.«

Er sah mich gespielt empört an.

»Herr Krüger?! Also so was! Ich bin der Konrad. Conny für dich. Wir kennen uns schließlich schon aus dem Sandkasten, hm?«

Ich konnte mich beim besten Willen nicht daran erinnern, mit Konrad Krüger im Sandkasten gespielt zu haben. Was auch gut war. Ich nahm trotzdem seine Hand.

»Konrad … Conny, vielen Dank für die Unterstützung.«

Ich erhob mich, während er noch meine Hand hielt und sie anscheinend nicht mehr loslassen wollte.

»Von uns dann auch vielen Dank.« Meine Mutter kam mir zu Hilfe und erhob sich ebenfalls. Sie warf mir einen kurzen Blick zu und ich sah den Schalk in ihren Augen aufblitzen. »Und grüß doch bitte die Mona von mir, ja?«

Konrad ließ endlich meine Hand los und errötete ein wenig. »Ja, das mache ich, Frau Thomsen.«

Er gab auch Tamme und Gunnar zum Abschied die Hand und begleitete uns hinaus zur Eingangstür.

»Dann also bis … Sonntag?«

Ich eilte fast im Laufschritt zu unserem Bulli.

Als wir einstiegen und die Türen schlossen, herrschte einen Moment fassungsloses Schweigen. Dann prusteten wir los.

»Was um alles in der Welt war denn das?«

Selbst meine Mutter konnte sich ein Lächeln nicht verkneifen. »Ich denke mal, du hast einen neuen Verehrer.«

Tamme schüttelte sich vor Lachen. »*Conny?!* Ich fass es nicht.«

Meine Mutter sah uns tadelnd an. »Kinder, bitte. Herr Krüger wollte einfach nur nett sein.«

»Für meinen Geschmack etwas zu nett, Mama. Ich glaube, ich habe seine Hand auf meinem Hintern gespürt, als er uns rausgebracht hat.«

Meine Mutter sah mich erschrocken an. »Wirklich?«

»Vielleicht hat er's ja nicht mit Absicht gemacht. Die Saisoneröffnung werde ich mir allerdings lieber schenken.«

»Das ist aber schade, dann lernst du gar nicht Mona kennen.« Tamme kostete die Situation sichtlich aus. »Dann würdest du nämlich einiges verstehen.«

Mama boxte Tamme mahnend in die Seite. »Jetzt reicht's aber. Mona ist doch eigentlich auch ganz nett.«

»Ja. Eigentlich. Wenn sie nicht gerade damit beschäftigt ist, ihre Kinder, ihren Mann und die beiden Angestellten in ihrem Blumenladen in den Wahnsinn zu treiben.«

Ich blickte überrascht auf. »Ach, das ist *die* Mona.«

Vor mir tauchte das Bild einer energischen und stets perfekt gestylten Brünetten auf, deren Eltern der Blumen- und Souvenirladen gleich hinter dem Deich am Strandübergang 7 gehörte.

»Sie hat das Geschäft doch noch übernommen? Ich dachte immer, die wollte hoch hinaus.«

Tamme nickte. »Deshalb hat sie sich ja auch *Conny* geangelt. Den *Banker*. Jetzt gibt's Wildröschen statt Wallstreet.«

Ich empfand tatsächlich so etwas wie Mitleid mit Konrad Krüger.

Tamme beschloss, zur Feier des Tages ein Festmenü zu kochen, und wir fuhren zwei Dörfer weiter nach Oppenhusen, um im alten Fischerhafen frischen Dorsch und Hering direkt vom Kutter zu kaufen. Während Gunnar und Tamme den Fang kritisch begutachteten und darüber diskutierten, welcher Fisch nun am geeignetsten wäre, ging ich mit Mama in den Supermarkt; wir holten frischen Salat, Kartoffeln, ein paar Flaschen italienischen Prosecco und leichten Weißwein.

Ich hatte Sven eine SMS geschickt und ihn darüber informiert, dass der Termin bei der Bank super gelaufen war.

Ein paar Minuten später kam seine Antwort.

Glückwunsch! Schlimm, wenn wir das Picknick verschieben? Mir ist was dazwischengekommen. Sorry.

Ich war tatsächlich etwas enttäuscht.

Kein Problem. Tamme will kochen. Kommst du später?

Die Antwort kam prompt.

Auf jeden Fall!

Ich wartete noch einen Augenblick, aber es kam keine weitere Nachricht mehr. Doktor Brandt war wie immer ein schwer beschäftigter Mann.

Der restliche Tag verging wie im Flug, und nachdem Tamme und Gunnar die Küche für sich beansprucht hatten (Gunnar entpuppte sich als leidenschaftlicher Hobbykoch mit ausgefallenen Ideen), unternahm ich mit Rudi und meiner Mutter einen Strandspaziergang.

Das Wetter hatte sich gedreht und ein Tiefdruckgebiet aus Skandinavien schaufelte dunkle Wolkenberge an die Küste. Der Wind hatte ebenfalls zugelegt und zauberte wieder die weißen Schaumkronen auf die Dünung der Ostsee. Ich liebte dieses Wetter. Es machte den Kopf frei und vertrieb jeden trüben Gedanken. Rudi alberte wie immer im Sand herum und schleppte alle zwei Minuten ein neues Beutestück an, das er zwischen den Steinen und dem Tang erobert hatte. Ich beobachtete meine Mutter, wie sie ihn überschwänglich lobte und ein Stück Treibholz ins Wasser warf, dem Rudi euphorisch hinterhersprang. Ihre Haut war wieder etwas rosiger geworden und die dunklen Schatten unter ihren Augen hatten sich verflüchtigt. Sie machte einen gesunden Eindruck, wenn man von der gebrochenen Schulter mal absah. Doch ich wusste, dass dies ein Trugschluss war. Sie *war* krank. Schwerkrank sogar. Und früher oder später würde sich ihre Parkinson-Erkrankung bemerkbar machen.

»Mama?«

Sie blickte kurz auf.

»Ich werde immer für dich da sein. Versprochen.«

Ich sah, wie sie trotzig den Kopf schüttelte und das gleiche ironische Lächeln präsentierte, das sie auch Tamme vererbt hatte.

»Wenn du das so sagst, Lucie, dann fühle ich mich richtig alt und krank.«

»Oh.« Ich sah sie erschrocken an. »Das ... das wollte ich nicht.«

»Natürlich willst du das nicht. Und jetzt hör mal auf, dich zu entschuldigen.«

Ihr Blick wanderte übers Meer. »Ist das heute nicht ein herrlicher Tag?« Sie schloss selig die Augen.

»Ja, das ist er.«

Einen Moment standen wir stumm da. Dann nahm meine Mutter meine Hand und sah mich ernst an.

»Nächste Woche kann dieser dusselige Verband ab und dann mache ich Physiotherapie. Bis zum Sommer ist die Schulter wieder verheilt, du wirst sehen.«

Ich nickte und wich ihrem Blick aus. Es stimmte, ihre Schulter würde verheilen. Aber gesund werden würde sie nicht. Parkinson war nicht heilbar. Und das wusste sie auch.

»Wenn es gut läuft, dann dauert es noch eine ganze Weile, bis mich diese blöde Krankheit so einschränkt, dass ich wirklich Hilfe brauche.« Sie sah mich wieder spitzbübisch an. »Wusstest du, dass sie diesem Physiker … Wie hieß er noch gleich …?«

Sie überlegte angestrengt und mir fiel leider auch kein Physiker ein, den ich mit Namen kannte.

»Ach ja – Hawking, Stephen Hawking.« Meine Mutter hingegen hatte ein fabelhaftes Namensgedächtnis. »Dem haben die Ärzte damals drei Jahre gegeben, dann hätte ihn seine Krankheit umgebracht. Und dann hat er daraus fünfzig gemacht.«

Ich erinnerte mich vage, davon in den Nachrichten gehört zu haben.

»Und es gibt so viele Fälle von Parkinson-Patienten, die noch Jahre ein gutes Leben geführt haben, Lucie.«

Sie legte mir ihre Handfläche an die Wange und ich fühlte ihre warme Haut an meiner und die Gewissheit meiner Kindheit, dass nichts und niemand mir etwas anhaben konnte.

»Ich habe doch jetzt alles, was ich mir wünsche. Und das werde ich bis zum letzten Moment auf dieser wunderbaren Erde genießen, das kannst du mir glauben.«

Sie lachte die wehmütige Stimmung einfach fort und deutete auf Rudi, der wie verrückt durch den Sand tobte. »Jetzt sieh dir nur mal diesen albernen Kerl an. Den stört es auch nicht, dass er nur noch drei Beine hat.«

Ich musste lachen. Rudi hatte sich noch nie von der Tatsache aufhalten lassen, dass man zum ausgelassenen Toben eigentlich vier Pfoten brauchte.

»Und genauso werde ich es auch machen, Lucie.«

Sie legte den Arm um mich und drückte mich fest an sich.

»Ich hab dich lieb, Mama«, flüsterte ich an ihrem Ohr.

»Ich liebe dich auch, Lucie.«

Tamme und Gunnar hatten nicht zu viel versprochen und ein wunderbares Abendessen aus den Zutaten gezaubert, die wir am Vormittag gekauft hatten. Der Fisch war auf den Punkt gebraten und die Kartoffeln schwammen in einer schaumigen Senfsoße mit leichtem Weißweinaroma, für die Gourmets vermutlich töten würden.

Wir hatten kurz mit dem Essen auf Sven gewartet, doch als er nach einer gefühlten Ewigkeit schrieb *Sorry, dauert länger. Fangt ohne mich an*, hatten wir uns hungrig auf die Köstlichkeiten gestürzt. Tamme und Gunnar wirkten wie ein eingespieltes Team, und ich beobachtete sie amüsiert, wie sie sich über unseren alten Esstisch hinweg unterhielten und die Vorzüge und Nachteile diverser Sternerestaurants in den entlegensten Erdteilen der Welt diskutierten. Ich hatte bis dahin noch nicht einmal gewusst, dass es sie gab. Ich hoffte inständig, dass ihre Leidenschaft für Feinschmeckerlokale nicht das Einzige war, das sie verband. In Gunnars Gesellschaft schien Tamme regelrecht aufzublühen. Und Gunnar in seiner. Obwohl ich ihn nicht so gut kannte, als dass ich es wirklich hätte beurteilen können.

»Ich kümmere mich um den Abwasch. Ihr bleibt sitzen. Das Essen war himmlisch.«

Ich drückte meinem kleinen Bruder einen Schmatz auf die Wange, während ich seinen Teller auf die anderen stellte und abräumte. Meine Mutter wollte sich ebenfalls erheben, doch ich drückte sie zurück in ihren Stuhl.

»Du bleibst schön sitzen.« Ich blickte fragend in die Runde. »Möchte jemand Kaffee oder Tee zum Nachtisch?«

Während der Tee zog und ich das gute Geschirr im Spülwasser einwirken ließ (es gehörte noch meinen Großeltern und war für so moderne Dinge wie eine Spülmaschine nicht gemacht), schaute ich mindestens zehnmal auf mein Handy in der Hoffnung, irgendetwas von Sven zu hören. Seit er verkündet hatte, sich noch mehr zu verspäten, hatte er sich nicht mehr gemeldet. So langsam wurde ich unruhig.

»Du, Lucie, ich glaube, Rudi muss mal.«

Tammes Wuschelkopf erschien in der Tür zur Küche und er sah mich entschuldigend an. Hinter ihm stand fiepsend Rudi, und ich hätte schwören können, dass auch er eine zerknirschte Miene machte.

»Na, prima, Rudi.« Ich sah tadelnd auf meinen Hund hinunter, der schuldbewusst die Ohren hängen ließ. »Hab ich dir's nicht gesagt: kein Salzwasser schlecken.«

Ich deutete auf die Teekanne und das Tablett, auf dem sich die selbst gemachte rote Grütze und die Vanillesoße für den Nachtisch befanden.

»Fangt ruhig schon an. Ich mach nur schnell eine Runde mit ihm.«

Der Platz war noch menschenleer und lag einsam und verlassen in der Dunkelheit. Rudi verrichtete erleichtert sein Geschäft und schien sich noch nicht einmal für die Hasen zu interessieren, die im Mondschein über den Kiesweg hoppelten. Ganz automatisch nahm ich den Weg zu Svens Wohnmobil und blickte erst im letzten Moment irritiert auf.

Sein alter Lada stand vor dem silbernen Airstream und aus den Fenstern war das warme Licht der Innenbeleuchtung zu erkennen. Er war also da. Ohne zu überlegen, ging ich die zwei Stufen hoch und öffnete die Tür.

»Sven, wo bleibst du? Wir …«

Ich hielt mitten in der Bewegung inne und starrte verdutzt auf die Frau, die in der kleinen Sitzecke saß und an einem Becher Tee nippte.

Aus dem hinteren Teil des Wohnwagens, wo sich die Schlafkoje befand, kam nun Sven.

»Lucie?!«

Ich drehte mich verwirrt um. »Hi … Sven …«

Er wirkte ähnlich überrascht wie ich. Doch da war noch etwas anderes in seinen Augen zu erkennen. Etwas, das ich nicht einordnen konnte.

»Ich wollte nicht stören … du bist noch beschäftigt, wie ich sehe, dann gehe ich mal wieder.«

Die junge Frau war mittlerweile aufgestanden und kam zu uns. Sie streckte mir die Hand entgegen, die ich ganz automatisch nahm.

»Hi, ich bin Jenna. Du musst Lucie sein.«

Ich nickte und starrte sie an. Sie musste ungefähr in meinem Alter sein. Ihre Augen waren von einem irritierenden Dunkelblau und ihr Lächeln strahlend wie aus einer Zahnbleaching-Werbung. Ich war mir zwar nicht sicher, aber ich hätte schwören können, dass die blonden Haare, die sie lässig zu einem Zopf gebunden hatte, in der Tat naturblond waren. Aus ihrem Akzent war herauszuhören, dass sie Engländerin oder Amerikanerin sein musste und vermutlich geradewegs von einem Traumstrand des Pazifiks kam.

Ich blickte wieder fragend zu Sven und dann zurück zu diesem blonden Engel, der im freundlichen Ton weiterplauderte.

»Du musst entschuldigen, dass ich Sven so lange aufgehalten habe. Wir hatten ein paar wichtige Dinge zu besprechen.«

»Sicher … ist schon in Ordnung.«

Besonders souverän hörte ich mich nicht an. Etwas hilflos vergrub ich meine Hände in den Jackentaschen und blickte wieder fragend von Sven zu ihr. Aus irgendeinem Grund war eine gespannte Atmosphäre in der Luft und ließ uns alle drei bedrückt schweigen.

Ich räusperte mich schließlich und sah Jenna fragend an. »Ihr seid Kollegen?«

Sie lächelte noch immer ihr strahlendes American-Girl-Lächeln. »Ex-Kollegen. Ich bin noch immer an unserer alten Klinik in Seattle.«

»Seattle. Wow.« Ich verdrehte innerlich die Augen über meine dilettantische Konversation. »Ist bestimmt schön da.«

»Ziemlich schön. Glaub ich jedenfalls.« Sie schob sich mit einer eleganten Geste eine widerspenstige Strähne hinters Ohr. »Viel bekomme ich davon leider nicht mit. Die meiste Zeit verbringe ich im OP.«

»Dann bist du … Chirurgin?«

Sie nickte. »Ich mache gerade die Facharztausbildung.«

Ich blickte wieder zu Sven und hoffte, er würde endlich etwas sagen, um dieser etwas unangenehmen Situation die Peinlichkeit zu nehmen.

Er sagte tatsächlich etwas. Und ich wünschte mir augenblicklich, er hätte die Klappe gehalten.

»Jenna und ich … sie ist meine Frau.«

Ich starrte ihn begriffsstutzig an. Was hatte er da gerade gesagt?

In seinen Augen sah ich so etwas wie Panik. Er rieb sich verlegen den Nacken.

»Ich glaube, das hatte ich dir noch nicht erzählt.«

Ich schüttelte den Kopf. »Kann mich nicht dran erinnern.«

Sven war verheiratet. Oder war es gewesen? Dafür musste es eine logische Erklärung geben. Ich klammerte mich an den letzten Strohhalm, der mir noch blieb.

»Und seit wann seid ihr … geschieden?«

Jenna beantwortete die Frage mit der ihr eigenen amerikanischen Unbekümmertheit. »Wir sind nicht geschieden.«

Ich wollte laut losschreien. Herausbrüllen, dass das alles nicht wahr sein konnte. Doch ich starrte sie nur stumm an. Einen langen Augenblick.

Sie tauschte einen Blick mit Sven und sah mich dann besorgt an. »Alles okay?«

Automatisch nickte ich. Und drehte mich um und verließ das Wohnmobil.

»Lucie! Halt! Warte!«

Ich eilte den Kiesweg entlang und hörte hinter mir Svens Schritte über die Steine knirschen.

»Bitte! Lucie! Bleib stehen!!«

Er hatte mich erreicht und hielt mich am Arm fest.

Wütend drehte ich mich um und schüttelte ihn ab. »Fass mich nicht an!«

»Ich kann das erklären. Du musst mir nur zwei Minuten zuhören.«

Ich sah seine hellen Augen im Mondlicht aufblitzen. Mit verschränkten Armen blieb ich vor ihm stehen.

»Okay. Dann schieß mal los. Wird bestimmt eine interessante Erklärung.«

Er raufte sich wieder die Haare und atmete schwer.

Ich sah ihn sauer an. »Ich warte.«

»Das ist nicht ganz so einfach.«

»Kann ich mir denken.« Meine Stimme klang ungewöhnlich eisig. »So eine Ehefrau vergisst man schließlich nicht so einfach wie das Handy auf dem Küchentisch.«

»Jenna und ich … wir sind schon seit einem Jahr getrennt.«

»Aha.« Ich hob ironisch die Augenbrauen.

»Wir … sie … es hat nicht mehr so gut zwischen uns funktioniert. Ich wollte zurück nach Deutschland, sie in den USA bleiben.«

»Verstehe. Und da hast du einfach alles stehen und liegen lassen und bist zurück nach Strande.«

Er grinste etwas schief. »Ja. So ungefähr. In der Kurzversion.«

»Ach, es gibt auch eine Langversion?« Meine Stimme hatte einen ätzenden Unterton. »Lass mich raten – jetzt ist sie hier, weil ihr endlich diese längst überflüssige Scheidung hinter euch bringen wollt. Richtig?«

Er wich meinem wütenden Blick aus und blickte auf einen Punkt zu meinen Füßen. »Es ist etwas komplizierter, Lucie.«

»Oh, nein, Sven. Das ist überhaupt nicht kompliziert.«

Am liebsten hätte ich ihm in diesem Moment eine reingehauen und ich musste mich mühsam beherrschen.

»Du bist verheiratet. Punkt. Und diese kleine, nicht unwichtige Tatsache hast du mir verschwiegen. Punkt. Und das wiederum führt dazu, dass ich dich in diesem Augenblick am liebsten umbringen würde. Und glaub mir, das ist nicht einfach nur so eine Metapher.«

»Lucie …«

»Nein. Wag es nicht, noch einmal in meine Nähe zu kommen. Wag es bloß nicht, du blöder, verlogener Mistkerl!«

Ich spuckte ihm die Worte in sein entsetztes Gesicht. Dann drehte ich mich um und eilte zurück in unser Haus. Er blieb tatsächlich dort stehen und folgte mir nicht. Zumindest waren keine Schritte mehr zu hören. Ich drehte mich nicht noch einmal um.

Ich habe keine Ahnung, wie es mir gelang, diesen Abend einigermaßen heil zu überstehen, ohne die ganze Zeit in Tränen auszubrechen oder das wertvolle Essgeschirr von Oma Stina an die Wand zu schmeißen, während ich gemeinsam mit Tamme und Gunnar den Abwasch machte. Ich hatte ihnen möglichst beiläufig erklärt, dass Sven nicht kommen würde, da er anderweitig beschäftigt war. Ich wollte nichts von dem erzählen, was ich gesehen und gehört hatte. Ich wollte ihnen nicht diesen Abend vermiesen, an dem doch alles endlich so war, wie wir es uns gewünscht hatten.

Das Schmerzlichste war tatsächlich, zu erleben, wie Tamme und Gunnar sich immer näher kamen. Verliebte Blicke tauschten, sich scheinbar beiläufig berührten und sich verstohlen anhimmelten.

Gunnar verabschiedete sich schließlich, und ich war nicht überrascht, als Tamme ihm anbot, ihn mit dem Bulli zu fahren. Als die beiden draußen waren, warf Mama mir einen vielsagenden Blick zu.

»Damit habe ich wirklich nicht gerechnet. Ausgerechnet Gunnar?«

»Ich finde, die beiden geben ein hübsches Paar ab.«

»Auf jeden Fall. Die hätten sich nur schon viel früher über den Weg laufen sollen.«

»Tja, das Leben steckt manchmal voller Überraschungen.«

Ich merkte selbst, dass sich meine Stimme bitterer anhörte, als ich es beabsichtigt hatte.

Meine Mutter sah mich sorgenvoll an. »Ist alles in Ordnung mit dir, Lucie?«

»Ja, alles bestens.« Das Lächeln, das ich aufsetzte, strengte mich so sehr an, dass meine Kiefermuskeln schmerzten. Ich legte ihr den Arm um die Schulter und drückte sie an mich. »Aber weißt du was? Ich bin hundemüde. Wir sollten schlafen gehen. Morgen wartet eine Menge Arbeit auf uns. Vielleicht macht mich das ja ein wenig nervös, hm?«

Die Ausrede war fadenscheinig, aber meine Mutter war mitfühlend genug, jetzt nicht weiter nachzuhaken.

Eine Stunde später lag ich in meinem alten Bett und starrte an die Decke. Ich war tatsächlich erschöpft und müde. An Einschlafen war jedoch nicht zu denken. Jedes Mal, wenn ich die Augen schloss, sah ich sie vor mir. Jenna. Svens Frau. Und ihr strahlendes All-American-Girl-Lächeln. Eine Frau, die nicht nur blendend aussah, sondern auch noch intelligent und erfolgreich war. Und Chirurgin. Welcher Mann würde nicht auf so eine Frau abfahren und sich glücklich schätzen, sie zu heiraten? Egal, was Sven sagte, diese Frau würde er nicht gehen lassen. Er würde alles tun, um sie zu behalten.

Die Erkenntnis war bitter und ließ einen bohrenden Schmerz in meiner Magengrube aufkommen, so, als würde ich gerade hundert Meter tief mit einem Fahrstuhl ins Leere sausen. Ich war für ihn nur eine kleine Ablenkung gewesen. Ein Flirt, eine Affäre, um die Wartezeit zu überbrücken, bis seine geliebte Superehefrau zu ihm zurückkommen würde und sich die Wogen in ihrer Ehe wieder geglättet hätten.

Warum hatte dieser Idiot mir nichts gesagt? Warum hatte er es mir verschwiegen? Wenn ich geahnt hätte, dass es da noch eine andere Frau in seinem Leben gab, dann hätte ich mich niemals auf ihn eingelassen.

Ich atmete tief durch. Vermutlich hatte er es aus genau diesem Grunde nicht gesagt. Er hatte mich rumkriegen wollen, hatte mit mir gespielt wie die Katze mit der Maus, und nun ließ er mich mit gebrochenem Herzen zurück. Mistkerl war wirklich noch eine viel zu nette Bezeichnung für ihn. Er war nicht besser als Falk Steiner, dieses andere Arschloch, das mir mein Leben versaut hatte. Doch im Gegensatz zu Doktor Brandt hatte Falk

Steiner nie einen Zweifel daran gelassen, dass er ein Mistkerl war. Im Grunde hatte ich damals gewusst, auf was ich mich mit ihm einließ. Und hatte es trotzdem getan. Ich war selber an dem schuld, was danach passierte.

Bei Sven war es anders. Sven hatte mich getäuscht. Er hatte sich in mein Leben geschlichen, mir den verständnisvollen, hilfsbereiten Doktor vorgespielt, den Traummann, auf den jede Frau wartet. Er hatte mir mein Herz geraubt, es einmal kräftig durch den Fleischwolf gedreht und es dann den Möwen zum Fraß vorgeworfen.

Er war noch schlimmer als Falk Steiner.

Ich musste schließlich doch noch eingeschlafen sein, denn ein lautes Stimmengewirr und Autotüren, die knallend zugeschlagen wurden, rissen mich abrupt aus einem traumlosen Schlaf. Irritiert blinzelte ich auf mein Handy. Es war bereits zehn Uhr am Morgen. Niemand hatte mich geweckt, obwohl ich mir sicher war, dass Tamme und meine Mutter längst aufgestanden sein mussten. Auch ohne Wecker wurden sie pünktlich um sechs Uhr morgens wach und begannen ihr Tagwerk.

Ich lauschte den ungewohnten Stimmen unter meinem Fenster und verstand kein Wort. Was auch nicht weiter verwunderlich war. Denn das, was sie da sprachen, war in der Tat … Polnisch?

Mit einem Ruck setzte ich mich im Bett auf. Das war eindeutig Polnisch. Und jetzt erkannte ich auch die einzige weibliche Stimme in diesem aufgeregten Wirrwarr – sie gehörte Dena, meiner besten Freundin aus Berlin.

»Ich glaub's ja nicht. Mein Gott bin ich froh, dass du da bist.«

Ich drückte Dena an mich wie ein lang verschollenes Familienmitglied, das unverhofft wieder aufgetaucht ist.

Sie schob etwas verdutzt ihre riesige Sonnenbrille in die üppige rote Mähne und schaute verwundert auf mich herab. »Ich freu mich ja auch, dich zu sehen.«

Mein Gott, wie hatte ich diesen süßen polnischen Akzent vermisst.

»Geht's dir gut, Lucie?«

Dena hatte schon immer ein untrügliches Gespür dafür, wenn bei mir Liebeskummer angesagt war. Es ist mir ein Rätsel, woher sie das immer wusste, vermutlich hatte sie eine Art sechsten Sinn für die emotionalen Verwicklungen, in die man stürzt, wenn einem das Herz gebrochen wird.

»Ich erzähl dir alles später.«

Mein vielsagender Blick ließ sie augenblicklich verstummen, und dann begrüßte ich Peter, der etwas unbeholfen zwischen seiner polnischen Verwandtschaft stand und sich bereits umschaute.

»Schön, dass du da bist, Peter.« Ich nahm auch ihn in den Arm.

»Ich bin Janos, Peters Onkel. Dann sind Sie bestimmt Lucie?«

Ein großer drahtiger Mann um die fünfzig reichte mir die Hand und drückte kräftig zu. Ich verkniff mir ein Stöhnen und war froh, als er sie zwei Sekunden später wieder losließ.

»Hi, Janos.«

Ich wandte mich um zu meiner Mutter, die neugierig aus dem Haus gekommen war, um die bunte Schar zu begrüßen, die aus ihren Kombis, Kastenwagen und Transportern mit polnischen Kennzeichen stieg.

»Mama, darf ich dir vorstellen: Das ist Dena.«

Ich deutete auf meine beste Freundin, die sogleich meiner Mutter in die Arme fiel und sie mit ihrer polnischen Unbekümmertheit begrüßte.

»Frau Thomsen, schön, Sie endlich mal kennenzulernen. Lucie hat schon so viel von Ihnen erzählt.«

Nachdem sie Mama wieder freigegeben hatte, stellte ich ihr Peter vor.

»Und das ist Peter, Denas Verlobter.«

Meine Mutter schüttelte jedem Einzelnen herzlich die Hand und strahlte in die Runde.

»Wir wüssten nicht, wie wir das alles ohne Ihre Hilfe schaffen sollten. Herzlich willkommen auf der Rosenfelder Düne.«

Sie warf mir einen etwas ratlosen Blick zu.

»Wir haben allerdings nicht so früh mit Ihnen gerechnet.«

»Ich würde vorschlagen, wir trinken jetzt alle erst mal einen Kaffee.« Ich sprang meiner Mutter hilfreich zur Seite. »Und dann schauen wir mal, wo wir euch alle unterbringen.«

Gegen Mittag hatte sich die polnische Bauarbeiterbrigade (wie Tamme sie fasziniert nannte) in den drei Mobilheimen häuslich eingerichtet, die noch am besten in Schuss waren. Ich war beeindruckt, wie schnell sie die etwas in die Jahre gekommenen Hütten wohnlich gestalteten, während ich mit Peter, Dena, meinem Bruder, Janos und Mama über den Campingplatz ging und unser Bauvorhaben vorstellte. Peter und sein Onkel tauschten ein paar polnische Wörter oder bedeutungsschwere Blicke, während sie die alten Waschhäuser und Mobilheime besichtigten und dabei die Umbaupläne studierten. Meine Spannung wuchs ins Unermessliche, denn Begeisterung sah anders aus. Auch meine Mutter bekam es langsam mit der Angst zu tun.

»Die sehen nicht begeistert aus«, raunte sie mir nach kurzer Zeit ins Ohr.

Dena, die das mitbekam, klopfte ihr nur aufmunternd auf die Schulter. »Die sind immer so. Machen Sie sich mal keine Sorgen, Frau Thomsen.«

»Ich bin Suse.« Mama streckte ihr die Hand hin. »Frau Thomsen geht gar nicht.«

Während wir über den Platz schlenderten, schielte ich immer wieder hin zu Svens silbernem Airstream. Sein Lada war verschwunden und er war vermutlich schon in der Praxis oder hatte Spaß mit seiner Ehefrau. Einen Moment hatte ich den starken Wunsch, Karl-Heinz, unseren alten Trecker, aus der Scheune zu holen und Svens Zuhause dem Erdboden gleichzumachen. Schon komisch. Bislang war ich eher der friedliebende Typ gewesen.

Während die anderen ihre Köpfe über den Umbauplänen zusammensteckten und eifrig die Baumaßnahmen diskutierten, nahm mich Dena beiseite.

»Hier ist es wirklich schön, Lucie.«

Ich nickte wehmütig.

»Mach dir mal keine Sorgen, Peter und seine Jungs machen aus eurem Campingplatz ein richtiges Schmuckstück. Die können das, glaub mir.«

»Das weiß ich doch, Dena.«

»Gut.« Sie grinste mich frech an. »Dann hat dein Weltuntergangsgesichtsausdruck, den du mühsam versuchst zu verbergen, also mit was anderem zu tun.«

Ich wich ihrem Blick aus. »Kann man so sagen.«

»Wie heißt der Mistkerl, der dir das angetan hat?«

»Sven. Doktor Sven Brandt.«

»Sieh an, ein Doktor.« Sie sah mich auffordernd an.

Ich brachte sie kurz auf den Stand der Dinge, schilderte unsere erste Begegnung nach unserem Busunfall, unsere Treffen im *Strandläufer* und die Nacht im Wohnmobil.

Dena hörte aufmerksam zu, stellte hier und da ein paar Fragen, lächelte wissend und zog dann vor Ärger die Augenbrauen zusammen.

»Die Kerle sind doch alle gleich. Was für ein Arschloch!« Mit Blick auf ihren Verlobten, der, immer noch diskutierend, mit den anderen über die Pläne gebeugt dastand und wild gestikulierte, revidierte sie das soeben Gesagte.

»Also bis auf Peter. Wenn er eine Frau hätte, wäre mir das sicherlich aufgefallen.«

»Ich komme mir total verarscht vor.«

»Ganz im Ernst, Süße, das ist auch so. Er hat dich verarscht. Ich sag ja immer wieder: Lass die Finger von diesen Akademikern, die haben alle 'nen Schaden. Schnapp dir was Solides.«

»So wie Peter?« Ich grinste sie schief an.

Dena nickte eifrig. »Ich stell dir nachher mal Jakob vor, Peters Cousin. Begnadeter Schreiner. Was der alles mit seinen Händen anstellt …«

Ich blickte sie skeptisch an.

»Doch nicht das, Lucie!«, fuhr sie fort, als sie meinen Blick sah. »Der baut Möbel und so, ganz toll.«

Ich nickte wenig überzeugt.

»Ganz ehrlich, Dena, mir ist gerade nicht so nach neuen Männern in meinem Leben. Das ist auch so schon kompliziert genug.«

Sie sah mich verständnislos an. »Wie willst du denn den Richtigen finden, wenn du dich nicht wieder in den Sattel schwingst?«

Ich verzog das Gesicht. Dena hatte das unglaubliche Talent, komplizierte Dinge sehr einfach darzustellen. »Das war jetzt ein ziemlich schräger Vergleich.«

»Weißt du was?« Sie sah mich begeistert an. »Heute Abend gehen wir ordentlich was trinken und dann machen wir einen Plan für dich. Und die Männer.«

»Dena …«

»Hier gibt's doch bestimmt ein paar nette Läden, in denen die Jungs so ihre Abende verbringen. Da ist garantiert was für dich dabei. Nur so. Zum Üben.«

»Wie lange wolltest du noch mal bleiben?«

Sie sah mich unschuldig an. »Ich bleib, bis alles fertig ist. Peter und ich müssen doch die Hochzeit planen.«

Meine Mutter war vom ersten Augenblick an von Dena, ihrem Verlobten und der polnischen Brigade begeistert. Besonders Denas unkomplizierte Art hatte es ihr angetan, und die beiden verstanden sich glänzend.

Als Dena erfuhr, dass Mama an Parkinson litt, war sie schockiert, brach in Tränen aus, nahm meine Mutter mitfühlend in die Arme, um dann fünf Minuten später zu beschließen, dass das alles doch kein Grund sei, jetzt Trübsal zu blasen. Ich liebte sie dafür.

Janos stellte sich als erfahrener Baustellenleiter heraus, der an einem Nachmittag den kompletten Überblick über sämtliche anstehenden Sanierungsarbeiten hatte, einen Zeit- und Arbeitsplan entwarf und seine Leute einteilte. Auf Mamas vorsichtige Frage, ob man wohl im Sommer den Platz für die Gäste eröffnen könne, nickte Janos nur bedächtig und versprach mit einem entzückenden polnischen Akzent, er würde sich eher sein Bein abhacken, als so eine reizende Person wie meine Mutter zu enttäuschen. Mama strahlte ihn an und wurde tatsächlich etwas verlegen.

Jetzt, wo wir Hilfe hatten, schien es auf einmal nichts mehr für mich zu tun zu geben. Was nicht gut war. Gar nicht gut. Denn so hatte ich Zeit, über Sven nachzudenken. Und wenn es etwas gab, an das ich nicht denken wollte, dann war es dieser Blödmann.

Er hatte mir im Laufe des Tages mehrere SMS geschickt.

Ich hatte sämtliche Nachrichten sofort gelöscht. Ich wollte weder mit ihm reden noch ihn sehen und erst recht nicht an ihn denken. Was allerdings unmöglich war, denn ständig fragten mich Tamme oder Mama, wo denn Sven bliebe. Schließlich platzte mir der Kragen.

»Herrgott noch mal – wo der bleibt?«

Tamme und Mama zuckten erschrocken zusammen, als wir in der Küche standen und eine ganze Wagenladung Schnittchen und große Thermoskannen mit Kaffee für unsere Bauarbeiter zubereiteten.

Ich schmiss das Messer, mit dem ich gerade Leberwurst auf die Brötchen geschmiert hatte, ins Spülbecken. Es schien mir ratsamer, nichts in der Hand zu haben, was tödliche Verletzungen hervorrufen konnte.

»Dann erzähl ich euch mal, was los ist. Doktor Brandt ist nämlich verheiratet.«

»Echt jetzt?« Tamme sah überrascht von mir zu Mama. »Ist das wahr?«

Ich nickte und starrte wütend hinaus durchs Fenster auf unseren kleinen Vorplatz, wo Peter mit seinen Leuten gerade ein paar schwere Baumaschinen aus dem Transporter hievte.

»Ich habe seine Frau gestern kennengelernt. Sie ist auch Ärztin.« Ich lachte bitter auf und drehte mich wieder um zu meinen fassungslosen Familienmitgliedern. »Und dazu noch eine verdammt nette, super gut aussehende Ärztin.«

Meine Mutter musste sich setzen. »Also das ... das hätte ich Sven nun wirklich nicht zugetraut.«

Mein Bruder fing sich erstaunlich schnell. »Ob das vererbbar ist? Ich meine, du und Papa ... also du hast ja auch nicht mitgekriegt, dass der schon eine Frau hatte.«

Ich boxte Tamme auf den Arm. »Halt die Klappe, Tamme. Du bist grad keine große Hilfe.«

»Kein Grund, gleich gewalttätig zu werden.« Er rieb sich den schmerzenden Arm. »Schlag gefälligst den Doktor, aber nicht mich.«

»Aber wieso hat er denn nichts gesagt?« Mamas Blick war voller Mitgefühl. »Dafür muss es doch eine Erklärung geben.«

»Was weiß denn ich, warum man seine Ehefrau nicht erwähnt.« Ich zuckte mit den Schultern, obwohl ich für mich schon längst eine Antwort gefunden hatte.

»Habt ihr denn nicht darüber geredet?«

Ich sah Tamme mit zynischem Lächeln an. »Nein, Tamme. Wir haben nicht darüber geredet. Wir haben überhaupt nicht geredet. Denn irgendwie hatte ich da keine Lust drauf.«

Mama starrte einen Moment gedankenvoll vor sich hin. Ich ahnte, was kommen würde.

»Nein, Mama. Auf keinen Fall.«

»Was ist denn?«

»Ich kenne diesen Blick.« Kurzerhand setzte ich mich zu ihr an den Tisch. »Du versprichst mir jetzt hoch und heilig, bei deinen Kindern, diesem Platz und was dir sonst noch alles wichtig ist, dass du, unter gar keinen Umständen, niemals, dich in mein Liebesleben einmischst. Und so etwas Dummes machst wie mit Sven reden.«

Sie sah mich unschuldig an.

»Ich kenne dich, Mama.«

»Ist ja gut, ich werde mich nicht einmischen. Aber darf ich dir trotzdem einen guten Rat geben?«

Sie würde es ja trotzdem tun, ob ich nun wollte oder nicht.

»Es gibt für alles einen Grund, Lucie.«

Ich lachte bitter auf, doch meine Mutter fuhr unbekümmert fort.

»Manchmal gefallen uns diese Gründe nicht. Und manchmal machen sie uns auch wütend. Aber es ist immer gut, den Grund zu kennen. Denn sonst macht man sich Gedanken über Dinge, die gar nicht stimmen.«

»Amen«, hörte ich Tamme hinter mir, der sich noch immer den Arm rieb. Was ich reichlich übertrieben fand.

Nachdem Peter und die restlichen Handwerker versorgt waren, ging ich mit Rudi hinunter an den Strand, um mir den Kopf vom Wind freipusten zu lassen.

Wollte ich wirklich von Sven hören, dass er noch immer seine Frau liebte und mir deshalb nichts von ihr erzählt hatte? Denn das war der Grund, den ich in seinen Augen gelesen hatte.

Ich war für ihn nicht mehr als eine unkomplizierte Affäre gewesen, die die Wartezeit überbrücken sollte, bis die Frau seiner Träume wieder zurück in seine Arme flog.

Warum mich das alles so traf, war mir ein Rätsel. Die letzten Jahre in Berlin hatte ich schließlich ständig irgendwelche unkomplizierten Affären gehabt. Auch wenn ich niemals genauer nachgefragt hatte, so war ich mir bei dem einen oder anderen bewusst gewesen, dass ich nicht die einzige Frau in seinem Leben war. Es hatte mir nichts ausgemacht. Weil alle diese Männer mir nichts bedeutet hatten. Sie waren austauschbar gewesen, und ich hatte kaum mehr einen Gedanken an sie verschwendet, nachdem sie so schnell aus meinem Leben verschwanden, wie sie aufgetaucht waren.

Bei Sven war es anders. Oder Sven war anders? Ich stöhnte erneut auf, biss die Zähne zusammen und legte den Kopf in den Nacken, um wütend in den tiefblauen Frühlingshimmel zu schauen.

»Aaaarrrghhh …« Mein Schrei hallte übers Wasser.

Rudi sprang erschrocken einen Schritt zur Seite.

»Warum muss das ausgerechnet mir passieren?!«

Er blieb etwas auf Abstand, sein Blick war noch immer skeptisch.

»Toll gemacht, Lucie Thomsen! Gratuliere!«

Dann atmete ich tief durch und ging in die Hocke, um Rudis wuscheligen Kopf zu streicheln.

»Alles gut, Rudi. Das musste nur mal kurz raus. Jetzt geht's schon wieder besser.«

Pünktlich um sechs am nächsten Morgen verwandelte sich unser beschaulicher Campingplatz in eine Großbaustelle, auf der Bauarbeiter, Transporter und Baumaschinen (sogar ein kleiner Minibagger war dabei) geschäftig herumwuselten.

Der Berg an Bauschutt, der aus den alten Waschhäusern, der Rezeption und den Mobilheimen vor der Scheune aufgeschüttet wurde, wuchs in Rekordtempo zu einem mächtigen Berg, und ich hoffte inständig, dass sie den wieder entsorgen würden, wenn sie mit der Entkernung unserer alten Gebäude erst mal fertig waren.

Es war ein milder Frühlingstag, und jetzt Anfang April stand die Sonne schon vormittags hoch am Himmel und wärmte uns mit ihren Strahlen. Wenn alles wirklich so glatt lief, wie Janos es meiner Mutter versprochen hatte, dann könnten wir tatsächlich Anfang Juni die *Rosenfelder Düne* für die Urlauber eröffnen. Bis dahin war es zwar noch eine Weile hin, aber mir kam eine Idee, wie wir sie nutzen könnten, um schon jetzt deren Vorfreude zu wecken.

»Du willst eine neue Website machen?« Meine Mutter sah mich skeptisch an.

Ich nickte eifrig. »Wir haben doch noch die E-Mail-Adressen unserer alten Stammkunden, oder?«

»Ja, von den meisten haben wir die Adressen oder Telefonnummern.«

»Super! Die schreiben wir an, machen kräftig Werbung für unseren neuen Platz und verlinken sie auf unsere Website.«

So richtig überzeugt war sie nicht von meiner Idee.

»Das wird klasse, glaub mir. Wir machen jeden Tag Fotos über den Baufortschritt und denken uns kleine Geschichten aus. Quasi ein Baublog. Und das stellen wir dann alles auf unsere neue Website.«

»Gar nicht mal so schlecht.« Tamme nahm meinen Vorschlag etwas begeisterter auf. »Das schafft 'ne Superbindung zu den Gästen. Die haben dann das Gefühl, wir machen das alles nur für sie.«

»Was ja auch stimmt.«

Mama war noch nicht wirklich hundertprozentig überzeugt. »Und wie macht man so was?«

»In Berlin habe ich auch die Seite von der Bar erstellt, in der ich gejobbt habe. Den Leuten hat's gefallen.«

Das überzeugte meine Mutter endgültig. »Also schön, machen wir einen Blog.«

Ich war heilfroh, endlich etwas zu tun zu haben, was mich davon abhielt, weiter an Sven Brandt zu denken.

Kapitel 13

Es stellte sich sehr schnell heraus, dass das Erstellen einer neuen Website, selbst wenn ich die Vorlagen eines mittelmäßigen, aber unschlagbar günstigen Webhost-Anbieters dafür benutzte, nur bedingt geeignet war, mich vom Liebeskummer abzulenken.

Ich probierte sämtliche Vorlagen aus, bastelte stundenlang daran herum, kramte alte Familienfotos aus den Fünfzigern hervor, scannte und fügte sie ein, nur um deprimiert festzustellen, dass das alles großer Käse war.

War es natürlich nicht, wie mir Mama, Tamme, Gunnar und auch Dena immer verzweifelter versicherten. Doch mein eigenes Urteilsvermögen war getrübt, und ich blickte auf meine Arbeit wie durch eine große Sonnenbrille, die alles ein klein wenig dunkler in meinem Leben erscheinen ließ. Dena wurde es schließlich zu bunt und sie zog die Reißleine.

»Sag mal, habe ich das richtig gesehen? Heute Abend ist die große Party auf der Seebrücke?«

Dena stand hinter mir am Küchentisch, während ich auf Gunnars MacBook (eine Leihgabe) Oma und Opa grafisch günstig vor unserem neuen Logo platzieren wollte, was einfach nur dämlich aussah.

Ich nickte geistesabwesend. »Hmm … da ist immer schwer was los.«

»Na, worauf warten wir dann noch? Lass uns feiern gehen!«
Ich schüttelte den Kopf. »Ich muss das hier noch fertig kriegen.«

Kurzerhand klappte Dena das Notebook vor meiner Nase zu.

Ich sah sie empört an. »Hey! Was soll denn das?«

»Wir machen einen drauf. Keine Widerrede.« Sie zog mich vom Küchentisch hoch, ohne dass ich mich wehren konnte.

»Och Mensch. Ich hab aber keine Lust.«

Sie sah mich unnachgiebig an. »Nein, du badest lieber in Selbstmitleid und lässt dich hängen.« Sie sah mich tadelnd an. »Glaub mir, das ist kein Mann der Welt wert.«

Ich verfluchte den Augenblick, in dem ich Dena von Sven erzählt hatte. »Ich will im Augenblick überhaupt niemanden kennenlernen, erst recht keinen Mann.«

»Musst du ja auch nicht.« Sie sah mich verständnislos an. »Wir haben einfach nur Spaß.«

Tatsächlich hatte ich den drei Stunden später. Wie sich herausstellte, half eine kleine Menge Alkohol in der Tat dabei, meine Laune auf ein Mindestmaß zu heben.

Wir waren mit Tamme und Gunnar, Peter und zwei seiner Cousins zur Feier am Strand aufgebrochen, während Mama und die anderen daheim die Stellung hielten. Die Hütten und Buden, die entlang der Strandpromenade und auf der Seebrücke aufgebaut worden waren, quollen über mit gut gelaunten Frühjahrstouristen und Einheimischen in Feierlaune. Der Sound aus den Musikanlagen schallte über die friedlich daliegende Ostsee. Das Wetter hatte sich gehalten und es war ein trockener und noch recht angenehmer Frühlingsabend. Ganz am Ende der Seebrücke war ein großes Partyzelt aufgebaut worden, in dem ein DJ der feiernden Menge einheizte.

Ich hatte mit etwas unbehaglichen Gefühlen nach Sven Ausschau gehalten, aber entweder ging er in der Menschenmenge unter oder er hatte mal wieder Dienst in der Notaufnahme oder war mit seiner großartigen Ehefrau beschäftigt. Jedenfalls blieb mir so sein Anblick erspart.

An einem der Getränkestände, die zu einer der neuen schicken Strandbars der Promenade gehörten und die Champagner, Austern und völlig überteuerte Currywurst servierten (angeblich original aus Berlin, was ich bezweifelte), hatte ich Falk Steiner und seine kleine Schwester erblickt und war eilig an ihnen vorbeigehuscht, ohne dass sie mich bemerkten. Tamme hatte kurz überlegt, Falk *Hallo* zu sagen, was Gunnar gerade noch verhindern konnte. Den Abend mit einer kleinen Massenschlägerei zu beginnen, war nun wirklich alles andere als verlockend. Wir zogen lieber weiter und landeten schließlich auf der Seebrücke, wo es etwas robuster und bodenständiger zuging. Und dort mischten wir uns unter die Tanzenden.

Nach drei Cocktails und den Top Ten der Schlagercharts war ich verschwitzt, atemlos und bester Laune. Ich hatte kurz Small Talk mit einigen meiner früheren Schulfreunde gehalten, hatte mir von den alten Freunden meiner Mutter auf die Schulter klopfen und gratulieren lassen, dass die Thomsen-Geschwister neuen Schwung in die *Rosenfelder Düne* brachten, hatte gelacht und getanzt und dabei tatsächlich nicht an Doktor Brandt gedacht.

»Da weiß aber jemand, wie man feiert, was?«

Ich fühlte, wie sich eine Hand auf meine Schulter legte, und drehte mich erschrocken um. »Herr Krüger!«

Vor mir stand der Sparkassenleiter im bunten Hawaiihemd, legeren Cargohosen und einem albernen Strohhut auf dem Kopf. Was bei Männern, die zwanzig Jahre jünger waren, durchaus als hippes Strandoutfit durchgehen konnte, war in diesem Falle eher grenzwertig.

»Na, na, na …« Er fuchtelte mit seinem Zeigefinger vor meiner Nase herum. »Herr Krüger?! Conny für dich.«

Richtig. Ich erinnerte mich vage.

Er hielt mir seinen Drink zum Anstoßen hin. »Und beim Du waren wir doch auch schon längst.«

Ich prostete ihm zu. »Klar … Conny.«

Ich blickte mich hilfesuchend nach Dena und den anderen um. Die waren auf der Tanzfläche und gingen gerade ordentlich ab.

»Du … dieser Song …« Aus den Boxen dröhnte Helene Fischer und warf uns ihr *Atemlos* in ohrenbetäubender Lautstärke entgegen. »Dazu *muss* ich einfach tanzen.«

Nun gut, ich hatte noch nie danach getanzt. Ganz davon abgesehen, dass ich mir bislang niemals freiwillig Helene Fischer angehört hatte. Aber egal. Bevor Conny noch etwas sagen konnte, hatte ich mich an ihm vorbeigedrückt und auf die Tanzfläche geflüchtet.

Ganz so schnell gab Conny allerdings nicht auf. Ich hatte kaum Dena erreicht, die mit Peter ihr persönliches *Atemlos* hinlegte, da war Conny auch schon hinter mir und bewegte sich im Rhythmus der Musik. Er machte das wohl nicht allzu oft. Und ein begnadeter Tänzer war er auch nicht. Was er jedoch mit einer Menge Enthusiasmus wettzumachen versuchte. Der Gute hatte wohl nicht besonders oft die Gelegenheit, sich mal so richtig gehen zu lassen. Im Gegensatz zu seinem nicht existenten Rhythmusgefühl besaß er eine ziemlich gute Kondition und hielt auch noch die nächsten drei Lieder durch. Ab und zu versuchte er mir etwas zu sagen, doch angesichts der Lautstärke der Musik blieb mir der Sinn seiner Worte erspart.

Meine Kondition konnte da nicht länger mithalten, und ich sah schließlich ein, dass ich ihn so nicht wieder loswerden würde. Als er kurz mal nicht in meine Richtung blickte und ausdrucksstarke Bewegungen mit seinen Armen vollführte, nutzte ich die Gelegenheit und flüchtete an die Bar, bevor Conny irgendetwas mitbekam. Diesmal nahm ich jedoch Dena ins Schlepptau.

»Noch zwei, bitte.«

Während ich die Cocktails bestellte, strahlte Dena übers ganze Gesicht und schüttelte ihre verschwitzten roten Locken.

»Das is ja geiler als im Berghain.« Sie schien sich mächtig zu amüsieren. »Und die Drinks sind auch billiger.«

»Der Laden war schon immer überbewertet, meine Liebe.« Wir stießen an. »Auf Strande.«

»Geht's wieder?« Sie sah mich prüfend über den Rand ihres Cocktailbechers an.

Ich nickte. »Alkohol hilft.« Ich hielt den Becher hoch. »Und solange besagter Doktor hier nicht auftaucht …«

Dena blickte neugierig über die Menschenmassen, die sich an der Bar und auf der Tanzfläche tummelten. »Also, sehen würde ich den schon mal ganz gerne.« Als sie meinen genervten Blick erkannte, fügte sie eilig hinzu: »Also nur mal so interessehalber.«

»Glaub mir, Dena, da verpasst du nichts.«

Ihr Blick verriet mir, dass sie nicht hundertprozentig davon überzeugt war, doch zu meiner Erleichterung ließ sie das Thema fallen. Conny hatte uns auch wiedergefunden und tauchte unvermittelt neben uns auf.

»So viel Spaß hatte ich schon lange nicht mehr.« Er war vor Anstrengung ganz rot im Gesicht und ich glaubte ihm jedes Wort.

Ich deutete auf Dena. »Darf ich vorstellen? Das ist Dena, meine beste Freundin aus Berlin.«

Ich warf Dena einen vielsagenden Blick zu, und sie erkannte sofort, was mein Problem war. Schließlich waren wir schon oft in irgendwelchen Klubs von Typen angebaggert worden, von denen wir lieber nicht angebaggert werden wollten.

»Ach, auch aus Berlin? Das ist ja toll.« Man ahnte fast die Sternchen in seinen Augen, als er Dena bewundernd ansah. »Was wollt ihr trinken, ich gebe einen aus.«

Wir hoben unsere Gläser. »Du, danke, ist nett, aber wir sind schon versorgt.«

Conny lehnte sich über den Tresen und bestellte für sich noch einen Caipirinha.

Dena lehnte sich zu mir herüber und flüsterte mir ins Ohr: »Wer ist denn dieser kauzige Typ?«

»Sparkassenleiter. Zu dem müssen wir nett sein, sonst gibt's keine Kohle«, flüsterte ich zurück.

Dena nickte wissend. »Alles klar.«

Conny hatte seinen Drink und kam wieder zu uns. »Auf die neue Saison und dass wir alle mal so richtig viel Spaß haben.«

Die Art und Weise, wie er es sagte, ließ Schlimmes ahnen.

Der Abend begann in dem Moment aus dem Ruder zu laufen, als Conny den vierten Caipi wie Wasser in sich hineinschüttete und auf der Tanzfläche wie ein Irrer herumwirbelte. Das Blöde war, dass er darauf bestand, mit mir herumzuwirbeln. Und was noch weitaus blöder an der ganzen Sache war: Seine Frau stand derweil auf hundertachtzig an der Bar und beobachtete ihren Göttergatten mit einem Blick, der selbst einen Elefanten in Schockstarre versetzt hätte. Sollte Conny den Abend halbwegs überstehen, so würde ihn morgen daheim die Hölle auf Erden erwarten. Er tat mir fast leid in seinem verzweifelten Bemühen, sich wenigstens einmal so richtig zu amüsieren. Vermutlich gab es sonst nicht viel in seinem Leben, das ihm Spaß bereitete.

Mona Krüger bedachte mich derweil mit keinem einzigen Blick und schien fest entschlossen, mich einfach zu ignorieren.

Dena nahm irgendwann die Sache in die Hand und gab den Barkeepern hinter der Theke die Anweisung, Herrn Krüger von nun an seine Cocktails lieber ohne Alkohol zu servieren. Er bekam davon ohnehin nicht mehr viel mit. Ein dezent über die Theke gereichter Fünfzig-Euro-Schein machte die Sache klar.

Während die anderen Stände an der Promenade langsam schlossen, wurde es in dem Partyzelt auf der Seebrücke immer enger. Die Feierwütigen hatten ihr Treiben von den schicken Bars auf die rustikalere Seebrücke verlegt und wollten einfach nicht nach Hause gehen. Ich fand, dass nun der richtige Moment gekommen wäre, sich zu verabschieden.

»Du, Conny, ich brauch mal eine Pause.« Ich brüllte es ihm auf der Tanzfläche ins Ohr und er schenkte mir ein reichlich angetrunkenes Grinsen.

»Och, ein Lied noch, ja?«

Ich schüttelte den Kopf, packte ihn am Arm und zog ihn von der Tanzfläche in der Hoffnung, ihn auf einer der Bierbänke parken zu können.

Conny hatte jedoch noch Durst und sah mit glasigen Augen in Richtung Bar. »Ich brauch was zu trinken.« Er schwenkte links ab, und noch bevor ich es verhindern konnte, hing er halb über der Theke und wedelte wild mit dem Arm. »Ich nehm noch zwei.«

Ich verdrehte die Augen und eilte ihm hinterher.

Dena tauchte an meiner Seite auf und beugte sich zu mir. »Keine Angst, die Jungs wissen Bescheid. Der kriegt heute nichts mehr, was auch nur entfernt an Alkohol erinnert.«

Ich sah sie erleichtert an. »Danke.«

Conny kam derweil schwankend mit zwei Bechern zu uns zurück. »Hier. Auf die Nacht der Nächte.«

Dena und ich tauschten einen stummen Blick, während Conny den Strohhalm im Cocktail kurzerhand über die Balustrade warf und einen mehr als großzügigen Schluck von seinem Cocktail nahm. Ich betete inständig, dass da auch wirklich kein Alkohol mehr drin war.

»Och, manno …« Schwankend hielt Conny inne und sah mich groß an. »Wir müssen doch anstoßen.«

Er hielt mir den Becher mit einer ruckartigen Bewegung hin und die Eiswürfel flogen im hohen Bogen dem Strohhalm hinterher.

»Auf dich, Lucie.«

»Auf dich, Conny.« Ich nuckelte an dem Cocktail.

Conny spitzte seine Lippen, während er den Kopf zu mir hinüberbeugte. »Und jetzt einen Kuss.«

Ich wich einen Schritt zurück und spürte die Balustrade hinter mir im Rücken. »Auf keinen Fall!«

»Och bitte, bitte … nur einen.«

»Du hast sie gehört, kleiner Mann.« Dena sprang mir zur Seite, wie es sich für eine beste Freundin gehört. »Zeit, ins Bett zu gehen.«

Conny wandte sich leicht schwankend zu ihr um. »Wer bist'n du noch mal?«

»Ich bin diejenige, die dir jetzt den Weg zu deiner Frau zeigt.«

Dena hatte ihr zuckersüßes Barfrauenlächeln aufgesetzt und packte Conny robust am Arm, um ihn hinter sich her zur Bar zu schleppen, an der Connys Frau ziemlich wütend wartete.

Ich atmete erleichtert auf. Leider etwas zu früh.

Conny war weit davon entfernt, den Abend zu beenden. Kurzerhand machte er sich von Dena los und stürzte sich wieder auf mich. »Einen Kuss …«

Ich duckte mich unter den Armen weg, die mich umfangen wollten. »Sorry, aber du bist nicht mein Typ …«

Verdutzt hielt Conny inne, sah sich kurz irritiert um, um mich dann hinter sich zu erblicken. »Ah … da bist du.«

Diesmal stieß ich ihm meine Hand vor die Brust, um ihn auf Abstand zu halten. »Es reicht, Conny, ganz im Ernst. Du solltest jetzt besser gehen.« So langsam ging mir der Gute dann doch auf den Geist. Mächtig auf den Geist.

Er verstand die Welt nicht mehr und sah mich aus trüben Augen an. »Aber … du und ich … wir hatten doch so viel Spaß heute Abend.«

»Irrtum. Du hattest Spaß. Und mir reicht es jetzt wirklich.« Damit wandte ich mich ab.

Doch diesmal hielt mich Conny etwas grob am Arm zurück. »Hiergeblieben …«

Ich starrte wütend in sein schweißnasses Gesicht. »Lass – mich – los!«

Seine Augenlider waren halb geschlossen und er schwankte bedenklich. Mein Mitgefühl mit dem Sparkassenleiter, der nicht besonders viel zu lachen hatte in seinem Leben, war augenblicklich verschwunden. Er war dabei, eine Grenze zu überschreiten, und ließ sich nicht davon abhalten, es auch weiterhin zu tun.

»Ich will doch nur mal ein bisschen Spaß haben.« Seine Stimme war wieder weinerlich. Was mir allerdings herzlich egal war.

»Aber ich nicht mit dir, ist das klar?« Ich funkelte ihn sauer an.

Er schloss die Augen und schüttelte den Kopf. »Kannste vergessen …«

»Conny, ich warne dich, lass mich jetzt los.«

Er schüttelte den Kopf. »Nee, du – ich lass dich heut nicht gehen.«

Das war's. Ich riss mich mit der einen Hand los und stieß ihm mit der anderen Hand kräftig vor die Brust.

Conny war ziemlich überrascht über meine plötzliche Gegenwehr, taumelte nach hinten, landete an der Balustrade und verlor das Gleichgewicht. Ich sah, wie er kopfüber über der Brüstung verschwand. Dann gab es ein lautes Platschen unter mir, als sein Körper mit Schwung in der Ostsee landete.

»Oh, Shit.« Dena neben mir fluchte unterdrückt. Wir stürzten zur Balustrade. Unter uns im Wasser ruderte Conny wild mit den Armen, spuckte Wasser und schien reichlich verdutzt.

Ein paar der Feiernden, die unsere Auseinandersetzung mitbekommen hatten, beugten sich nun auch über die Brüstung. Die Menge johlte amüsiert.

Dena und ich tauschten einen Blick. »Auf jeden Fall ist er jetzt nüchtern.«

In diesem Moment stürzte Mona herbei. »Conny! Conny! Tu doch endlich mal einer was. Mein Mann ertrinkt!«

»Ach was, das ist da nicht so tief.«

Neben mir erkannte ich Ole, der mit Sven zusammen den Rettungswagen gefahren hatte. Er grinste breit und schien sich mächtig zu amüsieren.

Unter uns im Wasser hatte Conny tatsächlich wieder festen Boden unter den Füßen und stand bis zur Brust im Wasser. Er schüttelte sich wie ein nasser Hund und sah zu uns hoch. Dann erkannte er seine Frau, die immer noch hektisch seinen Namen rief. »Nix passiert, Mausi … nix passiert.«

Unter johlendem Applaus und schadenfrohem Gelächter watete er durchs Wasser zum Ufer.

Seine Frau warf mir einen vernichtenden Blick zu. »Das hat Konsequenzen, das verspreche ich Ihnen, Sie … Sie … Miststück.«

Ohne meine Antwort abzuwarten, eilte sie die Seebrücke entlang, um ihren Mann am Strand entgegenzunehmen.

Dena lachte ihr lauthals hinterher. »Mann, hier ist mehr los als auf der Warschauer Brücke morgens um drei.«

»Na, wenigstens du hast deinen Spaß.« Ich war etwas angesäuert. Allerdings war die ganze Situation auch wirklich zu komisch.

Dena legte mir den Arm um die Schulter. »Komm, ich brauch jetzt was zu trinken.«

Wie sich herausstellen sollte, fand Krüger die ganze Angelegenheit nicht ganz so spaßig, als er zwei Tage später seinen Rausch ausgeschlafen und seinen schweren Kater kuriert hatte. Ich vermutete, dass Mona ebenfalls nicht ganz unschuldig an der Sache war.

Jedenfalls saßen wir am Dienstagmorgen ungläubig vor dem Schreiben der Bank, das der Postbote gerade gebracht hatte.

Unser Kreditantrag war abgelehnt worden.

»Ich denke, das ist nur eine reine Formsache. Das können die doch nicht machen.«

»Anscheinend schon.« Ich starrte auf den Brief, der vor uns auf dem Küchentisch lag.

»Und was machen wir jetzt?« Mama sah fragend von mir zu Tamme, der sauer die Arme vor der Brust verschränkte.

»Vielen Dank auch, Lucie. Echt toll gemacht.«

»Hey!« Ich war ebenfalls stinksauer. »Jetzt gib nicht mir die Schuld daran.«

»Du musstest den ja unbedingt ins Wasser schubsen.«

»Der ist da von ganz alleine reingefallen! Weil er nämlich sturzbesoffen war!«

»Jetzt hört auf, euch zu streiten!« Meine Mutter erhob die Stimme. »Niemand ist schuld daran außer dieser blöden Bank.«

Einen Moment herrschte Grabesstille in unserer Küche. Von draußen drangen die Baugeräusche unserer polnischen Baubrigade zu uns, die noch nichts von dem Desaster ahnte.

»Und wer sagt es jetzt unseren polnischen Freunden?«
Tamme sah immer noch so trotzig aus wie früher, wenn ich ihm
den Nachtisch weggegessen hatte, den er sich für den Abend
aufgehoben und im Kühlschrank versteckt hatte, wo er schließlich nicht lange überlebte.

»Das ist so schade. Ich hatte mich gerade an sie gewöhnt.«
Meine Mutter sah auch alles andere als glücklich aus. »Joschi ist
so ein reizender Kerl.«

Ich blickte überrascht zu meiner Mutter. »Joschi?«

Sie wurde tatsächlich etwas rot. »Ich hatte einen wirklich
netten Abend mit Peters Onkel Janos. Als ihr nicht dagewesen
seid.«

Ein *netter* Abend, der anscheinend dazu geführt hatte, dass
sie heute seinen Kosenamen kannte. Nun, wie auch immer. Ich
konzentrierte mich wieder auf das Wesentliche.

Entschlossen stand ich auf. »Das lassen wir uns nicht
gefallen.«

Tamme und Mama hoben überrascht den Blick.

»Krüger ist 'ne arme Socke, und irgendwie tut mir der Kerl
auch leid bei der Frau, die er hat. Aber uns den Kredit zu ver-
weigern, nur weil er sich mir gegenüber wie der letzte Arsch
benommen hat, das geht nicht!«

Tamme nickte bedächtig. »Und wie genau willst du das
anstellen?«

»Keine Ahnung.« Ich schnappte mir das Papier vom Tisch.
»Mit ihm reden?!«

Mama stand ebenfalls auf. »Dann komme ich mit.«

»Ich auch.« Tamme krempelte sich schon mal die Ärmel
hoch. So wie es aussah, würde es für Krüger kein angenehmer
Besuch werden.

»Vielleicht solltet ihr lieber mit seinem Boss in der Zentrale
sprechen. Nur so als kleiner Tipp.«

Diese Stimme kannte ich nur zu gut. Überrascht blickten wir uns um.

Da zwängte Doktor Brandt seine hünenhafte Gestalt in den Türrahmen der Küche und lächelte matt. »Ich wollte nicht lauschen. Aber die Tür stand offen.«

»Was machst du hier?«

Er kam näher und sah mich dabei ernst an. »Ich hab gehört, was auf der Saisoneröffnung passiert ist. Das ganze Dorf spricht darüber. Geht's dir gut, Lucie?«

Ich funkelte ihn kühl an. »Mir geht's super. Danke der Nachfrage.« Bevor er etwas sagen konnte, fuhr ich schon zuckersüß fort. »Und bei dir so? Was macht deine Frau? Jenna hieß sie doch, oder?«

»Sie ist abgereist. Vorgestern schon.« Er verzog keine Miene und sah mich weiterhin ruhig an.

»Ach, wie blöd für dich, da bist du ja wieder ganz allein.« Ich schlug mir mit der Hand vor die Stirn. »Ach nee. Was red ich denn da? Jetzt kannst du ja wieder alles anbaggern, was nicht bei drei auf den Bäumen ist«, ätzte ich weiter. »Glückwunsch.«

Dummerweise ließ er sich von mir nicht provozieren.

»Vielleicht können wir irgendwann einmal in Ruhe darüber reden, Lucie. Ich würde dir wirklich gern ein paar Sachen erklären.«

Ich lachte nur bitter auf und verschränkte trotzig die Arme vor der Brust. Mein Gesprächsbedarf mit Doktor Brandt tendierte gegen null. Einen Moment standen wir uns stumm gegenüber. Tamme räusperte sich schließlich, und mir fiel wieder ein, dass wir nicht allein in der Küche waren.

»Ähm … vielleicht könntet ihr beiden das wirklich später klären. Wir hätten da noch was vor.« Er sah mich beschwörend an.

»Du glaubst, dass es nichts bringt, wenn wir mit Krüger reden?« Meine Mutter meldete sich nun auch zu Wort und sah Sven fragend an.

Der wiegte bedächtig den Kopf hin und her. »So wie es der Dorfklatsch rumerzählt, hat Krüger mächtig Ärger mit seiner Frau bekommen. Woraufhin er euren Kreditantrag mit einer negativen Bewertung an die Zentrale geschickt hat. Denen blieb gar nichts anderes übrig, als euren Antrag abzulehnen.«

Ich sah ihn misstrauisch an. »Und woher weißt du das alles? Ich nehme mal nicht an, dass Krüger dir das so von Mann zu Mann anvertraut hat.«

Sven lächelte nur müde und schüttelte den Kopf. »Tina.«

»Tina?« Der Name sagt mir nichts.

»Tina! Genau! Warum hab ich nicht gleich an sie gedacht.« Meine Mutter wusste anscheinend sofort, von wem Sven sprach. »Da hätte ich auch selber draufkommen können.«

»Und auf was genau?« Ich verstand nur noch Bahnhof.

»Tina ist Svens Sprechstundenhilfe. Und ihr Schwager arbeitet in Lahe bei der Bank. In der Hauptgeschäftsstelle.«

So langsam dämmerte es mir, was los war.

»Dann stimmt es, und Krüger hat bei denen falsche Angaben gemacht, um sich zu rächen.«

»Na ja, wohl eher, um seine Frau zu beruhigen, die ihm die Hölle heiß macht.«

»Gut. Dann statten wir denen in der Zentrale mal einen kleinen Besuch ab.«

»Vielleicht reicht auch ein Anruf.« Sven hielt mir einen Zettel hin, auf dem eine Telefonnummer stand. »Das ist die Nummer von Doktor Maiwald, dem Abteilungsleiter in Lahe.«

Ich nahm die Nummer und blickte irritiert auf die Zahlen.

Sven zuckte leichthin mit den Schultern. »Er erwartet euren Anruf. Seine Frau leitet das Labor im Krankenhaus. Wir kennen uns gut.«

Eins musste man Strande lassen. Der Buschfunk funktionierte wirklich tadellos. Einen kurzen Moment fragte ich mich, wie gut der tolle Doktor die Dame wohl kannte. Ob er auch mit ihr …?

»Ich muss los.« Sven nickte uns noch einmal knapp zu, und noch bevor ich reagieren konnte, war er auch schon wieder aus unserer Küche verschwunden.

»Eins muss man ihm lassen.« Tamme sah ihm beeindruckt hinterher. »Der hat ein Talent dafür, uns den Hintern zu retten.«

Ich sah ihn nur sauer an, verkniff mir aber einen Kommentar.

Mama nahm mir derweil den Zettel aus der Hand. »Dann wollen wir doch mal sehen, ob wir nicht ein bisschen Licht ins Dunkel bringen können. Holst du mal bitte die Bankunterlagen, Tamme? Und du, Lucie, bring mir doch mal das Telefon aus dem Flur.«

Entschlossen setzte sich Mama wieder an den Küchentisch.

KAPITEL 14

Es war sicher nicht die angenehmste Unterredung gewesen, die Conny Krüger in seiner fast zwanzigjährigen Laufbahn als Bankberater mit einem Vorgesetzten gehabt hatte, aber sie führte bei ihm zu der Erkenntnis, dass er im Begriff war, einen schwerwiegenden Karrierefehler zu begehen.

Noch im Laufe desselben Tages, als Sven so unverhofft in unserer Küche aufgetaucht war, stattete Krüger uns und der *Rosenfelder Düne* einen Besuch ab. Ziemlich kleinlaut und vor Aufregung schwitzend versicherte er, dass das alles ein ganz dummes Missverständnis gewesen sei, für das er sich natürlich tausend Mal entschuldige.

Er tat mir, mal wieder, etwas leid. An der Art, wie er um die richtigen Worte rang, merkte man ihm an, wie sehr ihm der Vorfall auf der Seebrücke und sein übergriffiges Verhalten mehr als peinlich waren (ich vermutete, er konnte sich kaum noch daran erinnern). Jedenfalls vermied er es, mich anzusehen, und starrte wie hypnotisiert auf meine Mutter, die seine Entschuldigungen geduldig entgegennahm. Tamme konnte es sich nicht verkneifen, ihn an der einen oder anderen Stelle mit einer spitzen Bemerkung zu provozieren. Was dazu führte, dass ich einen Augenblick befürchtete, Krüger könne an einem plötzlichen Herztod sterben, so rot lief er im Gesicht an. Andererseits hatte er sich auch wirklich mehr als danebenbenommen, und so einfach wollte ich ihn auch nicht davonkommen lassen.

Nachdem er zum dritten Mal versichert hatte, dass nun alles in Ordnung sei, der Kredit bewilligt würde und uns die Summe für die Sanierungsarbeiten natürlich sofort auf unserem Geschäftskonto zur Verfügung stehe, verabschiedete er sich so eilig, dass man meinen konnte, eine Sturmflut sitze ihm im Nacken. Wir atmeten alle erleichtert auf, als er in seinem nachtblauen Familienkombi vom Platz fuhr.

»Puuh ... ich hatte schon befürchtet, der fällt gleich tot um.« Tamme sah kopfschüttelnd dem Wagen hinterher.

»Und ich hoffe, der hält sich mit den Cocktails bei der nächsten Strandparty zurück.«

Ich wollte zurück ins Haus, doch meine Mutter hielt mich auf und deutete in Richtung des alten Airstream, vor dem der Lada stand. Er war also da.

»Vielleicht magst du ihm Bescheid sagen, dass alles wieder im Lot ist.«

Ich wusste, was der Blick bedeutete. Und ich war meilenweit davon entfernt, auch nur einen Schritt auf Sven zuzugehen. »Nein. Das Kapitel ist für mich endgültig beendet.«

Damit stampfte ich los in Richtung Baustelle, um zu sehen, wie weit Peter und seine Kumpels im Laufe des Tages mit den Waschhäusern gekommen waren. Ich brauchte dringend Ablenkung.

»Also irgendwie war das schon ganz schön nett von ihm.« Dena ließ ihre Beine über den Rand eines alten Tretbootes baumeln, das unnütz am Strand lag, und schaute übers Meer. Ich saß neben ihr und spielte mit einer Muschel in meiner Hand, die von perfekter weißer Schönheit war. Ich spürte ihren prüfenden Blick in meinem Nacken fast körperlich.

»Richtig nett. Muss man schon sagen«, fügte Dena hinzu und hoffte wohl, so ein Gespräch über mein aktuelles Verhältnis zu Doktor Brandt in Gang zu bringen. Ich war daran nicht besonders interessiert. Andererseits konnte Dena auch furchtbar penetrant sein, und ich ahnte, dass sie nicht eher Ruhe geben würde, bis wir darüber gesprochen hatten.

»Also schön, du hast recht – das war nett von ihm.« Ich blickte entschlossen auf. »Was allerdings nichts an der Tatsache ändert, dass alles andere, was er getan hat, nicht besonders nett war.«

Dena legte den Kopf in den Nacken und schaute einer Möwe hinterher, die schwerelos über unseren Köpfen am Himmel schwebte.

»Weißt du, was ich nicht kapiere?« Sie redete weiter, ohne ihren Blick vom Himmel abzuwenden. »Ich kapiere nicht, warum er sich so ins Zeug legt, um dir zu helfen, wenn er nur auf der Suche nach einer kleinen Affäre ist.« Sie sah mich fragend an, so als wüsste ich die Antwort. Was ganz sicherlich nicht der Fall war.

»Was weiß denn ich, was in dem Mann vorgeht. Vielleicht sucht er eine Zweitfrau.« Ich warf die Muschel zurück in den Sand. »Außerdem war es ja wohl das Mindeste, was er tun konnte. Mal ganz davon abgesehen – so wahnsinnig toll war das jetzt auch nicht.«

Denas Blick sprach Bände und ich ruderte ein wenig zurück. »Okay, gut, er hat uns *sehr* geholfen.«

Einen Augenblick schwiegen wir wieder und betrachteten die Möwen, die sich nun in kleinen Gruppen am Strand niederließen und in den Algen pickten, die die Brandung angespült hatte. Rudi lag zu unseren Füßen und beobachtete sie sehr aufmerksam. Ich wartete gespannt auf den Augenblick, in dem er losspurtete, um ihnen hinterherzujagen. In den letzten Wochen hatte es sich zu seinem Lieblingssport entwickelt, auch wenn die Aussicht, etwas zu fangen, gegen null tendierte. Zumindest ging ich davon aus, solange Rudi das Fliegen nicht erlernen würde.

»Frag ihn.«

»Hm?« Ich blickte Dena überrascht an, die mich mit ungewohnt mildem Lächeln ermunterte.

»Frag ihn, Lucie, warum er dir Jenna verschwiegen hat. Frag ihn, was er von dir will. Oder wollte. Was auch immer.«

Einen Augenblick später legte sie ihren Arm um meine Schulter und es war ein tröstliches Gefühl.

»Mach es für dich, Lucie, nicht für ihn. Dann weißt du wenigstens, warum das alles passiert ist. Und dann kannst du es abhaken. Sonst hängt dir das ewig nach, und das wäre ganz schön blöd.«

Dena war zwar der verantwortungsloseste Mensch, den ich kannte, sie besaß allerdings auch das Talent, komplizierte Dinge auf den Punkt zu bringen.

»Na gut.« Ich atmete tief durch. »Aber wenn ich ihm eine reinhaue, falls er mir erklärt, wie sehr er seine Frau noch liebt, bist du schuld.«

Tamme hatte den ganzen Nachmittag über in der Küche gestanden und für die hungrige Handwerkermeute gekocht. Meine Mutter hatte ihm dabei geholfen, und ich bekam augenblicklich ein schlechtes Gewissen, als ich mit Rudi vom Strand zurückkam und das emsige Treiben in der Küche beobachtete.

»Kann ich irgendwie helfen?«

Tamme sah mich nur strafend an. »Gerne. Du kommst nur ungefähr eine Stunde zu spät.«

Ich ging zu den Schränken, um Teller und Gläser zu holen. »Wir können draußen auf der Terrasse essen. Es ist noch richtig warm.«

Tamme nickte nur stumm.

Während ich draußen die großen Bierzelttische und -bänke aufstellte, kam meine Mutter mit ein paar Tischdecken heraus.

»Die Leidenschaft fürs Kochen hat Tamme von mir. Aber von wem er das Rummeckern hat, ist mir ein Rätsel.«

»Lass nur, Mama, ich mach schon.« Ich nahm ihr die Decken aus der Hand und breitete sie auf den Tischen aus.

Sie beobachtete mich einen Augenblick stumm.

»Was denn?« Ich sah sie fragend an.

»Dein Bruder findet zwar in jeder Suppe ein Haar, aber immerhin gibt er mir nicht das Gefühl, unnütz zu sein.«

Ich hielt mitten in der Bewegung inne und starrte sie an. »Du bist doch nicht unnütz, Mama. Wie kommst du denn darauf?«

»Ich komme deshalb darauf, weil du mir ständig Sachen aus der Hand nimmst, die ich prima alleine machen kann.«

Ich starrte auf die Tischdecken in meinen Händen. »Ich … ich wollte nur helfen.«

»Setz dich mal zu mir, Lucie.«

Ich zögerte kurz und setzte mich dann aber zu ihr auf die Bank.

»Ich habe die letzten Tage viel nachgedacht. Über dich und unsere Arbeit. Über Sven und seine Frau.«

Ich verzog kurz das Gesicht. Darüber wollte ich nun erst recht nicht mit ihr reden. Doch meine Mutter fuhr unbeeindruckt fort. »Darüber, was mit Krüger passiert ist.«

Sie machte eine Pause, um ihren Worten die richtige Bedeutung zu geben. »Du hast alles richtig gemacht.«

»Mama, ich …«

»Das hast du, Lucie. Und du darfst dir von niemandem das Gegenteil einreden lassen.« Sie machte eine Pause und drückte meine Hand. »Von niemandem.«

Das Gespräch wurde mir langsam unangenehm. Ich versuchte meine Hand aus ihrer zu lösen, doch sie hielt sie unnachgiebig fest.

»Und du darfst mich nicht dafür benutzen, vor den wichtigen Dingen in deinem Leben wegzulaufen.«

»Das tue ich doch gar nicht!« Ich schwieg überfordert, während mir die Tränen in die Augen schossen.

Sie hielt weiter meine Hand und strich mir mit ihrer freien über die Wange.

Ich schniefte und hielt dann verwundert inne. »Dein Arm … seit wann kannst du ihn wieder heben?«

»Funktioniert prima, nicht wahr?« Sie ließ ihren Arm kreisen und lächelte versonnen. »Reiki. Ich sag dir, das wirkt Wunder. Joschi hat magische Hände.«

Ich fragte lieber nicht weiter nach.

Es war schon dunkel, und Dena und ich hatten die Küche aufgeräumt, das Geschirr in die Maschine sortiert und angestellt und alles wieder blitzblank aufgeräumt und geputzt, als die anderen noch auf der Terrasse saßen und ins Feuer schauten. Sie waren mehr als zufrieden mit ihrem Tagwerk, und auch Gunnar, der pünktlich zum Abendessen erschienen war und Tamme verliebt begrüßte, war ebenfalls beeindruckt von dem Tempo und dem handwerklichen Geschick, das Peter, Joschi und seine Kollegen an den Tag legten.

Ich lehnte in der Terrassentür und beobachtete sie versonnen. Ganz automatisch wanderte mein Blick hoch zu Svens Stellplatz. Im Airstream brannte noch Licht und ich erkannte den dunklen Schatten des Lada neben dem silbernen Wohnmobil. Vielleicht wurde es Zeit, ein paar Dinge zu klären.

Ich schnappte mir zwei Flaschen Bier, die neben den Bänken in den Kästen standen, und zwinkerte Dena zu.

»Ich bin dann mal weg.«

Dena machte gleich mit beiden Händen das Daumen-hoch-Zeichen und strahlte mich zuversichtlich an.

Dann schlenderte ich den Kiesweg hoch zu ihm.

Er saß im Dunkeln in einem Liegestuhl und musste mich schon kommen gesehen haben. Dennoch sprach er mich erst an, als ich an die Tür des Wohnmobils klopfte.

»Ich bin hier, Lucie.«

Er beugte sich vor, und jetzt erst erkannte ich seine große Gestalt, die er irgendwie in dem viel zu kleinen Liegestuhl zusammengefaltet hatte.

Einen Augenblick sahen wir uns unsicher an.

Ich hob schließlich die beiden Flaschen in meiner Hand. »Ich dachte, es wird Zeit, dass wir mal reden.«

Seine Erleichterung war fast körperlich zu spüren. »Das ist gut.« Er deutete auf einen Liegestuhl, der direkt neben ihm stand. »Setz dich doch, bitte.«

Ich reichte ihm die Flasche und setzte mich mit meinem Bier lieber auf die Stufen des Wohnmobils, wo ich ihn gut sehen konnte, aber genug Abstand zwischen uns war. Sein Lächeln hatte eine gewisse Bitterkeit und er nickte nur stumm.

Einen Moment tranken wir stumm unser Bier.

Sven machte schließlich den Anfang. »Ich bin ein Idiot gewesen, dir nicht sofort von Jenna zu erzählen.«

Ich nickte. Da konnte ich ihm kaum widersprechen. »Wusste sie über mich Bescheid?«

Sven schüttelte den Kopf.

Mein Lachen klang bitter. »Glückwunsch. Dann hast du ja gleich zwei Frauen einen Abend versaut.«

»Jenna hätte keinen Grund gehabt, sauer auf mich zu sein. Immerhin gehen wir schon seit einem Jahr getrennte Wege.«

»Das hattest du bereits erwähnt.«

Als Erklärung oder Entschuldigung wollte ich ihm das auf keinen Fall durchgehen lassen.

»Sie hat mich betrogen, Lucie. Mit einem Kollegen. Das war der Grund, warum ich zurück nach Deutschland gekommen bin.«

Das gab der ganzen Sache eine neue Richtung. Meine Stimme triefte vor Ironie. »Verstehe. Und unsere kleine Affäre sollte dann wohl die Rache dafür sein. Toller Plan, Herr Doktor.«

»So ist es nicht gewesen, Lucie.« Er wich meinem prüfenden Blick aus. »Jedenfalls ist es das jetzt nicht mehr.«

»Liebst du sie, Sven?«

Er dachte einen Moment nach. »Ein Teil von mir wird sie wohl immer lieben. Wir waren zehn Jahre zusammen. Das kann ich nicht so einfach abschalten.« Sein Blick war ernst. »Das bedeutet nicht, dass du mir nichts bedeutest.«

»Na, wenigstens etwas.« Ich trank das Bier viel zu schnell und mir schwirrte bereits der Kopf. Ich sollte machen, dass ich hier wegkam, das brachte doch alles nichts.

»Du bist so anders als sie, Lucie.«

»Stimmt. Genau. Nicht so der Karrieretyp.« Ich erhob mich viel zu schnell.

»Das meine ich nicht.«

»Und was meinst du dann?«

»Da steckt so viel in dir, Lucie, so viel, was du versuchst zu verstecken.« Er stellte die Flasche ab und erhob sich von seinem Liegestuhl. Wir standen uns eine Armlänge entfernt gegenüber und er sah mich mit diesen hellen Augen auf eine Art an, die ich noch nie bei ihm gesehen hatte. »Du bist unglaublich liebenswert und großzügig. Du bist witzig und kümmerst dich um die Menschen und die Dinge, die dir wichtig sind. Du kannst verzeihen und du machst dir nichts aus Geld oder Erfolg. Dabei hast du einen Blick fürs Wesentliche. Für das, was wirklich wichtig ist.«

Ich wich seinem Blick aus. Wenn das so etwas wie eine Liebeserklärung sein sollte, war sie ihm durchaus gelungen. Sie kam nur leider viel zu spät.

»Das mit dem Wesentlichen würde ich streichen. Sonst hätte ich nämlich bemerkt, dass du verheiratet bist.«

»Und du lässt dir nicht gern sagen, wie großartig du bist.« Sein Lächeln war mehr als verführerisch.

Ich schüttelte ungehalten den Kopf. »Nein, Sven! Denkst du wirklich, das ist so einfach? Du machst mir Komplimente, erzählst mir, wie toll ich bin, und das war's dann?« Ich sah ihn ruhig an. »Wenn das alles stimmt, was du gerade gesagt hast, wenn es das ist, was du über mich denkst – warum hast du mir Jenna verschwiegen?«

Diesmal hielt er meinem prüfenden Blick stand. »Weil du sonst gegangen wärst.«

Ich lachte bitter auf. »Dann bin ich also schuld daran?«

»Nein. Aber ich wollte dich nicht verlieren.«

»Siehst du, Sven, das ist der große Irrtum.« Ich stellte meine Flasche ab und war bereit zu gehen. »Was immer da zwischen uns war: Es ist nicht das, wofür du es jetzt hältst. Du hast es kaputt gemacht, noch bevor es anfangen konnte.«

Ich sah ihn noch einen Augenblick an, wartete auf seine Reaktion. Doch es kam nichts. Er ahnte wohl, dass es die Wahrheit war.

Ohne ein weiteres Wort drehte ich mich um und ging den Kiesweg hinunter zu unserem Haus. Ich spürte seinen Blick in meinem Rücken, doch ich drehte mich nicht noch einmal um.

Kapitel 15

Joschi, wie Mama ihn liebevoll nannte, hatte nicht zu viel versprochen, als er beteuerte, sie würden rechtzeitig zur Saisoneröffnung mit der Sanierung der *Rosenfelder Düne* fertig sein. Ich hatte keine Ahnung, wie sie es schafften. Und dabei auch noch so gut gelaunt sein konnten und ständig herumalberten. Ich überlegte ernsthaft, die Jungs bei einer dieser Fernsehsendungen anzumelden, in denen ganze Häuser erst abgerissen und dann wieder aufgebaut werden und man das Gefühl bekam, in einem Wohntraum von Ikea zu leben. Ich bin mir sicher, die TV-Bosse hätten sie mit Kusshand genommen.

Unsere zehn Mobilheime hatten eine wunderschöne neue Holzverkleidung aus silbern schimmernder sibirischer Lärche bekommen, die auch noch gedämmt war, sodass wir sie zukünftig auch in den kalten Herbst- oder Frühjahrsmonaten vermieten konnten. Neue Fenster hielten die steife Ostseebrise fern und jedes der Häuschen hatte eine eigene überdachte Holzterrasse und einen kleinen Kamin.

Dena, Mama und ich hatten uns um die Innenausstattung gekümmert und sämtliche Möbelhäuser im Umkreis von zweihundert Kilometern abgeklappert.

Zu meiner Überraschung hatte sich Dena als wahre Schnäppchenjägerin entpuppt und in den Antikscheunen, die zu Dutzenden an den Landstraßen lagen, wahre Schätze ausfindig gemacht.

Tamme hatte zusammen mit Johann, dem begnadeten Schreiner, mit dem mich Dena hatte verkuppeln wollen, die alten Teakholzgartenmöbel aus der Scheune restauriert und dabei auch gleich die Strandkörbe einer Generalüberholung unterzogen.

Die Außenanlagen und Kieswege waren neu aufgeschüttet worden, und die üppigen Rosenrabatten, für die unser Campingplatz berühmt war, waren sorgsam gestutzt.

Die Waschhäuser konnten es nun mit jeder Wellnessoase an der Promenade aufnehmen, dazu gab es neue Waschmaschinen, Trockner und einen kleinen Küchenraum mit Mikrowellen und zwei Backöfen, die unsere Gäste kostenfrei nutzen konnten.

Etwas erhöht in der Nähe der Scheune hatten wir einen Gemeinschaftsplatz mit Feuerstelle eingerichtet, und Tamme überlegte ernsthaft, ob man nicht ein kleines Restaurant aus der Scheune würde machen können, wenn er von seinem Kreuzfahrttrip mit neuen Ideen zurückkäme. Er hatte immer noch vor, im Herbst die Stelle anzutreten. Wenigstens für ein Jahr.

»Ich will mich ein bisschen inspirieren lassen«, erklärte er Mama und mir. »Aber so schnell werdet ihr mich nicht los. Ich komme schon wieder.«

Ich nahm an, dass der Grund dafür Gunnar hieß und dieser vermutlich nicht so begeistert über Tammes Reisepläne war.

Ende Mai waren fast alle Arbeiten abgeschlossen und ich hatte auf unserer Website kräftig Werbung für die Neueröffnung gemacht. Am ersten Wochenende im Juni sollte die große

Einweihungsparty stattfinden und unsere Gäste konnten anreisen. Die *Rosenfelder Düne* hatte tatsächlich einen ganz besonderen Charme bekommen, und die Kommentare unserer alten Stammgäste und derjenigen, die uns neu entdeckten, waren begeistert über das Make-over des altehrwürdigen Campingplatzes.

Rudi, der es immer irgendwie schaffte, sich auf die Fotos zu mogeln und dabei frech in die Kamera zu grinsen, wurde zu unserem wichtigsten Werbeträger und heimlichen Star der *Rosenfelder Düne*. Er schien sämtliche Hundebesitzer der westlichen Hemisphäre dazu zu bringen, ihren Ostseeurlaub unbedingt bei uns zu verbringen. Im Winter würde ich wohl mit Mama ein neues Logo entwerfen, auf dem Rudi einen prominenten Platz bekommen sollte.

Ich freute mich unbändig auf den Sommer und konnte es tatsächlich kaum abwarten, morgens früh aus dem Bett zu springen und mich in die Arbeit zu stürzen.

Ab und an begegnete ich Sven, der unser Treiben von seinem Airstream aus beobachtete oder ab und zu bei den Jungs stand und sich beeindruckt erklären ließ, wie die große Photovoltaikanlage auf dem Scheunendach funktionierte und was die Brauchwasserrückgewinnungsanlage für Vorteile brachte. Wir grüßten uns verhalten und wahrten Distanz.

Wenn meine Mutter alle zwei Wochen von ihrem ärztlichen Check-up zurückkam, berichtete sie betont nebensächlich, wie es Sven gerade ging, wie viel er in der Praxis zu tun hatte (die Touristen verdoppelten seine Patientenzahl wöchentlich); dass er in seiner knapp bemessenen Freizeit auch noch den DLRG-Rettungsdienst übernahm und sich hin und wieder mit den Steiners stritt, die der Meinung waren, der Strand und die Promenade seien allein ihnen und ihren Feriengästen vorbehalten. Ich hörte interessiert zu, stellte hin und wieder Fragen und verbannte Doktor Brandt dann wieder aus meinen Gedanken. Bis zum nächsten Arztbesuch meiner Mutter.

Mit der Zeit wandelten sich die Wut und die Enttäuschung, die ich für Sven empfunden hatte, in die Erkenntnis, dass wir wohl beide eine große Chance im Leben verpasst hatten. So was kam vor. Und mit der Zeit würde ich mich vielleicht auch wieder für einen anderen Mann interessieren können. Doch jetzt war ich erst mal in unsere *Rosenfelder Düne* verliebt und in die neuen Chancen, die sie mir und meiner Familie versprach.

»Camping?! Wer will das heute noch?«

Ich erkannte Sonja Steiners etwas schrille Stimme sofort, als ich mein Fahrrad in den Fahrradständer vor der Apotheke schob, in der ich Mamas Medikamente abholen wollte.

»Wenn ich mir vorstelle, was Falk alles aus dem heruntergekommenen Platz hätte machen können, wird mir ganz schlecht.«

»Ja, es ist eine Schande.«

Die Apothekerin, die mir immer mit einer großen Portion Verachtung begegnete, gab ihr recht.

Die großen gläsernen Schiebetüren standen weit offen und ließen nicht nur frische Luft in den Laden, sondern auch jedes Wort hinaus, das sie sprachen. Für Ende Mai war es ungewohnt warm und eine Hitzewelle hatte den Norden des Landes fest im Griff und gab einem das Gefühl, am Mittelmeer und nicht an der Ostsee zu sein. Die Frauen waren allein und schienen der Ansicht zu sein, dass man mal so richtig ungestört ablästern konnte.

Ich blickte kurz über die Schaufensterdeko hinweg ins Innere. Sie hatten mich noch nicht bemerkt. Etwas umständlich begann ich, das Fahrrad abzuschließen, und belauschte sie amüsiert. Wie konnte man nur so snobistisch sein?

»Ich nehme noch diese Anti-Aging-Creme, Linda. Die ist doch im Angebot, oder?«

Nun erkannte ich auch Mona Krüger, die ebenfalls im Laden war und zu den beiden Lästermäulern an die Ladentheke ging. Ich duckte mich ein wenig hinter mein Fahrrad.

»Natürlich, Mona, die ist um dreißig Prozent reduziert. Du bist dumm, wenn du nicht gleich zwei nimmst.«

Das war mal ein geschicktes Verkaufstalent. Mona ließ sich überreden. Derweil meckerte Sonja Steiner weiter, während sie sich verschiedene Handcremes auf die Haut schmierte und daran roch.

»Ich habe ja gleich gewusst, dass sie nur Ärger bringt. Das war früher schon so.«

»Mir wäre es auch lieber, dieses kleine Flittchen wäre in Berlin geblieben, das könnt ihr mir glauben.«

Jetzt wurde es interessant. Sie lästerten also über mich.

»Das war wirklich das Allerletzte, so, wie sie sich bei der Saisoneröffnung aufgeführt hat.« Die Apothekerin legte tröstend die Hand auf Monas Arm. »Ich habe so mit dir mitgelitten.«

So langsam begann es, in mir zu brodeln.

»Das hat sie früher schon gut gekonnt.«

Sonja gab ihren Senf dazu, und ich überlegte kurz, vielleicht doch die zwanzig Kilometer in die Kreisstadt zu fahren, um dort die Apotheke aufzusuchen.

»Die hat sich doch an jeden rangemacht, der nicht bei drei auf den Bäumen war. Widerlich.«

Okay. Vielleicht sollte ich doch lieber bleiben und Sonja Steiner einfach eine reinhauen.

»Bei Falk hat sie nämlich die gleiche Nummer abgezogen wie bei dem armen Conny.«

»Ach, wirklich?«

Der Spaß hörte auf. Fassungslos verfolgte ich das Gespräch.

»Ja. Wenn ich's euch doch sage. Falk hat mir das mal ganz im Vertrauen gebeichtet. Erst hat sie sich total besoffen auf seine Kosten, dann mit ihm rumgemacht und anschließend wollte sie ihn anzeigen. Wegen sexueller Belästigung oder so. Zum Glück ist Falk noch mal heil aus der Nummer rausgekommen.«

»Na, da hat Conny ja noch richtig Glück gehabt, was, Mona?«

Die Bösartigkeit ihrer Worte und die Lüge, die im Raum stand, machte mich erst sprachlos. Dann unsagbar wütend. Ein Gefühl, das ich lange unterdrückt hatte. Zu lange, wie es schien.

Mit einem Rumms fiel der mannshohe Pappaufsteller, der seitlich am Eingang positioniert war und für die Anti-Aging-Creme warb, um und riss dabei die Hälfte der Schaufensterdeko und die sorgsam auf einem Tischchen zur Pyramide gestapelten, völlig überteuerten Sonnencremes und Hautlotionen mit sich.

Erschrocken drehten sich die Frauen um und starrten mich an. Ich starrte mit versteinerter Miene zurück.

»Ups.«

Linda, die Apothekerin, kam eilig um den Tresen herum, während Sonja und Mona mich nur mit offenem Mund anstarrten.

»Oh, mein Gott. Können Sie denn nicht aufpassen?«

»Stand irgendwie im Weg.«

Meine Stimme war eisig, und ich machte keinerlei Anstalten, ihr beim Aufsammeln der Tuben und Tiegel zu helfen, die verstreut auf dem Boden lagen.

Langsam ging ich zur Theke und ließ Sonja dabei nicht aus den Augen. Mona wurde die Sache langsam unheimlich und sie trat den geordneten Rückzug an.

»Ich muss dann mal los.«

Eilig hastete sie an mir vorbei zum Ausgang und winkte Linda im Vorbeigehen kurz zu.

»Die Creme hole ich dann später. Tschüüß.«

»Aber …« Die Apothekerin sah ihr perplex hinterher.

Ich stand vor Sonja Steiner, die in diesem Moment wohl zu stolz war, um ebenfalls die Flucht zu ergreifen, und mich mit Trotz in den Augen anblickte.

»Was ist denn?« Ihre Stimme klang noch eine Spur schriller und ich hörte die Verunsicherung deutlich heraus. Gut so.

»Nur damit wir uns nicht missverstehen, Sonja.« Ich trat ganz nah an sie heran. »Sollte ich noch einmal mitbekommen, dass du das erzählst, was du gerade erzählt hast, dann werden du und dein Bruder und deine gesamte verdammte Familie es bereuen. Bitter bereuen, das versprech ich dir.«

Ich hörte sie unangenehm schlucken. Doch noch wollte sie nicht so schnell klein beigeben.

»Wieso denn? Ich hab doch gar nichts gesagt.«

»Es wäre wirklich besser für dich und für alle anderen, du würdest diese Lügen für dich behalten.«

Es war totenstill in der Apotheke. Linda hatte sich vom Boden erhoben und starrte uns mit den Tiegeln in den Händen an. Vermutlich rechnete sie jeden Augenblick damit, dass zwischen den Furien gleich ein Kampf ausbrach, der ihren schönen Laden in Schutt und Asche legen würde.

Hinter Sonjas blauen Augen begann es zu arbeiten, und sie öffnete tatsächlich den Mund, um etwas zu erwidern. Doch etwas in der Art, wie ich sie ruhig musterte, musste die Alarmsirenen in ihrem Hirn ausgelöst haben. Ohne ein weiteres Wort drängte sie sich an mir vorbei, sehr im Bemühen, mich nicht zu berühren, und eilte hinaus. Ich starrte ihr hinterher. Dann fing ich den Blick der Apothekerin ein, die mich mit offenem Mund anstarrte.

Ohne die Miene zu verziehen, legte ich das Rezept auf die Ladentheke. »Die Medikamente würde ich gern mitnehmen.«

»Ja … natürlich … sofort.«

Sie war sehr darauf bedacht, mich nicht warten zu lassen.

Ich erwähnte die Auseinandersetzung mit den drei schrecklichen Frauen nicht weiter. Und ich erwähnte auch nicht, was Sonja über mich und Falk Steiner behauptet hatte. Es war ohnehin das, was ich bereits kannte. Was mich vor langer Zeit dazu bewogen hatte, diesen Ort hier zu verlassen und in Berlin ein neues Leben zu beginnen. Was sich, wie wir wissen, als ziemlicher Reinfall entpuppt hatte. An diesem Nachmittag hatte ich mich zum ersten Mal in meinem Leben dagegen gewehrt. Hatte die Scham und das Schuldgefühl, die sich völlig irrational all die Jahre in mein Bewusstsein gefressen hatten, überwunden. Es fühlte sich gut an. Sehr gut sogar. Warum hatte ich es nicht schon damals getan? Warum hatte ich Falk Steiner so einfach davonkommen lassen?

Vielleicht lag es daran, dass man mit neunzehn noch viel zu jung und unschuldig ist, um sich mit dem Bösen anzulegen.

Je näher unser Eröffnungstermin rückte und die letzten Arbeiten abgeschlossen wurden, desto unruhiger wurde meine Mutter. Ich nahm an, dass es an den vielen Gästen lag, die sich angekündigt hatten. In den letzten paar Jahren hatte die *Rosenfelder Düne* nicht mehr gerade viele Touristen beherbergt und nun stand uns eine Menge Arbeit bevor.

Mama hatte jedoch ganz andere Sorgen. »Johannes und Oleg sind heute Morgen abgereist.« Sie sah mich wehmütig an und seufzte herzergreifend. »Jetzt sind bald alle weg.«

Ich blickte von unserem neuen Computer auf, den wir in der frisch renovierten Rezeption installiert hatten, um die

Buchungen und die Abrechnungen der Gäste zukünftig digital zu verwalten. Ich versuchte gerade, die optimale Belegung der Stellplätze zu organisieren und dabei Sonderwünsche unserer Gäste zu berücksichtigen, was meine gesamte Konzentration erforderte.

»Hm?«

»Jetzt sind nur noch Peter und Joschi da. Und Dena natürlich.«

Was stimmte. Dena und Peter hatten sich bereit erklärt, den Sommer über bei uns auf dem Platz zu bleiben, um uns bei der Arbeit zu unterstützen. Wir hatten jetzt tatsächlich zwei Angestellte.

»Frag doch Joschi, ob er auch noch bleibt.«

Ich warf meiner Mutter einen vielsagenden Blick zu.

Sie setzte sich zu mir auf den zweiten Schreibtischstuhl und schüttelte den Kopf. »Das hab ich schon.«

Das überraschte mich jetzt doch. »Aha?«

»Und das geht nicht«, fügte sie mit deprimierter Miene hinzu. »Er hat Verpflichtungen.«

Was sich nicht wirklich gut anhörte. So wie es aussah, hatte meine Mutter Liebeskummer. Ich ließ Belegungsplan Belegungsplan sein und drehte mich zu ihr um. »Verpflichtungen?«

Hatte Joschi etwa Frau und Kinder daheim? Und sich auf einen unbekümmerten Sommerflirt mit meiner Mutter eingelassen? War das so eine Art Fluch, der auf den Thomsen-Frauen lag?

Meine Mutter musste meinen entsetzten Blick, der sich langsam in feurige Wut wandelte, bemerkt haben. »Nein, nein, Lucie. Nicht *die* Art von Verpflichtungen.«

»Er ist also nicht verheiratet?«

Sie schüttelte den Kopf. »Witwer.«

»Oh.« Die Wut verrauchte. »Das ist … schade. Also nicht wirklich schade. Eher tragisch. Also tragisch, für ihn. Für dich dann wohl eher nicht. Oder?«

»Nein. Eher ein Glücksfall.« Sie sah mich ein wenig schuldbewusst an. »Also, wenn man das so sagen darf.«

»Gut.« Ich atmete tief durch. »Er ist also … ungebunden?« Mama nickte.

»Hat aber trotzdem Verpflichtungen?«

Sie nickte wieder.

»Und was genau sind das für Verpflichtungen?«

»Er hat seiner Tochter versprochen, mit ihr und den beiden Kindern in Urlaub zu fahren. Wandern in der Hohen Tatra. Sie und ihr Mann sind leidenschaftliche Bergsteiger. Und da können sie die Kleinen nicht immer mitnehmen. Und da kommt dann Joschi ins Spiel. Er soll auf sie aufpassen.«

»Aber das ist doch toll. Ein Opa, der seine Enkel liebt.«

»Ja, schon.« Sie sah wirklich unglücklich aus. »Er hat mich sogar gefragt, ob ich nicht mitkommen möchte.«

»Und du hast abgelehnt?«

Sie nickte wieder.

Ich nahm ihre Hand. »Pass mal auf, Mama. Falls du glaubst, wir schaffen das hier nicht ohne dich, dann kann ich dir versprechen: Wir schaffen das.«

Sie sah mich einen Moment verletzt an.

Ich ruderte zurück. »Natürlich läuft es mit dir noch besser, Mama.« Ich redete mich gerade um Kopf und Kragen. »Wie auch immer. Was ich sagen will, ist: Du hast seit Jahren, was sag ich, seit Jahrzehnten keinen Urlaub mehr gemacht. Gönn dir die kleine Auszeit. Lern seine Familie kennen. Hab einfach eine schöne Zeit mit Joschi.«

Ich sah, wie es in ihr arbeitete und sie meinem Vorschlag nicht ganz so abgeneigt schien, wie sie gerade noch gesagt hatte.

»Und Berge sind doch mal was anderes als immer nur das Meer«, fügte ich eilig hinzu.

»Ich weiß nicht.« Sie war noch immer unsicher. »Was, wenn seine Familie mich gar nicht mag?«

»Ach, Mama.« Ich nahm sie in den Arm und drückte sie fest. »Ich kenne niemanden, der dich nicht liebt, wenn er dich erst mal kennengelernt hat. Du wirst sie im Sturm erobern.«

Es dauerte noch zwei weitere Tage, in denen Tamme, Joschi und ich meine Mutter bearbeiteten, bis sie restlos überzeugt war. Und Joschi überglücklich, zwei Wochen mit seiner neuen Liebe in den Urlaub zu fahren.

In der Woche vor unserer Party hatten wir alle Hände voll zu tun. Nach und nach trudelten unsere Urlaubsgäste ein und von Tag zu Tag wurde es auf dem Platz lebhafter. Kleine Kinder und Hunde wuselten über die Wege, die bunten Zelte und die Wohnwagen füllten die Freiflächen, und Tamme und Dena kamen fast nicht damit hinterher, den Ansturm auf unseren kleinen Laden, in dem auch Snacks, frische Brötchen und Kuchen verkauft wurden, zu bewältigen.

Svantje hatte ihren Wassersportverleih unten in Piets alter Hütte aufgemacht und auch ihr Geschäft brummte. Sie konnte sich vor neuen Interessenten und Anmeldungen kaum retten und stellte zusätzlich zwei junge Sportstudenten ein, die ihr mit den Kite- und Stand-up-Paddle-Kursen aushalfen.

Die Jungs waren dann auch so freundlich, uns beim Aufbau einer kleinen Bühne zu helfen, die wir für unsere Beachparty errichteten. Ich hatte das Gefühl, dass halb Strande bei uns auftauchte, um die Wiedergeburt der alten *Rosenfelder Düne* zu feiern.

Tamme, Gunnar und ein befreundeter Videokünstler, der Gast der Strickland-Stiftung auf dem alten Gutshof war, hatten sogar eine Multimediashow vorbereitet, die die Geschichte des Campingplatzes von den Anfängen der Nachkriegszeit bis ins 21. Jahrhundert zeigte. Es war ein besonderer Moment, als die Show mit Musik und O-Tönen auf der riesigen Leinwand, die sie installiert hatten, unter dem nachtblauen Himmel am Strand projiziert wurde und wir eine Zeitreise in die Geschichte unserer Familie unternahmen. Wie hatte ich nur jemals diesen Ort verlassen können?

Ich lehnte an dem alten Tretboot, das immer noch ungenutzt am Strand herumlag (und das anscheinend niemand vermisste) und betrachtete das ausgelassene Treiben unserer Beachparty. Aus der Soundanlage schallten die neusten Sommerhits über die Ostsee und die Gäste tanzten ausgelassen und barfuß im Sand. Mama und Joschi hatten sich vor knapp einer Stunde verabschiedet. Sie wollten früh ins Bett, um ausgeruht in den Urlaub zu starten. Rudi war ihnen ins Haus gefolgt. Vermutlich wurde ihm das Treiben am Strand auch etwas zu laut.

Ich beobachtete meinen kleinen Bruder und Gunnar eine Weile, die ausgelassen tanzten und sich anscheinend überhaupt keine Gedanken mehr darüber machten, was der Rest von Strande über sie denken würde.

»Gelungene Party.«

Plötzlich stand er neben mir. Sven.

»Ihr habt das wunderbar hinbekommen, Lucie. Das alles. Es ist fantastisch geworden.«

Ich blickte ihn nur verstohlen an. »Danke. Ich gebe es gern an die anderen weiter.«

Er kam ein paar Schritte näher und streckte mir ein in Geschenkpapier eingewickeltes kleines Päckchen entgegen.

»Es ist nur eine Kleinigkeit, aber ich hoffe, es gefällt dir. Zur Neueröffnung der *Rosenfelder Düne*.«

Ich zögerte kurz. »Sven, das musst du nicht machen.«

»Ich weiß.« Er wirkte tatsächlich etwas verunsichert. »Ich mache es aber trotzdem gerne.«

Ich nahm das Päckchen aus seiner Hand und sah ihn an. »Danke.«

Einen Moment hielt ich das sorgsam verpackte Geschenk in der Hand und war mir nicht sicher, ob ich es wirklich aufmachen wollte. Schließlich löste ich vorsichtig das Papier. Eine kleine Schachtel kam hervor. Als ich sie aufmachte, musste ich für einen Moment die Luft anhalten. Ein filigraner kleiner Kompass lag darin. So wie der, der meinem Großvater gehört und den ich vor langer Zeit verloren hatte.

Ich blickte ihn fassungslos an. Und in seinen hellen Augen erkannte ich die Freude darüber, mich wirklich überrascht zu haben.

»Ich hab ihn zufällig in einem kleinen Trödelladen auf dem Weg nach Lahe gefunden und konnte einfach nicht daran vorbeigehen.«

Ich nahm ihn heraus und betrachtete ihn versonnen. An einer Ecke war eine Öse angelötet und ein Lederband durchgezogen, sodass man sich den Kompass um den Hals hängen konnte.

»Das ist … vielen Dank. Wirklich. Er ist wunderbar.«

Einen Moment standen wir uns stumm gegenüber, unfähig, die Dinge auszusprechen, die in unseren Köpfen kreisten.

Schließlich nickte er knapp. »Wir sehen uns.« Und dann ging er.

Ich blickte ihm hinterher, den Kompass in der Hand, und war mir nicht sicher, was das alles zu bedeuten hatte.

»Na, Schwesterherz, was hockst du hier grübelnd rum?« Tamme ließ sich mit einem Ächzen neben mir auf das Tretboot fallen und legte mir den Arm um die Schulter. Er war ein klein wenig betrunken.

Auf der anderen Seite erschien Gunnar und tat es ihm nach. Ich befürchtete schon, das altersschwache Boot könne unter unserem Gewicht zusammenbrechen.

»Hier. Für dich.« Tamme reichte mir eine Flasche Bier und hob dann seine, um mit mir anzustoßen. »Auf die nächsten hundert Jahre der *Rosenfelder Düne*.«

Gunnar stieß ebenfalls mit uns an. »Skol.«

Tamme besah sich das Treiben am Strand und konnte es anscheinend nicht fassen.

»Hättest du mir vor sechs Monaten erzählt, dass wir so in die neue Saison starten, ich hätte dich einliefern lassen, Lucie. Garantiert.«

»Ich hätte mich selbst einliefern lassen.«

Zur Bestätigung prostete ich ihm zu und nahm noch einen Schluck von meinem Bier.

Tamme fiel der Kompass auf, den ich noch immer in der Hand hielt. »Opas Kompass. Wo hast du den denn gefunden?«

Ich schüttelte den Kopf. »Ist er nicht. Ein Geschenk von Sven. Zur Neueröffnung.«

Tamme und Gunnar wechselten einen vielsagenden Blick.

»Das ist aber nett von ihm.«

Ich schenkte ihm einen warnenden Blick. »Was immer du sagen willst, Tamme, lass es einfach.«

Er zuckte nur unschuldig mit den Schultern.

»Weißt du, was ich gehört habe?« Gunnar mischte sich nun auch ein und wechselte wieder diesen verschwörerischen Blick mit Tamme.

»Nein, Gunnar.« Ich blickte von ihm zu Tamme und wieder zurück. »Aber wenn ihr so geheimnisvoll tut, wie ihr tut, bin ich mir nicht sicher, ob ich es überhaupt hören will.«

Was Tamme nicht davon abhielt, es trotzdem zu tun.

»Es gibt neuen Dorfklatsch.«

»Aha. Und was erzählt man sich so?«

»Doktor Brandt ist wieder zu haben.«

Gunnar sprang ihm zur Seite. »Der Gute ist geschieden. Aus und vorbei.«

Ich blickte stumm von einem zum anderen, dann atmete ich tief durch. »Es mag euch jetzt etwas überraschen, Jungs, aber ganz ehrlich: Das interessiert mich kein bisschen.«

Ich klopfte beiden auf die Schulter, drückte Tamme meine leere Bierflasche in die Hand und stand auf.

»Und solltet ihr Dösbaddel noch einmal auf die völlig bekloppte Idee kommen, euch für mein Liebesleben zu interessieren, dann mische ich mich bei euch ein. Und das will doch niemand.«

Mit einem Lächeln wandte ich mich ab, während mir die beiden etwas enttäuscht hinterherschauten.

Wenn ich später darüber nachdachte, was diesen Abend so besonders gemacht hatte, so einzigartig, dass alles, was danach kam, in einem völlig neuen Licht betrachtet werden musste, dann war es nicht die Begegnung mit Sven. Auch nicht die Tatsache, dass Mama mit Joschi glücklich war, und auch nicht der Umstand, dass ich nun einen völlig verknallten kleinen Bruder hatte.

Es war etwas, was vermutlich nur die logische Konsequenz aus dem gewesen war, was einfach geschehen musste und dem man nicht entkommen konnte. So wie man die Flut nicht würde aufhalten können, die ungeachtet dessen, was sonst noch so auf diesem verrückten kleinen Planeten passierte, im regelmäßigen Rhythmus der Gezeiten eine Ewigkeit vor uns und eine Ewigkeit nach uns an den Strand brandete.

Ich hatte keine Ahnung, wann er aufgetaucht war und sich unter die Feiernden gemischt hatte. Und mir war auch nicht aufgefallen, dass er mich schon eine ganze Weile beobachtet haben musste. Jedenfalls stand er plötzlich vor mir und lächelte mich an.

»Wie sieht's aus? Krieg ich noch was zu trinken?«

Falk Steiner lehnte lässig an unserer improvisierten Bar und streckte mir sein leeres Glas entgegen. Ich hatte Steven, den Sportstudenten, der bei Svantje jobbte und den Abend über den Bardienst übernommen hatte, gerade abgelöst und einen kritischen Blick auf unsere Getränkevorräte geworfen. Viel war nicht mehr da. Unsere Gäste hatten ordentlich zugeschlagen, und es wurde vermutlich Zeit, die Bar zu schließen.

Ich starrte ihn an, unfähig, mich zu bewegen.

»Na komm schon, Lucie. Ein Drink ist doch wohl noch drin.«

»Was willst du hier?«

Eine völlig überflüssige Frage. Es interessierte mich überhaupt nicht, was er hier wollte. Ich wollte nur, dass er möglichst schnell wieder verschwand.

Er blickte hinüber zu den Tanzenden, die zwischen den Lagerfeuern und den Lampions im Sand tanzten.

»Ich bin beeindruckt, Lucie. Schwer beeindruckt.« Er beugte sich wieder über die Theke zu mir. »Und ich habe dich total unterschätzt. Was du hier auf die Beine gestellt hast, ist genial.«

Ich drehte mich zum Kühlschrank um und holte eine Flasche Bier heraus, die ich ihm auf die Theke stellte.

»Das ist das letzte. Die Bar ist geschlossen.«

Er lächelte freundlich und nahm das Bier. Während er trank, ließ er mich nicht aus den Augen. Ich spülte die Gläser und versuchte, ihn zu ignorieren.

»Schon blöd, wie alles so gekommen ist.«

Ich blickte ihn nicht an und drehte ihm den Rücken zu.

»Ich mein das ernst, Lucie. Mir tut es leid, was damals passiert ist.«

Ich schloss die Augen und versuchte, nicht nach dem Bierglas zu greifen, um es ihm über den Kopf zu ziehen. Er sprach einfach weiter, ohne die Anspannung zu bemerken, die meine Bewegungen ganz steif werden ließ.

»Wenn ich so überlege – aus uns hätte was werden können. Was richtig Großes werden können.«

Ungläubig drehte ich mich zu ihm um. »Was?!«

»Wir hätten prima zusammengepasst. Ein Spitzenteam.«

Er sah mich an, nahm einen Schluck von seinem Bier und schien völlig überzeugt von dem, was er sagte.

Ich merkte, wie etwas in mir zu brodeln begann. So zu brodeln wie Milch in einem Topf, die von einem Moment zum anderen überkocht.

Ruhig stellte ich die Gläser ab, die ich gerade noch abgewaschen hatte, trocknete meine Hände an dem Handtuch, das an der Spüle hing, und ging um den Tresen herum zu ihm. Ich stand ganz dicht vor ihm, und in seinen Augen sah ich den Triumph, mich mit seinen Worten erfolgreich umgarnt zu haben.

»Wir waren kein Paar, Steiner.«

Er verzog das Gesicht zu einem schiefen Grinsen. »Na, das seh ich aber anders …«

»Das, was du getan hast, war einfach nur widerlich.«

In seine Augen trat Verunsicherung, die er mit seiner überheblichen Art zu kompensieren versuchte. »Na komm. Irgendwie hat es doch Spaß gemacht.«

»Nein. Hat es nicht. *Ich* hatte keinen Spaß. Den hatte ich ganz und gar nicht, du Arschloch.«

Ihm wurde die Sache unheimlich, zumal ich völlig ruhig vor ihm stand und ihm offen in die Augen blickte.

Er stellte sein Bier ab und eine Hand legte sich auf meinen Arm. »Jetzt beruhig dich mal. Ich denke, das war damals alles nur ein dummes Missverständnis.«

Ich schüttelte seinen Arm nicht ab. Ich sah von seinem Gesicht auf seine Hand und dann wieder stumm auf sein Gesicht. Dann hob ich ebenfalls meinen Arm, hielt ihn am Oberarm fest und zog ihn nah an mich heran. Auf seinem Gesicht erkannte ich ein erleichtertes Lächeln.

Was augenblicklich verschwand, als ich ihm mit voller Wucht mein Knie in den Unterleib rammte und er nach vorne wegsackte und ein unterdrücktes Stöhnen von sich gab. Bevor er reagieren konnte, rammte ich ihm noch einmal das Knie in seine empfindlichste Stelle und er sackte gekrümmt zu Boden.

Mit schmerzverzerrtem Gesicht blickte er zu mir auf. Er war unfähig, ein Wort zu sprechen.

Ich beugte mich zu ihm hinunter, ganz nah an sein Gesicht. »Die Drinks, die schicke Jacht von deinem Vater, wir allein auf dem Boot. Das war alles so von dir geplant. Und dann bist du über mich hergefallen.«

Er stöhnte wieder auf und wollte sich aufrichten, doch ich stieß ihn mit dem Fuß wieder in den Sand.

»Ich war betrunken, ja, aber nicht so betrunken. Ich habe mitbekommen, was du mit mir gemacht hast. Ich habe mich nicht mehr wehren können, aber ich habe alles mitbekommen. Ich kann mich an alles erinnern. Solltest du noch einmal in meine Nähe kommen, ich schwöre dir, dann bring ich dich um.«

Ich habe keine Ahnung, ob es daran lag, dass ich das alles ganz ruhig und beherrscht gesagt und getan hatte, aber ich erkannte für einen Augenblick die Angst in seinen Augen.

Er rappelte sich stöhnend auf, warf mir noch einen hasserfüllten Blick zu und torkelte dann über den Sand in Richtung Parkplatz, ohne sich noch einmal umzudrehen.

Als er fort war, atmete ich tief durch, dann hielt ich mich am Tresen fest, und für einen Moment hatte ich das Gefühl, meine Beine würden nachgeben.

Als ich mich mit einem zittrigen Atemzug aufrichtete und umdrehte, stand Svantje vor mir.

Ich hatte keine Ahnung, wie lange sie da schon stand. Sie sah mich nur mit undurchdringlichem Blick an. Ich sammelte mich mühsam.

»Ähm … was kann ich für dich tun?« Ich sah die leeren Bierflaschen in ihrer Hand. »Noch ein Bier? Kommt sofort.«

Ich eilte um die Bar herum hinter den Tresen und holte Nachschub aus dem Kühlschrank.

»Die Bar ist dann jetzt geschlossen.«

Sie sagte noch immer nichts, nahm nur stumm die Flaschen entgegen. Dann ging sie langsam zurück zu den anderen, die am Feuer standen und feierten.

Ich blickte ihr hinterher. Und mit einem Mal fühlte ich Erleichterung. So, als wäre eine tonnenschwere Last urplötzlich von meiner Brust gewichen. Ich sah Steiner vor mir. Seinen maßlos erstaunten Gesichtsausdruck, als mein Knie in seinen Weichteilen landete. Die Angst in seinem Blick und die Hilflosigkeit. Und das verschaffte mir eine Genugtuung, nach der sich meine Seele seit einer Ewigkeit gesehnt hatte.

Ich begann zu kichern. Erst unterdrückt und verhalten, dann immer lauter. Meine Nerven spielten vollkommen verrückt. Ich hielt mir die Hand vor den Mund, doch es machte alles nur noch schlimmer. Schließlich konnte ich nicht mehr und lachte lauthals los, hielt mir den Bauch und die Tränen traten mir in die Augen. Es war so einfach gewesen, so leicht. Ich hatte mich gegen ihn gewehrt und es hatte mich keine Mühe gekostet.

»Alles okay bei dir, Lucie?«

Ich blickte auf, und da standen Tamme und Gunnar am Tresen und sahen irritiert meinem Lachanfall zu.

Ich winkte mit der Hand. »Alles super … wirklich … mir geht's spitze …«

Meinem Bruder war die Verwirrung anzusehen.

Ich kam um den Tresen herum und umarmte ihn stürmisch. »Weißt du was, kleiner Bruder?«

»Ja.« Er hob kritisch die Augenbrauen. »Du solltest jetzt nichts mehr trinken?«

»Ich bin so was von nüchtern.«

»Gut zu wissen.«

Ich nahm seine Hand und dann die von Gunnar. »So, Jungs. Jetzt wird getanzt. Getanzt, bis die Sonne aufgeht.«

KAPITEL 16

Obwohl ich nur zwei Stunden geschlafen hatte, wachte ich am nächsten Morgen mit einem Gefühl der Befreiung und Sorglosigkeit auf. Die Sonne schien, der Himmel war blitzblau, und ich lag einen Moment entspannt im Bett, hörte die Wellen an den Strand branden und die Möwen kreischen. Dann fing es an, hektisch zu werden. Was hauptsächlich an meiner Mutter lag.

Sie war lange nicht mehr verreist. Bis auf ein paar Stippvisiten bei mir in Berlin war sie die letzten Jahrzehnte überhaupt nicht mehr aus Strande herausgekommen. Dafür, dass unsere Familie seit Generationen ihren Lebensunterhalt mit den Reisen anderer Leute verdiente, war das schon irgendwie ein Armutszeugnis. So war es nicht verwunderlich, dass ihre Reisevorbereitungen in die zauberhafte Bergwelt der Hohen Tatra einiges an Nerven kosteten. Vor allen Dingen Tammes, Joschis und meine Nerven.

Sven hatte ihr bei der letzten Routineuntersuchung versichert, dass er keinerlei medizinische Bedenken hatte, sie auf die Reise gehen zu lassen. Ganz im Gegenteil. Die Höhenluft würde ihr guttun, sie war hervorragend mit Medikamenten eingestellt und Joschis wundersame Reiki-Kräfte linderten tatsächlich ihre Müdigkeit und den fehlenden Appetit. Ich hatte sogar mit ihr ein paar wirklich gute Wanderschuhe und zwei leichte Trekkingstöcke besorgt, die sie auf den Wandertouren mit Joschi gut gebrauchen konnte.

Es dauerte fast den ganzen Vormittag, um all das in Joschis Kombi zu verstauen; dreimal zu checken, ob sie nicht doch noch irgendetwas vergessen hatte, und die Reiseroute zweimal auszudrucken, obwohl Joschi an der Windschutzscheibe ein Navi installiert hatte, das sie bestimmt ohne Probleme an ihr Ziel führen würde. Mama verabschiedete sich von uns, als würde sie auf Weltreise gehen und wir uns erst im nächsten Jahrhundert wiedersehen. Sie wollten höchstens drei Wochen wegbleiben. Wir winkten ihr enthusiastisch zum Abschied zu, als der blaue Kombi die Auffahrt hinunterfuhr, in die Deichstraße einbog und dann auf der Landstraße zwischen den blühenden Rapsfeldern verschwand.

Wie sich schon bald herausstellen sollte, vertiefte meine Mutter im Verlauf der nächsten Wochen nicht nur ihre Liebe zu Joschi, sondern entdeckte auch ihre Leidenschaft fürs Reisen ganz neu.

»Ernsthaft?« Tamme sah mich ungläubig an. »Sie bleiben noch mal eine Woche länger?«

»Ja.« Ich saß hinter dem Schreibtisch unserer Rezeption und machte die Abrechnungen für die Gäste fertig, die heute abreisen wollten. »Jetzt besuchen sie erst mal Joschis Schwester auf Bornholm. Die betreibt da mit ihrem Mann ein kleines Café.«

Tamme schüttelte ungläubig den Kopf. »Wenn die so weitermachen, sehen wir sie erst im Herbst wieder.«

Womit Tamme nicht ganz unrecht hatte. Es war mittlerweile Anfang August, und aus den zwei Wochen Wandern in der Hohen Tatra war eine wochenlange Europarundreise geworden. Joschis weitläufiger Familienclan war über halb Ost- und Nordeuropa verteilt, und sie hatten nach den zwei Wochen mit Joschis Tochter und den Kindern eine Woche in Tallinn bei Joschis kleinerem Bruder und seiner Familie verbracht (sie betrieben eine kleine Reederei, die Tagesausflüge auf den Seen anbot), waren dann mit der Fähre weiter nach Helsinki gefahren (der große Bruder besaß eine kleine Möbelfabrik), fuhren mit dem Auto rüber nach Norwegen, machten einen Zwischenstopp in der schwedischen Provinz Dalarna, und nun waren sie auf dem Weg nach Bornholm. Joschis Familie war nicht nur sehr groß, sondern auch sehr gastfreundlich. Und Joschi wollte unbedingt, dass die neue Frau an seiner Seite alle kennenlernte. Ich sprach regelmäßig mit Mama über Skype (ebenfalls etwas, was Joschi ihr beigebracht hatte), und es tat gut, ihr dabei zuzusehen, wie sie aufblühte, an Gewicht zulegte, immer mehr Lebensfreude versprühte und glatt zehn Jahre jünger aussah.

»Glaubst du, die heiraten?«

»Was?« Ich verschluckte mich an dem Kaffee, den ich gerade trank.

»Jetzt guck nicht so erschrocken.« Ich meinte, in Tammes Blick so etwas wie Belustigung zu erkennen. »Mich würde es jedenfalls nicht überraschen.«

»Mich schon.« Ich wischte die Kaffeeflecken auf, die ich vor Schreck auf dem Schreibtisch hinterlassen hatte. »Die kennen sich gerade mal drei Monate. Da heiratet man doch nicht.«

Tamme sah mich an, als wäre ich ein Wesen von einem anderen Stern. »Nicht jeder hat so ein kompliziertes Liebesleben wie du.«

»Was soll das denn schon wieder heißen?«

»Das heißt«, er lehnte sich über den Tresen und stützte die Ellbogen auf, während er mir ernsthaft ins Gewissen redete, »dass du endlich mal aus den Puschen kommen solltest. Wie lange willst du Sven denn eigentlich noch schmoren lassen? Der Arme kann einem echt leidtun.«

Nun, davon war ich noch meilenweit entfernt. Zu Recht, wie ich fand.

»Ich habe jedenfalls nicht meine Ehefrau verschwiegen und bin mit 'ner anderen ins Bett.«

»Das wäre natürlich auch interessant gewesen.« Mein Bruder nahm mich einfach nicht ernst.

»Du weißt, wie ich das meine.« Ich stand auf, um seinem amüsierten Blick auszuweichen, und holte die Abrechnungen aus dem Drucker, um sie dann überflüssigerweise genau zu studieren. »Ich kann das nicht so einfach abtun.«

Hinter mir hörte ich ihn tief durchatmen. »Schade. Wirklich, wirklich schade.«

»Frau Thomsen! Frau Thomsen!«

Zu meinem Glück wurden wir von Frau Wellner unterbrochen, die aufgewühlt in die Rezeption stürmte. Sie war bereits weit über siebzig, kam seit vierzig Jahren auf unseren Platz und war nun vor Aufregung ganz rot im Gesicht.

»Kommen Sie. Schnell. Da stimmt was nicht mit Rocky.«

Die arme Frau war völlig aufgelöst und zitterte vor Sorge am ganzen Körper.

Tamme legte ihr beruhigend die Hand auf die Schulter. »Ganz ruhig, Frau Wellner. Was ist denn los? Setzen Sie sich doch erst mal.«

Frau Wellner schüttelte den Kopf und begann hilflos zu schluchzen. »Bitte. Sie müssen meinem Rocky helfen.«

Ich war um den Tresen herumgekommen und nahm ebenfalls ihre Hand, um sie zu beruhigen.

»Wo ist er denn jetzt?«

Rocky war Frau Wellners kleiner Hund. Ein aufgeregter weißer Terriermix, der ständig ausbüxte und auf dem Platz sein Unwesen trieb. Wir hatten ihn im Laufe der letzten Wochen schon mehrfach einfangen müssen.

»Bei uns im Vorzelt. Erst hat er angefangen zu würgen und war ganz zittrig, und dann ist er einfach umgefallen und jetzt kann er nicht mehr aufstehen. Mein Mann ist bei ihm.« Sie sah mich flehentlich an. »Bitte, tun Sie was. Er ist doch unser kleiner Bub.«

Ich sah beunruhigt zu Tamme. Das hörte sich nicht gut an. Vielleicht hatte der kleine Wirbelwind einen Hitzschlag bekommen. Das kam durchaus öfter vor, wenn die Hunde sich beim Toben am Strand zu sehr verausgabten. Und Terrier waren dafür bekannt, dass sie keine Grenzen kannten.

Tamme griff bereits zum Telefonhörer. »Ich sag Doktor Weigand Bescheid, dass wir gleich mit einem Notfall vorbeikommen.«

Ich nickte ihm dankbar zu. »Hältst du hier so lange die Stellung?«

Er nickte. »Der Bulli steht vor der Scheune. Schlüssel steckt.«

Ich nahm Frau Wellner beim Arm und führte sie hinaus. »Kommen Sie. Wir holen jetzt Rocky, und dann fahre ich Sie zu unserem Tierarzt, okay? Der wird ihm bestimmt helfen können.«

Wie sich herausstellen sollte, konnte niemand mehr Rocky helfen. Das arme Tier musste schon am Abend zuvor ein Wurststückchen verschluckt haben, in dem ein paar Nägel steckten, die dann zu inneren Verletzungen geführt hatten.

Doktor Weigand konnte ihn nur noch von seinen Schmerzen erlösen, und die Wellners waren am Boden zerstört.

Noch während ich in der Praxis den beiden älteren Herrschaften Trost spendete, rief ich Tamme an.

»Wer macht denn so einen Scheiß?«

Mein Bruder war auf hundertachtzig. »Keine Ahnung. Aber wir müssen den Platz nach diesen Ködern absuchen, Tammi. Und den Strand gleich mit.«

»Okay, ich kümmer mich drum.«

»Wo ist Rudi?« Vor Sorge um ihn zog sich mein Magen augenblicklich zusammen.

»Er ist bei Dena im Büro.«

»Gut. Sie soll ihn nicht rauslassen, bis wir alles abgesucht haben.«

»Ja, mach dir keine Sorgen. Ich trommel ein paar Leute zusammen.«

»Gut. Und sag unseren Gästen, sie sollen ihre Hunde anleinen und sofort zum Tierarzt, wenn sie sich komisch verhalten.«

Ich beendete das Gespräch und kam wieder zurück zu dem völlig schockierten Ehepaar.

»Es tut mir so, so leid. Wenn es etwas gibt, was ich tun kann …«

Sie sahen mich mit geröteten Augen an. »Wurst mit Nägeln, Frau Thomsen? Wer macht denn nur so was?«

Ich wusste es nicht. Aber ich würde alles tun, um es herauszufinden.

Den Campingfreunden auf der *Rosenfelder Düne* musste man eins lassen: Sie waren eine eingeschworene Gemeinschaft. So gut wie jeder verbrachte den restlichen Tag damit, so ziemlich jeden Quadratzentimeter des Campingplatzes, der Dünen und den Strand abzusuchen, um sicherzustellen, dass nicht weitere dieser todbringenden Köder in der Umgebung auf ahnungslose Opfer warteten.

So wie es aussah, waren sie versteckt im Sand am Strand verteilt worden, und Tamme präsentierte mir angewidert eine Plastiktüte, in der die Wurststücke, gespickt mit Nagelkrampen, eingesammelt worden waren.

»Das ist ja man übel.« Thorben Matthiesen, einer unserer Dorfpolizisten, den ich noch vom Tierarzt aus informiert hatte, besah sich die Köder ebenfalls angewidert. Er besaß eine etwas übergewichtige und lammfromme honigfarbene Labradordame, die er regelmäßig morgens an unserem Strandabschnitt in der Ostsee baden ließ. »Hat's denn noch andere erwischt?«

Tamme und ich schüttelten den Kopf. »Nur den armen Terrier. Bis jetzt.«

Ich sah den Strandabschnitt entlang. »Ich hoffe, wir haben alle gefunden.«

Thorben nahm den Beutel, als handelte es sich um schwer radioaktives Material, und nickte uns düster zu.

»Ich schreib 'ne Anzeige und geb für den Strandabschnitt eine offizielle Warnung raus. Du kannst dann später auf die Wache kommen und sie unterschreiben.«

Ich nickte knapp.

»Mann, Mann, Mann … Sachen gibt's. Und ich hab gedacht, das hört endlich mal auf.«

Ich sah ihn überrascht an. »Hier gab's früher schon Giftköder?«

Thorben schob sich die Mütze aus der Stirn und rieb sich den Nacken. Es war heute unerträglich heiß und die Sonne stand hoch am Himmel. »Vor zwei, drei Jahren hatten wir ein ähnliches Problem, stimmt's, Tamme?«

Tamme zuckte etwas ratlos mit den Schultern. »Ist mir, ehrlich gesagt, gar nicht so aufgefallen damals, aber jetzt, wo du's sagst.« Er blickte zu mir. »Ja, da war schon mal was.«

Thorben deutete auf den Strand in Richtung Promenade, die einen halben Kilometer entfernt lag.

»So ein Idiot hat auch Wurststückchen mit Nägeln am Hauptstrand verteilt. Ist zum Glück nichts passiert, aber seitdem hat die Kurverwaltung den Strand für Hunde gesperrt.« Er sah uns vielsagend an. »Wenn ihr mich fragt: Das kam denen ganz gelegen. Wir waren ja einer der wenigen Orte, an denen die Hunde an der Promenade noch ins Wasser durften. Damit war dann Schluss.« Er hob die Hände und malte zwei Anführungszeichen in die Luft. »Zum *Schutz* für die Hunde, wenn ihr versteht, was ich meine.«

Tamme ahnte bereits die Probleme, die auf uns zukommen würden. »Kann uns das jetzt auch blühen?«

Er blickte unheilschwanger zu mir. »Wenn das passiert, können wir die Touristen mit Hunden glatt vergessen.«

Der Tag war ziemlich mies gelaufen, und ich war nicht gewillt, noch depressiver zu werden. »Jetzt wartet doch mal ab. Die können nicht einfach so unseren Strand sperren.«

»Blöderweise ist es ja nicht *euer* Strand.«

Was stimmte. Er oblag ganz offiziell der Gemeindeverwaltung. Und Thorben blickte ähnlich pessimistisch aus der Wäsche wie Tamme.

Es dauerte keine drei Tage, da brachte der Postbote morgens den Bescheid der Kurverwaltung. *Aus aktuellem Anlass ...* blablabla ... *Sicherheitsbedenken ...* noch mehr blablabla ... *sieht die Kurverwaltung sich gezwungen, das Mitführen von Hunden in der laufenden Saison am Strandabschnitt 13, auch bekannt als Rosenfelder Düne, zu untersagen.* Darunter ein offizieller

Stempel des Kurdirektors, das Datum und eine Unterschrift. Falk Steiner.

Die Sache war ebenso hinterhältig wie durchsichtig.

»Dieser Arsch kann es einfach nicht lassen.« Tamme schleuderte das Papier auf den Tresen und vergrub seine Fäuste in den Hosentaschen. »Das macht der doch nur, um uns das Leben schwerzumachen.«

»Allerdings.«

Dena, die mit uns im Büro saß, sah das Ganze etwas optimistischer. »Ich würd's einfach ignorieren.« Sie zuckte gleichmütig mit den Schultern. »Macht in Berlin doch auch jeder. Oder kennst du irgendwen, der sich da an irgendwelche Regeln hält?«

»Das Blöde ist nur, Dena, dass Strande ein gut funktionierendes und leider völlig unausgelastetes Ordnungsamt hat.« Tamme sah sie vielsagend an. »Im Gegensatz zu Berlin.«

»Ignorieren können wir es nicht.« Ich stand entschlossen auf. »Aber einfach hinnehmen werde ich das ganz bestimmt nicht. Und soweit ich informiert bin, kann die Kurverwaltung das nicht eigenmächtig durchsetzen. Da hat die Gemeindeverwaltung auch noch ein Wörtchen mitzureden. Und denen werde ich jetzt mal einen Besuch abstatten.«

Als ich unseren alten Bulli vor der roten Klinkerfassade des alten Postgebäudes parkte, der die Stadtverwaltung und das kleine Polizeirevier beherbergte (eine Post gab es schon lange nicht mehr in Strande), fiel mir sofort der schicke weiße SUV auf. Ein Schriftzug an den Türen war ebenfalls sehr hilfreich, um zu erfahren, wem diese Luxuskarosse gehörte: *Steiner Immobilien – Ihre erste Wahl im Norden.*

Ich war kurz versucht, die Tür unseres Bulli sehr schwungvoll zu öffnen. Es hätte sicherlich eine ordentliche Macke im

Hochglanzlack verursacht. Dann ließ ich es. Schließlich sollte unser altehrwürdiger Bulli nicht leiden, nur weil Steiner ein Arschloch war.

»Hey, einen Moment. Sie können da nicht rein. Sie müssen sich ...« Die Gemeindesekretärin versuchte noch, mich aufzuhalten, als ich ihr Büro stürmte und ohne zu zögern an ihr vorbei in den Tagungsraum eilte, in dem gerade eine außerordentliche Sitzung des Stadtrates mit den Mitgliedern der Kurverwaltung stattfand. Über die Schulter lächelte ich sie freundlich an.

»Dauert nur zwei Minuten.«

Damit war ich auch schon drin und blickte in sechs überraschte Augenpaare.

Neben Steiner waren auch noch seine Schwester, Thorben Matthiesen und sein Kollege und unser Bürgermeister anwesend. Der junge Mann im akkurat gebügelten Sommerhemd, Anzughose und mit Brille war vermutlich ein Angestellter des Ordnungsamtes. Auf jeden Fall sah er genauso aus, wie ich mir einen Angestellten des Ordnungsamtes vorstellte.

Thorben hatte sich als Erster wieder im Griff. »Hi, Lucie. Was ist denn los?«

Ich nickte knapp in die Runde, wobei ich es vermied, Steiner und seine Schwester auch nur eines Blickes zu würdigen.

»Das hier ist los.« Ich knallte dem Bürgermeister das Schreiben der Kurverwaltung auf den Tisch.

»Und ich kann Ihnen gleich sagen, dass wir das nicht mit uns machen lassen. Die Kurverwaltung kann nicht einfach so unseren Strand sperren lassen.«

Bürgermeister Federsen, ein etwas übergewichtiger Herr jenseits der sechzig, räusperte sich unbehaglich. »Ja ... ähm ... gut, dass Sie da sind, Frau Thomsen. Genau über das Thema reden wir nämlich gerade.«

»Warum überrascht mich das nicht?!« Ich blickte Steiner nun provozierend an, der nur kühl zu mir aufsah.

»Setz dich doch erst mal, Lucie.«

Thorben deutete auf einen Stuhl neben sich.

»Nein danke, ich stehe lieber.«

Ich sah Federsen ungehalten an. »Es gibt keinerlei Veranlassung, unseren Strand zu sperren.«

»Das sehen wir anders.« Falk Steiner ergriff ruhig das Wort. Seine Schwester verzog die Lippen zu einem triumphierenden Grinsen, was sie auch nicht sympathischer machte.

»Die Kurverwaltung ist um die Sicherheit der Gäste und ihrer ... vierbeinigen Begleitung besorgt. Und solange wir nicht wissen, wie diese Köder an den Strand gekommen sind und ob es da nicht vielleicht noch mehr gibt, müssen wir leider zu diesen Maßnahmen greifen.«

Er sah um Zustimmung heischend in die Runde, während ich mich nur noch schwer davon abhalten konnte, ihm über den Tisch hinweg an die Gurgel zu springen.

»Wie die da hingekommen sind?!« Ich lachte bitter auf. »Irgendein Idiot hat sie da hingelegt! Und demselben Idioten scheint es prima in den Kram zu passen, dass vermutlich die Hälfte unserer Gäste vorzeitig abreisen wird, weil sie jetzt mit ihren Hunden nicht mehr an den Strand dürfen!«

»Ja, das ist natürlich wirklich tragisch.« Steiners Bedauern war gespielt. Ziemlich schlecht gespielt, musste ich sagen.

»Du bist und bleibst ein mieser Heuchler, Steiner.«

»Lucie, bitte. Können wir das Ganze nicht in Ruhe diskutieren, ohne uns gegenseitig zu beleidigen?« Thorben sah mich gequält an.

»Wir wissen alle hier, mit welchen Methoden die da arbeiten, Thorben.« Ich zeigte anklagend auf Steiner und seine Schwester. »Er hat die Köder bestimmt nicht selbst ausgelegt.

Damit macht sich der Mistkerl ganz sicher nicht die Hände schmutzig. Aber er steckt dahinter. Das wissen wir doch alle.«

Sonja sprang auf und ihre Augen sprühten Gift und Galle. »Geht's eigentlich noch, du blöde Kuh? Was fällt dir ein, hier so einen Alarm zu machen? Wir ...«

»Halt die Klappe, Sonja.« Steiners Stimme schnitt Sonja das Wort ab. Sie setzte sich unwillig, während er sich seiner Sache sehr sicher war.

»Verleumdung. Beleidigung. Mal sehen, was meinem Anwalt noch alles einfällt.« Er sortierte seelenruhig seine Unterlagen zusammen. »Wir haben alles besprochen, was es zu besprechen gibt.« Dann schenkte er mir sein arrogantes Grinsen. »Ich lasse euch mal allein mit Frau Thomsen.«

Er nickte Sonja kurz zu, die wie aufgezogen aufsprang und mich mit einem schadenfrohen Lächeln bedachte. Einen Moment befürchtete ich, sie würde mir verächtlich die Zunge rausstrecken.

Ich starrte noch immer die Tür an, als sie längst hinter ihnen zugeschlagen war.

»Ähm ... Frau Thomsen?«

Der Bürgermeister hatte etwas gesagt, doch ich hatte ihm nicht zugehört.

Mühsam sammelte ich mich. »'tschuldigung. Was meinten Sie?«

»Das war, wie soll ich sagen, doch etwas emotional, was Sie gerade über Herrn Steiner gesagt haben.« Er versuchte streng zu gucken, doch Federsen war schon immer jemand gewesen, der Konflikten aus gutem Grund aus dem Weg ging. Durchsetzungsstärke war nie wirklich sein Ding gewesen.

Ich versuchte wieder, ruhig und besonnen zu klingen. »Es tut mir leid, dass ich die Beherrschung verloren habe.«

Meine Zerknirschung war nur zum Teil gespielt.

»Aber wissen Sie, ich bin gar nicht so wütend auf Steiner, weil er Sie dazu zwingt, den Strand für unsere Gäste zu schließen.« Ich blickte eindringlich in die Runde. »Ich bin wütend, weil es ihm völlig egal ist, ob jemand bei so einer Aktion zu Schaden kommt. Wenn Sie gesehen hätten, wie sehr die Besitzer von Rocky gelitten haben …«

»Das ist der Hund, der leider zu Tode kam. Rocky. Ganz süßer Kerl«, fügte Thorben ungefragt hinzu. Die Anwesenden nickten betroffen. Ich warf ihm einen dankbaren Blick zu.

»Das sind zwei ganz zauberhafte ältere Herrschaften, für die der Hund ihr ein und alles war.« Ich sah den Anwesenden offen in die Augen. »Das können wir Steiner doch nicht durchgehen lassen, nur weil er wütend auf mich ist.«

Thorben sah mich erstaunt an. »Er ist wütend auf dich? Warum denn?«

Ich biss mir auf die Zunge. Ich hatte schon viel zu viel gesagt.

»Das ist eine alte Geschichte zwischen uns. Vergessen Sie's einfach.« Ich blickte ein letztes Mal eindringlich zum Bürgermeister. »Herr Federsen, lassen Sie ihm das nicht durchgehen, nicht diesmal.«

Damit wandte ich mich ab. Es war alles gesagt. An der Tür drehte ich mich noch einmal um und deutete auf den Brief, den ich auf dem Tisch liegen gelassen hatte.

»Wir werden den Strand nicht schließen. Nur zu Ihrer Information.«

Ich sah noch, wie Thorben verhalten grinste und mir aufmunternd zuzwinkerte. Dann war ich draußen.

Falk Steiner lehnte mit der ihm eigenen Lässigkeit an seinem schicken Luxuswagen in der Sonne, als ich aus dem kleinen Postgebäude hinaus auf den Parkplatz trat. Von Sonja war nichts zu sehen. Anscheinend hatte er sie nach Hause geschickt oder ins Büro oder zum Kaffeeholen. Ohne zu zögern, ging ich auf unseren Bulli zu und öffnete die Tür.

»Lief nicht ganz so, wie du dir das vorgestellt hast, nicht wahr?«

Ich ignorierte seine Frage.

»Wirklich blöd gelaufen.«

Er trat hinter mich und drückte die Fahrertür zu, die ich gerade geöffnet hatte. Ich spürte seinen Atem ganz dicht in meinem Nacken. In seiner Stimme lag eine Gefährlichkeit, die ich noch nie bei ihm gehört hatte.

»Glaubst du, du kannst mich so behandeln und dann ungeschoren davonkommen?«

Ich drehte mich langsam um. Sein Gesicht war nur wenige Zentimeter von mir entfernt. In seinen Augen erkannte ich blanken Zorn.

»Das ist erst der Anfang, du kleine Schlampe. Ich mach dich so fertig, dass du nicht mehr weißt, wo unten und oben ist.«

Seine Stimme war nicht mehr als ein Flüstern und bebte vor unverhohlenem Hass. Doch je wütender er wurde, desto mehr kehrte Ruhe in mir ein. Er konnte mir nichts mehr anhaben. Er hatte seine Macht über mich verloren. Egal, was er noch sagte oder tat, er konnte mich nicht mehr verletzen.

»Du drohst mir?« Ich sah ihn ruhig an.

»Verschwinde aus Strande. Hau wieder ab nach Berlin. Oder du wirst es bereuen.« Er starrte mich an.

Ich nickte langsam. »Okay.«

In seine Augen trat ein irritierter Ausdruck. Er hatte anscheinend nicht damit gerechnet, dass ich so schnell nachgeben würde. Womit er nicht ganz unrecht hatte. Ich war weit davon entfernt, auf seine Drohung einzugehen.

»Darf ich mal?« Ich schob ihn mit der Hand von mir weg. Dann drehte ich mich um und öffnete die Schiebetür des Bulli. Unter der hinteren Sitzreihe lag etwas, was ich dringend brauchte.

Als ich mich wieder zu ihm umdrehte, sah er mich erschrocken an und wich einen Schritt zurück.

»Spinnst zu jetzt völlig? Leg das Ding wieder weg.«

Mit beiden Händen hielt ich den Holzstiel des Vorschlaghammers fest umklammert, den Tamme seit den Bauarbeiten im Bus durch die Gegend kutschierte.

So wie es aussah, war heute der Tag der Abrechnung.

KAPITEL 17

Als mich Tamme und Dena Stunden später von der Polizeiwache abholten, war das, was ich getan hatte, längst *das* Gesprächsthema in unserem kleinen Küstenort. Es gab sogar ein Handyvideo von meiner Aktion, das ein verblüffter Teenager, der gelangweilt mit seiner Familie Urlaub in Strande machen musste (der ödeste Ort des Universums, seiner Meinung nach), zufällig geschossen hatte, als er auf dem Weg zum Bäcker am Parkplatz vorbeikam *(krass, Alter, was hier so abgeht :-))*.

Es zeigte, wie ich, mit dem Vorschlaghammer bewaffnet, Steiners Luxusauto nach allen Regeln der Kunst demolierte. Ich schlug erst die Scheinwerfer ein, dann hämmerte ich auf der Motorhaube herum (was leider nicht wirklich großen Schaden anrichtete) und zog es dann vor, die Seitenfenster zu zertrümmern. An der Windschutzscheibe versuchte ich mich auch, aber die war leider ziemlich stabil.

Es war auch zu sehen, wie Falk Steiner wie ein aufgeschrecktes Huhn um sein wertvolles Auto und um mich herumlief, irgendetwas Unverständliches schrie, mir dabei allerdings nicht zu nahe kam. Er hatte sichtbar Angst, dass ihn dann wohl der nächste Schlag mit dem Hammer treffen könnte.

Das Video wurde unterbrochen, als Thorben, der Bürgermeister und der Mann vom Ordnungsamt aufgeregt aus dem Postgebäude liefen und mit Entsetzen sahen, was da gerade passierte. Da hatte ich allerdings schon meine Arbeit verrichtet und war sichtlich außer Atem.

Ich übergab Thorben den Vorschlaghammer (woraufhin sich Steiner auf mich stürzen wollte) und ließ mich widerstandslos zurück ins Gebäude führen.

Ich sagte bei der ganzen Aktion kein Wort.

»Du bist jetzt berühmt, weißt du das?« Dena sah mich mit unverhohlenem Stolz an und legte den Arm tröstend um mich, als wir in der kleinen Empfangshalle vor dem Polizeirevier auf einer Bank saßen.

»Achttausend Klicks in zwei Stunden. Und einen eigenen Hashtag hast du auch schon: *#DemolitionGirl.*«

Ich verzog das Gesicht und vergrub mein Gesicht in den Händen. »Shit. Shit. Shit.«

Tamme hatte sich auf die andere Seite der Bank gesetzt und starrte mit einer gewissen Fassungslosigkeit vor sich hin. »Mama hat sich auch schon gemeldet. Ich hab ihr erklärt, was passiert ist. Also, *davor* passiert ist. Sie kommen sofort zurück.«

Ich warf ihm einen zerknirschten Seitenblick zu. »Ich hab keine Ahnung, was da in mich gefahren ist.«

Dena fand das alles nicht so dramatisch. »Das Einzige, was dir leidtun sollte, ist, dass du ihm nicht die Kniescheibe zertrümmert hast.«

»Dena!« Mein Bruder sah sie empört an.

»Was denn?! Peter meint auch, das hätte der verdient. Dafür, dass er kleine Hunde umbringt.«

Tamme konnte ihr da nicht widersprechen. »Und wie geht's jetzt weiter?«

Ich zuckte mit den Schultern. »Gefährliche Sachbeschädigung. Erregung öffentlichen Ärgernisses. Behinderung des Straßenverkehrs.«

»Echt jetzt? Straßenverkehr?« Tamme sah mich überrascht an.

Ich zuckte mit den Schultern. »Ist ein öffentlicher Parkplatz.«

Die beiden schwiegen bedrückt. Es sah wirklich nicht gut für mich aus.

»Außerdem hat Steiner mich angezeigt wegen Körperverletzung. Aber Thorben meint, damit kommt er nicht durch. Das Video zeigt ganz eindeutig, dass ich nur auf sein Auto eindresche und ihm nicht zu nahe komme.«

Tamme verzog das Gesicht zu einem ironischen Grinsen. »Hurra.«

Einen Augenblick saßen wir stumm da und schwiegen uns deprimiert an.

Schließlich hob Tamme den Blick. »Lucie?«

Ich sah ihn ebenfalls an.

»Warum? Warum hast du das ausgerechnet jetzt gemacht?«

»Die Frage ist, Tamme, warum habe ich das nicht schon vor zehn Jahren gemacht.«

Tatsächlich schlich sich bei dem Gedanken ein Lächeln in mein Gesicht. Was angesichts der Aussicht, wegen schwerer Sachbeschädigung mit bis zu sechs Monaten Haft bestraft zu werden, und eines Schadens von mindestens zwanzigtausend Euro an dem SUV selbst mir etwas unpassend vorkam.

»Ich habe Anzeige erstattet.« Ich sah meinen kleinen Bruder ruhig an. »Gegen Falk Steiner. Ich habe ihn endlich angezeigt … wegen Vergewaltigung.«

Mein Bruder starrte mich fassungslos an.

Dena neben mir wurde kreidebleich. »Was hast du da gerade gesagt?«

Sie hob die Hand an den Mund, vermutlich, um ein erschrockenes Geräusch zu unterdrücken.

Ich erhob mich und nahm meine schockierte beste Freundin an die Hand. »Kommt. Lasst uns gehen.«

KAPITEL 18

Am nächsten Tag begleiteten mich Tamme und Dena zu Doktor Friedrich. Meinem neuen Anwalt. Er war uns von Gunnar empfohlen worden, nachdem auch er an dem langen Abend zuvor mit uns am Küchentisch gesessen hatte, während ich endlich die ganze alte Geschichte erzählte.

Sie hatten mich stumm vor Entsetzen angestarrt, während ich schilderte, was in der verhängnisvollen Sommernacht vor zehn Jahren passiert war. Die Details ersparte ich ihnen. Und auch mir. Es reichte, wenn sie wussten, wie ich damals am Strand, schon angetrunken, Falks Drängen nachgegeben und ihn an die Anlegestelle begleitet hatte, wo die Motorjacht seines Vaters lag. Ich hatte sie unbedingt fahren wollen und er hatte es mir versprochen. Wir waren damals locker miteinander befreundet gewesen. Wie fast alle Jugendlichen in Strande irgendwie miteinander befreundet waren. Und schon damals hatte er diese überhebliche Art gehabt, die irgendwie abstoßend und doch faszinierend war.

Wie naiv man mit achtzehn doch sein konnte.

In der Kabine hatten wir geknutscht, während ich zwischen den atemlosen Küssen und seinem wenig erfahrenen Gefummel nach dem Schlüssel fragte und wann wir endlich losfahren würden. Er bestand darauf, noch etwas aus der Minibar zu trinken, die unter Deck in der Kabine untergebracht war, und ich ließ mich überreden. Danach verschwand alles wie in einem Traum. Als würde ich mich von oben beobachten. Und als würde das, was passierte, einer Fremden passieren und nicht mir. Ich sah, wie er mich in die Schlafkoje stieß, wie seine ungeduldigen Hände mir die Shorts und das Bikinioberteil vom Körper rissen. Ich fühlte seine erregte Männlichkeit, die gegen meinen Bauch rieb, als er sich ungeduldig auf mich schob und im nächsten Moment ohne Vorwarnung in mich eindrang. Und das war erst der Anfang einer langen Nacht gewesen.

Ich hatte das alles schon Thorbens Kollegin von der Kripo erzählt, die aus Lahe zu uns nach Strande rausgefahren war, um meine Anzeige aufzunehmen. Und hier, in dem schicken Anwaltsbüro in der Hamburger Hafencity, wurde mir eine weitere Schilderung erspart. Doktor Friedrich hatte sich schon die Anzeige und das Protokoll, das angefertigt worden war, schicken lassen.

Jetzt sah er mich mit professioneller Gelassenheit an.

»Sie wissen, dass die Aussichten, Herrn Steiner den Missbrauch nachzuweisen, gering sind?«

Es war ein smarter Enddreißiger, durchtrainiert und sonnengebräunt, in teurem Anzug und randloser Brille, der mich von seinem Sessel aus musterte. Er war ein guter Freund von Gunnar, wie dieser uns versichert hatte, und ich war mir ziemlich sicher, dass er auch schwul war. Wir saßen in der Besucherecke seines Büros und eine Sekretärin hatte Kaffee und Gebäck gebracht. Ich sah ihn nicht an, sondern studierte die Schiffe, die gegenüber am Kai anlegten.

»Das ist mir klar, Doktor Friedrich.«

»Moment mal.« Tamme meldete sich erbost zu Wort. »So was verjährt doch nicht.«

»Nein, das tut es nicht, Herr Thomsen. Aber nach zehn Jahren Beweise für eine solche Vergewaltigung beizubringen, ist nahezu unmöglich. Wir bräuchten schon Zeugen, die die Aussage ihrer Schwester vor Gericht bestätigen könnten.«

»Es steht Aussage gegen Aussage, hab ich recht?« Ich sah ihn nun doch an.

»Ich fürchte, darauf wird es hinauslaufen. Die Gegenseite wird zudem behaupten, dass Ihre Anzeige nur eine Schutzbehauptung ist, um Ihr eigenes Fehlverhalten gegenüber Herrn Steiner zu rechtfertigen. Wenn es blöd läuft.« Er sah mich bedeutungsschwanger an. »Und es kann ziemlich blöd laufen, Frau Thomsen, dann kann er Sie wegen Verleumdung und Falschaussage verklagen. Das kann dann richtig teuer für Sie werden.«

»Dann raten Sie mir, die Anzeige zurückzunehmen?«

Ich hatte gewusst, dass es nicht gut für mich stand. Aber so schlimm?

Er wählte seine Worte mit Bedacht, rückte ein Stück näher auf dem Sessel zu mir und beugte sich vor, um die Ellbogen auf seinen Knien abzustützen. Ich kam mir augenblicklich vor wie eine Fünfjährige, die erklärt bekommt, wie böse die Welt doch sein kann.

»Sehen Sie, Lucie«, sein Lächeln barg tatsächlich Mitleid, »ich darf Sie doch Lucie nennen?«

»Natürlich.«

»Recht haben und Recht bekommen sind zwei sehr unterschiedliche Dinge. Ich glaube Ihnen, was passiert ist. Damals.« Auf seinem Gesicht erschien ein bitteres Lächeln. »Sie sind nicht die erste Mandantin, die ich hier sitzen habe und die ein solches Problem hat. Die sich leider viel zu spät zu einer Anzeige entschlossen hat.«

»Dann ist sie jetzt wohl selber daran schuld, oder was?«, empörte sich Dena augenblicklich und funkelte ihn sauer an.

Doktor Friedrich hob beruhigend die Hand. »Nein. Keineswegs. Nur, leider macht unser Rechtssystem den Tätern das Leben immer noch leichter als den Opfern.«

Er blickte wieder zu mir und diesmal erkannte ich eine ruhige Entschlossenheit in seinem Gesicht.

»Es war nicht Ihr Fehler, dass Sie damals nicht sofort zur Polizei gegangen sind, Lucie. Sie standen unter Schock, waren verletzt und zutiefst verunsichert.«

Ich musste schlucken und nickte knapp, während ich den Blick senkte. Dena legte mir tröstend die Hand auf den Arm.

»Ich will Ihnen damit nur sagen, dass Sie nicht allein sind. Es gibt Dutzende Frauen da draußen, und auch Männer, denen so etwas oder etwas Ähnliches passiert ist. Und noch immer passiert.«

»Was machen wir denn jetzt?« Tamme sah ratlos von dem Anwalt zu mir. »Gibst du auf?«

Ich ließ mir Zeit mit der Antwort und schaute wieder hinaus auf den Hafen, der geschäftig unter uns lag. Möwen zogen ihre Runden, die Touristenboote zogen ihre Bahnen und die Welt nahm ihren Lauf.

»Ich will es wenigstens versuchen, Doktor Friedrich. Auch wenn die Chancen gleich null sind.« Ich sah ihn ruhig an und erkannte nach einem kurzen Moment ein zufriedenes Lächeln in seinen Augen.

Er nickte knapp. »Gut. Dann werden wir dem Mistkerl wenigstens ein paar schlaflose Nächte bereiten. Und nennen Sie mich bitte Karl.«

»Ähm … eine Frage hätte ich da noch …« Tamme meldete sich zu Wort und blickte entschuldigend zu mir. »Versteh das nicht falsch, Lucie. Ich … will einfach nur wissen, was da auf uns zukommt, okay?«

Er musste sich sehr winden, um seine Frage loszuwerden. »Wie viel … wird das alles denn kosten?«

Karl nickte behutsam. »Wenn wir mit der Klage durchkommen und Steiner verurteilt wird, trägt er die Kosten des Verfahrens.«

»Und wenn nicht?«

»Dann wird unsere Kanzlei für die Prozesskosten aufkommen. Wir haben ein spezielles Budget für Fälle wie den Ihren und auch langsam die Nase voll davon, dass immer die Falschen durch die Löcher der Justiz schlüpfen.«

Wenn Tamme nicht schon in Gunnar verliebt gewesen wäre, hätte er sich vermutlich augenblicklich in meinen Anwalt verliebt.

Als wir am frühen Abend aus Hamburg zurückkamen, warteten bereits Mama und Joschi vor dem Haus auf uns.

»Lucie, geht's dir gut? Ist alles in Ordnung mit dir?« Mama umarmte mich stürmisch. Ihre Schulter war endgültig verheilt, ihr Teint hatte eine wunderbare Bronzefarbe angenommen und die Nase war mit Sommersprossen übersät. Sie sah tatsächlich zehn Jahre jünger aus. Mindestens.

»Alles gut, Mama. Mir geht's prima. Wirklich.« Ich hielt sie eine Armlänge von mir entfernt. »Du solltest öfter Urlaub machen. Du siehst fantastisch aus.«

Ich blickte zu Joschi, der etwas unbeholfen und verlegen neben Mama stand. »Was auch immer du mit meiner Mutter angestellt hast, Joschi, hör bloß nicht damit auf.«

Noch immer etwas verlegen, nahm er mich nun auch in den Arm und drückte mich an seine Brust.

Jetzt erst bemerkte ich, dass noch jemand auf uns gewartet hatte und etwas abseits in der Tür stand.

»Hi, Lucie.«

Svens hünenhafte Gestalt füllte fast den gesamten Türrahmen aus, und seine blonde Strubbelmähne war noch wilder, als ich sie in Erinnerung hatte. Ich war überrascht, ihn zu sehen. Noch mehr überrascht war ich davon, dass mich seine Anwesenheit freute.

Eine Weile gingen Sven und ich stumm nebeneinander her. Rudi flitzte nicht, wie sonst üblich, über den Sand und jagte den Möwen hinterher, sondern blieb an meiner Seite, schnüffelte etwas lustlos zwischen den Steinen herum und blickte immer wieder hoch, um sich zu vergewissern, dass ich noch da war und es mir gut ging. Tamme und Dena waren bei meiner Mutter geblieben und klärten sie und Joschi vermutlich gerade darüber auf, was wir im Laufe des Tages beim Anwalt besprochen hatten.

Schließlich brach Sven das Schweigen. »Wenn du diesen Vorschlaghammer wiederbekommst, würde ich ihn mir gerne ausleihen.« Er sah mich nicht an, während er das sagte, und mir fiel auf, wie sich seine Wangenmuskeln unter der Haut anspannten, als er die Zähne vor unterdrückter Wut zusammenbiss. »Allerdings würde ich Steiner nicht das Auto demolieren. Ich würde mich eher auf seine Kniescheiben konzentrieren.«

Mein Lachen war kurz und trocken. Jetzt sah er mich an und seine hellen Augen waren dunkel vor Zorn.

»Wenn ich es gewusst hätte, ich hätte ihn …«

»Das hätte auch nichts besser gemacht.« Ich unterbrach ihn, bevor er seine Vorstellung genauer ausführen konnte. Nichts, was er oder sonst wer hätte tun können, hätte es besser gemacht.

Wir blieben kurz stehen, schauten über das Meer, und ich hörte, wie er tief durchatmete, um die Wut in seinem Innern zu beruhigen.

»Es tut mir leid, was passiert ist, Lucie. Alles, was passiert ist.«

Ich ahnte, dass er in diesem Moment nicht allein über Falk Steiner sprach und das, was er mir vor vielen Jahren angetan hatte.

»Das muss es nicht, Sven.« Ich schlenderte weiter durch den Sand.

Er blieb einen Moment stehen und sah mir irritiert hinterher.

»Zumindest nicht das, was zwischen uns gewesen ist. Ich bin sehr froh, dass wir uns begegnet sind, Doktor Brandt.«

Ich drehte mich um zu ihm und sah, wie er den Kopf schief legte und mich fragend ansah.

Ich versuchte die richtigen Worte zu finden, um das zu erklären, was ich kaum erklären konnte.

»Weißt du, Sven, ich bin jahrelang weggerannt. Vor Steiner. Vor meiner Angst. Vor dem Schmerz, den er mir zugefügt hat. Als Jenna bei dir aufgetaucht ist, da wäre ich auch am liebsten weggelaufen. Hätte mich in Berlin wieder verkrochen und alles hinter mir gelassen. Dich hinter mir gelassen.«

Er nickte schuldbewusst. »Warum hast du es nicht getan?«

»Weil ich dich dann mitgenommen hätte. Und dich vermutlich für den Rest meines Lebens dafür verantwortlich gemacht hätte, mit niemandem sonst mehr glücklich sein zu können.«

Meine Worte waren hart, auch wenn meine Stimme sanft geblieben war. Ich sah, wie er meinem Blick schuldbewusst auswich.

»So habe ich es mit Steiner gemacht. Und das war nicht der richtige Weg. Jetzt weiß ich, dass es nicht darauf ankommt, was mir passiert. Es ist nur wichtig, wie ich damit umgehe. Welche Bedeutung ich den Dingen gebe.«

Ich wartete darauf, dass er mich wieder ansah.

»Blöde Dinge passieren, Sven. Da gibt es Ehefrauen, die man verschweigt. Und da gibt es Mistkerle wie Steiner, die glauben, sie könnten sich alles nehmen und kämen ungeschoren davon. Diese Dinge passieren. Wir können sie nicht verhindern.«

Langsam sickerte die Erkenntnis in sein Bewusstsein, dass das, was ich sagte, das Ende bedeutete. Das Ende für das, was zwischen uns passiert war. Ich kam zu ihm und blickte in diese hellen Augen, in denen ich mich noch immer verlieren konnte.

»Wir können uns nur entscheiden, wie wir damit umgehen. Ob diese Dinge uns daran hindern, glücklich zu werden oder nicht. Und ich habe mich entschieden, glücklich zu werden. Egal, was passiert ist.«

»Ohne mich. Das ist es doch, was du mir sagen willst, hab ich recht?«

Er sah todunglücklich aus, doch ich konnte es nicht ändern. »Ja.«

Er hielt meinen Blick gefangen, sagte nichts, sah mich nur stumm an. Nach einer Ewigkeit, wie mir schien, nickte er langsam. »Okay.« Seine Stimme war nicht mehr als ein Flüstern.

So standen wir da, stumm und regungslos, während die Wellen an den Strand spülten und die Möwen über uns ihre Bahnen zogen.

»Lucie?«

Eine Stimme ließ uns herumfahren. Svantje stand da, etwas verlegen, und hob kurz die Hand zum Gruß.

»Stör ich?«

Ich tauschte einen letzten Blick mit Sven.

»Nein, nein. Wir haben alles gesagt, was es zu sagen gibt.«

Sie sah etwas verlegen aus und druckste herum. »Tamme meinte, du wärst hier. Ich muss auch mit dir reden.« Sie sah kurz zu Sven. »Allein?!«

Sven zögerte keine Sekunde. »Natürlich. Kein Problem.«

Er berührte mich zum Abschied leicht am Arm und lächelte tapfer, obwohl sein Herz gebrochen war.

Dann stapfte er durch den Sand davon, ohne sich noch einmal umzublicken.

Als er außer Hörweite war, sah ich Svantje fragend an. »Was ist denn los?«

»Es geht um Steiner.« Sie atmete tief durch, und ihr war deutlich anzumerken, wie schwer es ihr fiel weiterzusprechen.

»Ich hätte das schon viel früher machen sollen. Schon an dem Abend, als du Steiner in die Eier getreten hast.«

Ich erinnerte mich vage, dass Svantje plötzlich vor mir gestanden hatte. Doch ich verstand noch immer nicht, auf was sie eigentlich hinauswollte.

»Ich hab damals gehört, was du zu ihm gesagt hast. Dass er dich vergewaltigt hat.«

Ich atmete tief durch. »Das ist gut, Svantje. Das kann mir vielleicht helfen, wenn es zum Prozess kommt. Würdest du denn als Zeugin für mich aussagen?«

Sie nickte entschlossen. »Deswegen bin ich hier. Und …«

Ich erkannte den Schmerz und die Verletzung in ihrem Blick, die auch mich all die Jahre gequält hatten. Und in diesem Moment wusste ich, was sie sagen würde, bevor sie es noch aussprechen konnte.

»Du bist nicht die Einzige, der Steiner das angetan hat, Lucie.«

In meinen Ohren begann es zu brausen und mein Herz schlug mir bis zum Hals.

KAPITEL 19

Ich war eine Puristin, was die sozialen Medien betraf. Schon immer gewesen. Facebook, Instagram, Tinder, und was es noch so alles gab, waren in den letzten Jahren mehr oder weniger spurlos an mir vorbeigegangen. Mein altes Nokia-Handy, für das mich die Hipster in Berlin bewundert hatten, besaß weder einen Bildschirm, auf dem man rumwischen konnte, noch eine Kamera, die hochauflösende Super-SloMo-Videos bot.

Man konnte damit telefonieren. Und Nachrichten schreiben. Immerhin.

Ein teures Smartphone hatte ich mir nicht leisten können. Von daher war ich dann doch fasziniert von dem, was in den folgenden Wochen passierte.

Das Video, das der Teenie von mir und Steiners Luxusschlitten aufgenommen hatte, ging viral. Ebenso wie *#DemolitionGirl*. Und Menschen, die ich nicht kannte und von denen ich noch nicht einmal gehört hatte, verbreiteten meine Geschichte und den Grund, warum ich es getan hatte. Tausendfach.

Eine Woche später hatten mehr als ein Dutzend Frauen Kontakt mit meinem Anwalt aufgenommen und erzählten ihre Geschichten mit Steiner. Nicht alle hatte der Mistkerl vergewaltigt. Bei einigen hatte er es nur versucht, was schlimm genug war, oder er war im entscheidenden Moment aufgehalten worden.

An einem sonnigen, warmen Spätsommertag Anfang September wurde Falk Steiner verhaftet und in Handschellen zu einem Polizeiauto gebracht. Ich war nicht persönlich dabei, aber das Bild von ihm, wie er mit gesenktem Kopf und flankiert von zwei Polizistinnen ins Auto geschoben wurde, landete groß auf den Titelseiten der Boulevardblätter.

Die Sexbestie aus dem Norden, wie die Journalisten ihn nannten, war damit endgültig erledigt. Ich fühlte Erleichterung, eine Art Befreiung. Doch es würde noch lange dauern, bis ich das Erlebte endgültig würde abhaken können. Immerhin, es war ein Anfang.

Karl, mein Anwalt, hatte mir nahegelegt, mir professionelle Hilfe zu suchen, und er hatte mir die Adresse einer Selbsthilfegruppe in Lübeck vermittelt, zu der ich regelmäßig einmal die Woche fuhr. Es tat gut, zu reden und die Geschichten der anderen zu hören, denn dann fühlten wir uns nicht mehr allein und isoliert mit dem, was uns geschehen war.

Der Sommer neigte sich dem Ende zu und der Herbst hielt schließlich mit Regen und stürmischem Wetter aus dem Osten Einzug in Strande. Es war eine aufreibende, anstrengende Saison gewesen, und uns kam es so vor, als wären wir in den vergangenen Monaten aus einem langen, tiefen Schlaf erwacht und geradewegs in ein neues Leben gestolpert. Ende Oktober schlossen wir die *Rosenfelder Düne*, verabschiedeten die letzten Gäste und machten unseren Platz winterfest.

Tamme würde, wie geplant, die nächsten Monate dem kalten Ostwind entfliehen und auf seinem Kreuzfahrtschiff in der Karibik zu neuen Ufern aufbrechen.

Meine Mutter und Joschi planten ebenfalls einen Aufbruch und wollten den Winter in wärmeren Gefilden verbringen. Joschi hatte den Auftrag, an der spanischen Südküste eine alte Finca zu renovieren, und ohne meine Mutter wollte er nicht fahren.

Ich würde mit Dena und Peter auf der *Rosenfelder Düne* bleiben, die Ruhe genießen, mich mit der Steuer herumärgern und neue Pläne für die kommende Saison machen.

Und so standen wir Ende Oktober am Strand vor einem riesigen Lagerfeuer, an dem Stockbrot und Würstchen brieten, und feierten den Abschied von einem wirklich bemerkenswerten Jahr. Als ich und Tamme noch Kinder waren, hatten wir auch jedes Jahr das Ende der Saison so gefeiert, und nun ließen wir die alte Tradition wieder aufleben.

Jeder hatte etwas mitgebracht, was ihn an das Wichtigste in dieser Saison erinnerte und was er den Flammen übergeben wollte, um davon Abschied zu nehmen.

Dena und Peter warfen den Schlüsselbund von Peters Junggesellenbude in Berlin in die Flammen, standen eng umschlungen und tauschten einen zärtlichen Kuss.

»Ich werde dir das schönste Haus bauen, das du dir vorstellen kannst.«

Ich hatte keinen Zweifel daran, dass er Denas Traumhaus bauen würde. Die beiden hatten ihre Hochzeitspläne aufs nächste Jahr verschoben, wenn der Rohbau ihres neuen Heims fertig sein würde. Sie würden hier in Strande heiraten, eine Familie gründen und am anderen Ende unseres Campingplatzes ein Haus bauen. Mama hatte ihnen ein kleines Grundstück geschenkt, und im Gegenzug würden Peter, Joschi und die polnische Crew unsere alte Kate renovieren, wenn sie eh schon mal da wären. Ich war mir sicher, dass jemandem wie Peter hier sicherlich nicht die Arbeit ausgehen würde. Dena hatte ihre

Leidenschaft für Buchführung entdeckt, und wir würden als Team den Campingplatz leiten.

Das abgetragene T-Shirt mit dem Aufdruck einer Rockband, deren Namen ich nicht kannte, flog in die Flammen und fing sofort Feuer.

»Ich fand die Band nie so besonders.«

Tamme grinste und zuckte mit den Schultern. Seit seinem Coming-out und der Beziehung zu Gunnar hatte mein kleiner Bruder seine Leidenschaft für Mode entdeckt und löchrigen Jeans und fadenscheinigen T-Shirts abgeschworen. Er gönnte sich regelmäßig einen teuer aussehenden Haarschnitt, benutzte Gel, um seine dunklen Locken in Form zu bringen, und seinen Bart hatte er sich ebenfalls abrasiert. Die Gesichtscreme, die er seit neustem benutzte, war teurer als alles, was ich jemals meiner Haut gegönnt hatte. Er mutierte zu einem wandelnden Schwulenklischee und hatte sichtlich Spaß daran.

Dann war meine Mutter an der Reihe und warf die Schulterbandage ins Feuer, die sie tatsächlich aufgehoben hatte. »Ich wollte sie ja eigentlich behalten, so als glückliche Erinnerung.«

Ich hob irritiert die Augenbrauen. »Du brichst dir die Schulter und nennst das Glück?«

Sie nahm mich in den Arm und drückte mich. »Aber klar. Du wärst doch sonst niemals hier.«

Da war natürlich was dran. Ich verzog das Gesicht zu einem schiefen Grinsen.

Meine Mutter fuhr lachend fort: »Aber dann hab ich mir gedacht, Suse, wirf das lieber mal weg. Wozu ans Glück erinnert werden, wenn man's doch jeden Tag neu erleben kann.«

Über die Flammen hinweg strahlte sie Joschi an, der ihr eine Kusshand zuwarf.

Ich spürte Denas Ellenbogen in der Seite, die mich auffordernd anstupste.

»Na, los. Was ist mit dir? Nichts, was du den heiligen Flammen des Neuanfangs übergeben willst?«

Tatsächlich hatte ich kurz mit dem Gedanken gespielt, den kleinen Kompass, den Sven mir zur Neueröffnung unseres Campingplatzes geschenkt hatte, in die Flammen zu werfen.

Ich hatte mir eingeredet, dass ich mit ihm durch war, dass das Thema Sven abgeschlossen sei. Aber das war es nicht. Und ich hatte den kleinen Kompass wieder zurück in die Schatulle gelegt und sicher in meinem Schrank verstaut.

Je weniger Probleme es zu bewältigen gab und je mehr mein Leben sich in geordneten Bahnen bewegte, desto öfter musste ich an ihn denken und daran, was ich für ihn empfunden hatte. Und da war dieses Kribbeln in meiner Magengegend, wenn ich seine hünenhafte Gestalt erblickte, die mir kurz zuwinkte, wenn er nach der Arbeit zurück zu seinem Airstream ging oder wir uns in der Stadt zufällig trafen und ein paar belanglose Worte wechselten. Er hatte sein Versprechen gehalten und war auf Abstand gegangen.

Als ich eines Morgens eine blonde junge Frau vor seinem Wohnwagen sitzen sah, hatte ich kurz den kalten Schauer der Eifersucht in mir verspürt, was sich als völlig überflüssig herausstellen sollte. Die junge Frau war Lena, seine Schwester, die ihn besuchte und die mich freundlich begrüßte, als wir uns am Strand trafen. Sven hatte ihr von uns erzählt. Wir plauderten ein wenig, und am Ende des Gesprächs gab sie mir unaufgefordert den Rat, ihn noch ein wenig zappeln zu lassen und ihm dann zu vergeben. Ihrer Meinung nach passten wir nämlich prima zusammen, was man von seiner Frau nicht hatte sagen können, wie sie augenrollend feststellte.

Nach diesem Treffen war ich kurz davor gewesen, mitten in der Nacht aufzustehen und ihn einfach in seinem Wohnwagen zu besuchen, wenn ich nicht schlafen konnte und mir den Kopf über das zerbrach, was ich noch für ihn fühlte. Ich hatte es immerhin bis runter zu unserer Haustür geschafft, war dann aber wieder umgekehrt und ins Bett gegangen.

Nachdem meine Mutter mich zweimal dabei überrascht hatte, hatte ich es dabei belassen. Es erschien mir sinnlos.

»Erde an Lucie – hallo?« Dena riss mich aus meinen Gedanken und sah mich vielsagend an. »Was ist jetzt mit dir und den Flammen?«

Ich griff schließlich in die Hosentasche meiner Jeans und zog die zusammengeknüllte Zeitung hervor, die ich auf dem Weg zum Strand in einem Altpapierkorb gefunden hatte. Ich warf sie ins Feuer, ohne noch einmal draufzublicken.

Dena nickte nur. »Bravo. Richtig so.«

Zufrieden sahen wir, wie Falk Steiners vor Schock erstarrtes Gesicht auf dem Titelblatt der Boulevardzeitung verbrannte, sich in Rauch auflöste und am sternenklaren Himmel verschwand.

Kapitel 20

»Hey! Einen Moment mal! Was machen Sie denn da?«

Ich kam atemlos den Kiesweg entlang und stellte mich dem Wagen entgegen, der gerade mit dem alten Airstream an der Anhängerkupplung den Platz verlassen wollte.

»Wo wollen Sie mit dem Wohnmobil hin?«

In dem schweren Landrover mit Hamburger Nummernschild wurde die Seitenscheibe heruntergelassen und ein älterer Herr mit schütterem Haar blickte mich verständnislos an.

»Äh, nach Hause? Wir kommen aus Hamburg.«

»Ja, das sehe ich.« Ich stemmte entschlossen meine Hände auf die Hüften und hoffte, mein Gesichtsausdruck sei streng genug. »Aber Sie können den doch nicht einfach so mitnehmen.«

Der Mann tauschte einen irritierten Blick mit seiner Frau, die etwas erschrocken neben ihm saß. »Aber wieso denn nicht?«

»Das Wohnmobil gehört Doktor Brandt. Das ist einer unserer Dauercamper. Und ich denke mal, er wird alles andere als erfreut sein, wenn es nicht mehr da ist, wenn er wiederkommt.«

Was durchaus den Tatsachen entsprach. Sven hatte kurz nach Weihnachten seine Praxis einer Vertretung aus der Kreisstadt überlassen und war verschwunden.

Ich wusste nicht, wohin er abgereist war, und ich hatte ihn auch nicht gefragt, als er bei mir im Flur stand und mich darüber informierte, dass er vermutlich erst im Frühjahr wieder nach Strande zurückkommen würde. Die nächsten drei Monate sollte ich ein Auge auf sein Wohnmobil haben. Dann hatte er mir einen Umschlag mit der Standgebühr für das gesamte Jahr in die Hand gedrückt. Ich war so überrumpelt gewesen, dass ich nur nicken und sonst nichts mehr sagen konnte. Seitdem hatte ich nichts mehr von ihm gehört.

Fast auf den Tag genau ein Jahr war es her, seit ich an einem kalten Wintermorgen nach Strande zurückgekehrt war. Langsam zog wieder das Frühjahr ein, und in ein paar Wochen würden wir ganz offiziell den Platz wieder für die neue Saison eröffnen. Und irgendetwas in mir hatte sich der Hoffnung hingegeben, dass dann auch Doktor Brandt wieder auftauchen würde.

Der ältere Herr sah mich verwundert an. »Hat Sie Herr Brandt denn gar nicht informiert?«

Ich schüttelte den Kopf. »Nicht, dass ich wüsste.«

Die Frau kramte in ihrer Handtasche herum und holte schließlich ein paar Dokumente hervor, die sorgsam in Folie verpackt waren. »Wir haben den Wohnwagen letzte Woche gekauft. Hier sind die Unterlagen, das können Sie gerne prüfen.«

Ich nahm die Folie in die Hand und starrte ungläubig auf den Kaufvertrag. Das war ganz eindeutig Svens Handschrift.

»Doktor Brandt schien es etwas eilig zu haben mit dem Verkauf«, erklärte die Dame und beugte sich vor zum Seitenfenster, um mich besser sehen zu können. »So einen

Airstream findet man ja nicht alle Tage, nicht wahr, Martin?! Wir waren schon ewig auf der Suche nach so einem Modell.«

»Und dann auch noch zu so einem Preis. Das war wirklich ein Schnäppchen.«

Ich starrte von den Papieren zu dem Ehepaar.

»Damit ist doch alles in Ordnung, oder nicht?« Er sah mich ängstlich an. »Wir sind doch nicht irgendeinem Betrüger aufgesessen?«

Ich schüttelte stumm den Kopf. »Nein, nein. Damit ist alles in Ordnung.«

Ich reichte dem verunsicherten Mann seine Unterlagen zurück.

»Entschuldigen Sie bitte meinen Auftritt. Der Airstream gehört natürlich Ihnen. Mit dem Verkauf ist alles in Ordnung.«

Ich trat einen Schritt zur Seite und versuchte ein Lächeln, was mir ziemlich misslang.

»Gute Fahrt. Kommen Sie sicher zurück nach Hamburg.«

Der Mann nickte erleichtert, kurbelte das Seitenfenster hoch, und dann verschwand der Airstream endgültig von der *Rosenfelder Düne*.

Ich blieb eine Ewigkeit stehen, um ihm hinterherzusehen, wie er zwischen den noch kahlen Feldern und der Apfelbaumallee auf der Landstraße verschwand.

»Oh, Shit! Der hat ihn verkauft? Und macht sich einfach so aus dem Staub?« Dena sah mich ungläubig an, als ich eine halbe Stunde später in unsere Rezeption kam und ein Gesicht machte, als wäre Rudi gestorben.

»Der hätte wenigstens mal was sagen können. So ein Idiot.« Meine Enttäuschung über Svens Abgang wandelte sich langsam in Wut. »Aber was hab ich eigentlich erwartet? Der Typ sagt ja nie das, was wichtig ist.«

Dena sah mich mit hochgezogenen Augenbrauen an.

»Was?« Ich funkelte sauer zurück und warf die Anmeldebögen, die ich frisch aus der Druckerei geholt hatte, auf die Ablage.

»Na ja …« Dena zögerte etwas mit ihrer Antwort. »Ist ja nicht gerade so, als hättest du ihm viel Hoffnung gemacht.«

Seit Sven im Januar verschwunden war, hatte sich meine Laune täglich verschlechtert. Was auch Dena nicht entgangen war. An einem weinseligen Abend im *Strandläufer* hatte ich ihr schließlich mein Herz ausgeschüttet und gestanden, dass ich ihn tatsächlich vermisste. Schwer vermisste. Sie hatte mir geraten, ihm das schnellstmöglich mitzuteilen. Was ich auch versucht war zu tun. Doch dummerweise hatte ich keine Ahnung, wo genau er sich herumtrieb.

»Na, super.« Ich sah sie sauer an. »Jetzt bin ich wieder an allem schuld.«

Ich schnappte mir Rudis Leine, bevor sie noch etwas sagen konnte, und ergriff die Flucht.

»Komm, Rudi. Möwen jagen. Ich brauch dringend frische Luft.«

Damit stürmte ich hinaus.

Es war ein herrlicher sonniger Tag, und von der Ostsee wehte eine fast milde Brise hinüber an den Strand. Ich hockte mich auf das alte Tretboot, das noch immer verlassen wie ein gestrandeter Wal am Strand lag, und blickte hinaus auf die Wellen. Rudi jagte auf seinen drei Beinen den Möwen hinterher, die genauso viel Spaß an dem Spiel hatten wie er und die sich immer wieder an anderer Stelle im seichten Wasser niederließen, damit er sie aufschrecken konnte.

Ein Schatten fiel auf den Sand zu meinen Füßen und ich blickte auf.

Er stand vor mir. So unvermittelt und ungeplant, wie es nur sein konnte.

»Hi, Lucie.«

Ich blinzelte ein paarmal, nur um sicherzugehen, dass es sich bei ihm nicht um eine Fata Morgana handelte. Oder dass ich träumte.

Einen Moment sahen wir uns stumm an. Seine Haare waren länger geworden und von der Sonne ausgeblichen, was gut zu dem bronzefarbenen Teint seiner Haut passte. So, wie er aussah, hatte auch er den Winter im Süden verbracht.

Er hockte sich zu mir in den Sand und ließ mich dabei nicht aus den Augen.

»Ich würde dir gern etwas sagen.«

»Ja …«, meine Stimme klang seltsam belegt und ich räusperte mich, »ich weiß schon Bescheid.«

Er blinzelte kurz irritiert.

»Das Ehepaar aus Hamburg? Sie haben ihn heute Morgen abgeholt. Deinen Airstream.«

Auf seinem Gesicht erschien ein Lächeln. Was mich ein wenig ärgerte.

»Das hättest du mir übrigens ruhig sagen können. Oder wenigstens eine Mail schreiben. Ich hab mich vor denen ganz schön lächerlich gemacht, wie ich da stand und dachte, die wollen den klauen und …«

»Lucie …«, unterbrach er mich sanft, »es geht nicht um den Wohnwagen.«

Mein Herz machte einen Satz, als ich spürte, wie seine warme Hand meine suchte und sie berührte.

»Nein?«

Er schüttelte den Kopf. »Nein.«

Der ernste Ausdruck auf seinem Gesicht verdunkelte ein wenig seine hellen Augen.

»Ich hab dir versprochen, dich in Ruhe zu lassen. Aber das geht nicht.«

Er musterte mich intensiv, so als würde er versuchen, in meinen Augen meine Gedanken abzulesen.

»Ich hab's versucht, wirklich. Ich dachte, woanders würde es mir leichter fallen. Aber das tut es nicht, Lucie.«

Er lächelte zaghaft wie jemand, der weiß, dass er einen Fehler macht, und doch nicht anders kann.

»Du bist das Erste, an was ich denke, wenn ich morgens aufwache. Und das Letzte, wenn ich einschlafe. Und irgendetwas sagt mir, dass sich das nicht ändern wird. Also bleiben mir nur zwei Dinge übrig, die ich tun kann.«

»Sven … ich …«

»Nein, Lucie, warte.« Er atmete einmal tief durch. »Ich werde damit leben, dass ich es vermasselt habe. Irgendwie. Und ich werde nicht aufhören, daran zu glauben, dass wir eine zweite Chance verdient haben. Dass ich eine zweite Chance verdiene. Okay. Es ist mir klar, dass das vermutlich eine Ewigkeit dauern wird. Dann ist es eben so. Dann werde ich warten. Egal, wie lange. Aber ich gebe nicht auf.«

Er nahm meine Hand, führte sie zu seinen Lippen und hauchte einen Kuss darauf, bevor er sie losließ.

»Ich liebe dich, Lucie Thomsen. Und das wird sich niemals ändern.«

Er wartete auf eine Reaktion.

Ich starrte ihn an, während seine Worte langsam in mein Bewusstsein sickerten.

Und dann lachte ich, lachte laut und aus voller Kehle. Und dann tat ich etwas, was ihn überraschte. Ich streckte meine Arme aus, fiel ihm lachend um den Hals und riss ihn dabei von den Füßen. Ich konnte gar nicht mehr damit aufhören zu lachen. Lachte befreit und aus ganzem Herzen. Wir landeten im Sand, rollten herum wie zwei Kinder in einem ausgelassenen Spiel.

Atemlos hielt ich inne und sah in seine hellen Augen, die mich verständnislos ansahen.

»Ich glaube, Herr Doktor, wir können das Ganze etwas verkürzen.«

Ich hob den Kopf und berührte seine warmen, weichen Lippen, und wir versanken in einen langen, innigen Kuss.

Wir hatten schließlich eine halbe Ewigkeit aufeinander gewartet.

Nachwort und Dank

Liebe Leserinnen und Leser,

Schreiben ist schon eine merkwürdige Angelegenheit. Die meiste Zeit sitzt man allein an seinem Schreibtisch und verbringt Tage, Wochen und Monate mit Menschen und Dingen, die es so gar nicht gibt. Das gilt leider auch für Strande und die zauberhafte *Rosenfelder Düne*. Ich muss allerdings zugeben, dass es tatsächlich ein paar Orte und Plätze hoch oben an der Küste Ostholsteins gibt, die ich so sehr liebe, dass sie mich an der einen oder anderen Stelle beim Schreiben inspiriert haben. Auch die Thomsens, die Steiners und all die anderen (meist liebenswerten) Menschen in diesem Roman entspringen allein meiner Fantasie. Auch wenn es die eine oder andere sympathische Eigenschaft gibt, die ich mir bei den wunderbaren Menschen, die mein Leben bereichern, abgeschaut habe. (Ihr wisst schon, was gemeint ist ;-) und tausend Dank, dass es euch gibt.)

Eine weitere ganz wunderbare Sache, die mich beim Schreiben inspiriert und nicht aufgeben lässt, wenn's mal schwierig wird, sind Sie, liebe Leserin und lieber Leser. Ganz im Ernst. Ihre herzlichen und ermunternden Kommentare, Rezensionen, Mails und Nachrichten auf Facebook sind jedes Mal ein Energieschub, wenn's mal nicht so läuft, wie ich oder meine Romanfiguren sich das so vorstellen. Auch hierfür tausend Dank, und hören Sie bitte niemals damit auf ;-).

Das Schreiben ist zwar eine ziemlich einsame Angelegenheit, aber ohne die wunderbaren Mitarbeiter meines Verlags Montlake Romance würden Sie jetzt nicht diese Zeilen lesen. Dank für all die tolle Unterstützung, kreativen Einfälle und Anmerkungen. Und allen voran gilt mein Dank Lena Woitkowiak, meiner Lektorin, für ihre Begeisterung und die Unterstützung, die sie mir und meinen Geschichten schenkt.

Nun bin ich wirklich am Ende angekommen und hoffe, ich konnte Ihnen mit »Sieben Tage und ein Jahr« ein weiteres Mal für ein paar Stunden spannende, humorvolle und natürlich auch gefühlvolle Unterhaltung schenken. Wenn das der Fall war, freut es mich sehr, und lassen Sie es mich auf die eine oder andere Art wissen. Der direkte Austausch mit meinen Leserinnen und Lesern ist nämlich so ziemlich das Schönste, was mir als Autorin passieren kann.

Ihre Elli C. Carlson

Zeitfracht Medien GmbH
Ferdinand-Jühlke-Straße 7
99095 Erfurt, Deutschland
produktsicherheit@kolibri360.de

Druck:
CPI Druckdienstleistungen GmbH
im Auftrag der
Zeitfracht Medien GmbH
Ein Unternehmen der Zeitfracht - Gruppe
Ferdinand-Jühlke-Str. 7
99095 Erfurt